에 우니부스 플루람 : 텔레비전과 미국 소설

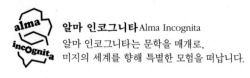

알마 인코그니타 Alma Incognita
알마 인코그니타는 문학을 매개로,
미지의 세계를 향해 특별한 모험을 떠납니다.

에 우니부스 플루람 : 텔레비전과 미국 소설

E Unibus Pluram : Television and U.S. Fiction

David Foster Wallace
데이비드 포스터 월리스

노승영 엮고 옮김

차례

XXXXXXXXXXXXXXXXXXXXXX

일러두기

• 단행본은《   》로, 단편 소설, 정기간행물, 영화, 드라마 등은〈   〉로 표시했다.
• 옮긴이 주는 '옮긴이'라고 표시했다.

에 우니부스 플루람: 텔레비전과 미국 소설

자연스러운 연기

소설가라는 족속은 훔쳐보는 습성이 있다. 그들은 대체로 숨어서 엿본다. 그들은 타고난 관찰자다. 그들은 보는 자다. 지하철에서 무심한 눈길을 보내지만 어딘지 소름 끼치는 승객이다. 포식자에 가까운 눈빛. 이것은 인간 조건이 작가의 먹이이기 때문이다. 소설가는 교통사고 구경하려고 속도를 줄이는 운전자처럼 다른 사람들을 쳐다본다. 그들은 '목격자'로서 직접 보고 싶어서 안달한다.

하지만 소설가는 그와 동시에 지독하게 자의식적인 성향이 있다. 생산적인 시간의 상당 부분을 사람들이 자신에게 어떻게 보이는지 꼼꼼히 조사하는 데 할애하며 덜 생산적인 시간의 상당 부분 또한 자신이 다른 사람들에게 어떻게 보이는지 노심초사하는 하는 데 쓴다. 자신이 어떻게 보이는지, 어떤 모습인지, 셔츠 자락이 밖으로 삐져나오지 않았는지, 치아에 립스틱이 묻어 있진 않은지, 자신이 훔쳐보는 사람들이 자신을 숨어서 엿보는 소름 끼치는 사람으로 여기진 않을지.

그 결과로 대다수의 소설가, 타고난 관찰자는 타인의 주목 대상이 되는 것을 싫어한다. 관찰당하는 것을 싫어한다. 이 규칙의 예외들—메일러Norman Mailer, 매키너니Jay McInerney—은 대다수 순문학 유형이 타인의 주목을 탐한다는 인상을 주기도 한다. 하지만 대부분은 그러지 않는다. 주목을 좋아하는 소수는 자연스럽게 더 많은 주목을 받는다. 나머지는 관찰한다.

내가 아는 소설가는 대부분 40세 이하 미국인이다. 40세 이하 소설가가 다른 부류의 미국인보다 텔레비전을 많이 보는지는 모르겠다. 통계에 따르면 평균적인 미국인 가정에서는 하루에 여섯 시간 넘게 텔레비전을 본다. 내가 아는 소설가 중에서 평균적인 미국인 가정에 사는 사람은 한 명도 없다. 루이즈 어드리크Louise Erdrich는 그럴지도 모르겠지만. 실은 평균적인 미국인 가정을 한 번도 본 적이 없다. 텔레비전에서에서 말고는.

이제 여러분은 미국 소설가와 관련하여, 미국 텔레비전과 관련하여 대단해 보일 수도 있는 것들을 두어 가지 보게 될 것이다. 첫째, 텔레비전은 우리의 포식자적 인간 연구 중 상당수를 대행한다. 미국인은 현실에서는 약삭빠르고 변화무쌍한 부류여서 보편적인 잣대를 들이대기가 여간 힘들지 않다. 하지만 텔레비전은 바로 그런 잣대를 가지고 있다. 텔레비전은 총칭적인 것을 재는 경이로운 게이지다. 미국적 정상성이 무엇인가, 즉 미국인이 무엇을 정상으로 여기고 싶어 하는가를 알고 싶다면 텔레비전을 신뢰해도 좋다. 텔레비전의 존재 이유는 사람들이 보고 싶어 하는 것을 비추는 것이니까. 텔레비전은 거울이다. 푸른 하늘과 진흙 웅덩이를 비추는 스탕달적 거울은 아니지만. 그보다는 십 대가 이두박근을 비춰 보며 포즈를 취하는 욕실의 환한 거울에 가깝다. 미국인의 초조한 자기 인식을 들여다볼 수 있는 이런 창문은 소설가에게 이루 말할 수 없이 귀중하다. 작가들은 텔레비전을 신뢰해도 좋다. 어쨌거나 여기엔 큰돈이 걸려 있으니 말이다. 텔레비전은 응용 사회과학 분야에서 영입할 수 있는 최고의 인구학자들을 거느리고 있으며 이 연구자들은 1990년대 미국인이 정확히 무엇이고 무엇을 원하고 무엇을 보는지, 즉 우리가 시청자로서 우리 자신을 무엇으로 보고 싶어 하는지 판단할 수 있다. 텔레비전은 표면에서 심층에 이르기까지 욕망에 대한 것이다. 소설의 관점에서 욕망이란 음식에서의 당이다.

두 번째로 대단해 보이는 것은 사람들을 관찰하는 것은 좋아하지만 자신이 관찰당하는 것은 싫어하는 인간 아종에게 텔레비전이 그야말로 신의 선물처럼 보인다는 사실이다. 텔레비전 화면은 한 방향으로만 접속할 수 있다. 정신의 역류 방지 밸브라고나 할까. 우리는 그들을 볼 수 있지만 그들은 우리를 못 본다. 우리는 편안히, 관찰당하지 않는 채 훔쳐볼 수 있다. 텔레비전이 고독한 사람에게, 자발적 유폐자에게 그토록 매력적인 이유는 이 때문 아닐까 싶다. 내가 아는 모든 고독한 사람은 텔레비전을 미국 평균인 하루 여섯 시간보다 훨씬 많이 본다. 고독한 자들은 소설가처럼 일방적 관찰을 좋아한다. 이유는 이렇다. 고독한 사람이 고독한 것은 끔찍한 기형이나 악취나 추함 때문이 아니다(실제로 요즘은 바로 이런 특징을 가진 사람들을 위한 지원 단체나 사회 단체들이 있다). 고독한 사람들이 고독한 이유는 다른 사람들과 함께 있음으로써 발생하는 심리적 비용의 감당을 거부하기 때문이다. 그들에게는 사람 알레르기가 있다. 사람들은 그들에게 지나친 자극을 가한다. 미국의 평균적인 고독한 사람을 조 브리프케이스라고 부르자. 조 브리프케이스는 다른 진짜 인간들이 인간 감지 더듬이를 세운 채 곁에서 자신을 쳐다볼 때에만 자신에게 엄습하는 그런 특수한 계통의 자의식을 두려워하고 혐오한다. 조 B.는 자신이 관찰자에게 어떻게 보일지, 나타날지 두려워한다. 그는 엄청난 스트레스를 가하는 미국의 겉모습 포커 게임에서 아예 빠지는 쪽을 선택한다.

하지만 고독한 사람들은 집에서, 홀로, 여전히 풍경과 볼거리를, 어울림을 갈망한다. 그래서 텔레비전이 있는 것이다. 조는 화면에서 그들을 볼 수 있고 조에게 그들은 여전히 장님이다. 이것은 관음觀淫과 다를 바 없다. 나는 텔레비전을 관음자의 진정한 데우스 엑스 마키나[1]로 여기는 고독한 사람들을 안다. 많은 비판, 방송사와 광고주와 시청자에게 겨누어졌다기보다는 들이부어진 정말이지 격렬한 비판은 텔레비전이 미국을 땀에 젖은 채 입을 헤벌린 관음자의 나라로 전락시켰다는 고발과 관계가 있다. 이 고발은 허위로 드러나지만, 흥미로운 이유로 흥미롭다.

고전적 관음의 본질은 엿보기, 즉 평범하지만 성적 기운으로 충만한 소소한 일상사를 영위하는 사람들을 그들 모르게 관찰하는 것이다. 창문이나 망원경을 비롯하여 틀에 끼운 유리를 수단으로 삼는 고전적 관음이 얼마나 많은가는 흥미로운 사실이다. 틀에 끼운 유리는 텔레비전 비유가 그토록 솔깃한 이유인지도 모르겠다. 하지만 텔레비전 시청은 순수한 관음Peeping-Tomism과 다르다. 텔레비전의 틀에 끼운 유리 화면을 통해 여러분이 보는 사람은 누군가가 자신을 보고 있다는 사실을 모르지 않는다. 실은 아주아주 '많은' 누군가가. 텔레비전에 나오는 사람들은 자신이 화면에서 온갖 평범하지 않은 동작을 하는 이유가 누군가를 훔쳐보는 이 어마어마한 군중 때문임을 안다. 텔레비전이 진짜 엿보기의 수단이 되지 못하는 것은 연출이요 구경거리여서 정의상 관찰자

---

1   '기계에서 튀어나온 신'이라는 뜻으로, 연극이나 문학 작품에서 결말을 맺기 위해 뜬금없는 사건이나 인물이 출연하는 상황을 말한다.(옮긴이)

를 필요로 하기 때문이다. 우리는 결코 관음자가 아니다. 시청자일 뿐이다. 우리는 어마어마하게 많은 청중이지만 대개는 혼자 시청한다. 에 우니부스 플루람E Unibus Pluram.[2]

소설가가 개인적으로 소름 끼쳐 보이는 한 가지 이유는 그들이 직업상 관음자이기 때문이다. 그들은 관찰당해도 상관없는 특별한 자아를 미처 준비하지 못한 누군가를 관찰해야만 하는데, 이것은 명백한 시각적 절도다. 진짜 엿보기에서 유일하게 환각을 겪는 사람은 피관음자로, 그는 자신이 이미지와 인상을 내뿜고 있음을 모른다. 하지만 텔레비전을 진짜 엿보기의 대체물로 이용하는 40세 이하 소설가 대부분의 문제는 텔레비전의 '관음'이 오만 가지 유사 엿보기 환각을 일으킨다는 것이다. 환각 (1)은 우리가 관음자라는 환각 자체로, 실은 유리 화면 뒤에 있는 '피관음자'는 모르는 척하고 있을 뿐이다. 그들은 우리가 여기 있다는 걸 뻔히 안다. 우리가 여기 있다는 사실은 두 번째 유리판, 즉 기사와 연출가가 엄청난 창의력을 발휘하여 우리에게 시각 이미지를 던져주기 위해 들여다보는 렌즈와 모니터 뒤에 있는 사람들의 마음속에도 버젓이 들어 있다. 우리가 보는 것은 제공된 것이지 훔친 것과는 거리가 멀다—환각 (2). 환각 (3)은 이것이

2　이 문구와 (따라서) 이 에세이의 제목 일부는 Michael Sorkin, "Faking It" in Todd Gitlin, ed., *Watching Television*, Random House/Pantheon, 1987에서 뽑은 근사한 신조어다. '하나로부터 여럿으로'라는 뜻으로, 미국의 건국 이념 'E pluribus unum(여럿으로부터 하나로)'을 비튼 표현이다.(옮긴이)

다. 우리가 틀에 끼운 유리판을 통해 바라보는 것은 청중에 대한 의식이 없어도 괜찮거나 심지어 앞으로도 필요 없는 현실 상황에서의 사람이 아니다. 즉, 젊은 작가들이 소설에 쓸 현실 데이터를 찾으려고 훑어보는 것은 '이미' 고도로 형식화된 서사의 허구적 인물로 이루어졌다. 그리고 (4). 심지어 우리는 '인물'을 보고 있지도 않다. 그는 인디애나주 포트웨인 출신의 한심하고 자기만 잘난 줄 아는 멍청이 프랭크 번스 소령[3]이 아니라 캘리포니아주 오하이 출신으로 그를 인디애나 출신의 멍청이라며 꾸짖는 유사 관음자들이 보내는 수천 통의 편지를—〈매시M*A*S*H〉가 신디케이트[4]로 재방송되는 지금도 편지가 답지하고 있다—묵묵히 참아내는 배우 래리 린빌이다. (5)는 우리가 엿보는 것이 궁극적으로는 물론 배우가 아닐뿐더러 사람도 아니라는 것이다. 그것은 전자기파로 추진되는 아날로그파와 이온 흐름과 화면 뒤 화학 반응에서 방출되는 눈섬광의 격자 형태 점들로 착시에 대한 쇠라의 인상파적 논평에 비해서도 딱히 실물에 가깝진 않다. 하느님 맙소사, (6) 점들은 우리의 '가구'에서 나오고, 우리가 실제로 엿보는 것은 우리 자신의 '가구'이며, 바로 우리 자신의 의자와 조명과 책꽂이는 버젓이 우리 눈앞에 있는데도 우리가 "한국"에 대해 생각하거나 "살아서 예루살렘에" 가거나 혁

---

3 드라마 〈매시〉의 등장인물.(옮긴이)

4 한번 방영된 프로그램의 판권을 제작사가 회수하여 재방송으로 추가 수익을 올리는 것.(옮긴이)

스터블 "네"[5]의 플러시 소파와 세련된 책장을, 이것이 우리가 (은밀히, 들키지 않고) 침입한 실내 인테리어임을 알려주는 환각적 단서라고 생각하는 동안 우리 시야의 테두리 안에서는 보이지 않는다—(7), (8), 끝없는 환각.

배우와 눈섬광과 가구에 대한 이 현실들을 우리가 모른다는 말은 아니다. 그냥 무시하기로 선택할 뿐. 그것들은 우리가 유예하는 불신의 일부다. 하지만 그것은 하루에 여섯 시간씩 허공에 매달아 두기에는 너무 무거운 화물이다. 관음과 특별 접근이라는 환각에는 시청자의 진지한 공모가 필요하다. 텔레비전 속 사람들이 우리가 그들을 지켜보고 있음을 모른다는 착각을, 우리가 프라이버시를 초월하여 비ǂ자의식적인 인간 행위를 포식하고 있다는 환상을 우리가 그토록 기꺼이 받아들이는 것은 어찌 된 영문일까? 이 비현실들이 그토록 쉽게 받아들여지는 데는 여러 이유가 있을 수 있지만, 중요한 이유는 유리 뒤의 배우들이 아무에게도 안 보이는 것 같아 보이는 시늉의 '천재'라는 것이다(연기력은 저마다 다르지만). 오해 마시라. 텔레비전 카메라를 앞에 두고서 아무에게도 안 보이는 것 같아 보이는 시늉을 하는 것은 일종의 예술이다. 일반인은 텔레비전 카메라 앞에서 연기하게 되면 종종 과장된 동작을 하거나 자의식으로 얼어붙어 완전히 굳어버린다. 심지어 홍보 업계 종사자나 정치인도 카메라

---

5 미국 시트콤 〈코스비 가족 만세〉의 의 배경.(옮긴이)

앞에서는 한낱 아마추어에 불과하다. 우리는 프로가 아닌 사람들이 텔레비전에서 쭈뼛거리고 가짜처럼 보이는 것을 즐겨 놀려먹는다. 어찌나 부자연스러운지.

하지만 텅 비고 둥근 유리의 무시무시한 시선을 받아본 적 있는 사람이라면 그때 느끼는 자의식이 스스로를 얼마나 마비시키는지 잘 안다. 이어폰을 끼고 클립보드를 든 부산한 친구가 여러분에게 "자연스럽게 연기하세요"라고 말하는데, 여러분의 얼굴은 두개골 위로 펄떡펄떡 뛰며 아무에게도 안 보이는 것 같아 보이는 시늉을 하는 표정을 지으려고 안간힘을 쓰지만 '아무에게도 안 보이는 것 같아 보이는 시늉을 하다'는 '자연스럽게 연기하다'와 마찬가지로 모순 어법이므로 불가능하게만 느껴진다. 백스윙에서 숨을 들이쉬라거나 내쉬라고 지도받은 직후에 골프공을 치려고 해보거나, 초록색 코뿔소를 10초간 생각하지 않으면 두둑한 상금을 약속받는다고 상상해 보라. 그러면 데이비드 듀코브니나 돈 존슨이 텔레비전 시대 이전에 에머슨이 "만인의 시선"[6]이라고 부른 것의 압도적 상징인 렌즈에 관찰당하면서 아무에게도 안 보이는 것처럼 연기하려면 몸과 마음을 진정 영웅적으로 일그러뜨려야 한다는 사실을 조금은 실감할 수 있을 것이다.

에머슨은 매우 희귀한 부류의 사람만이 만인의 시선을

---

6   Stanley Cavell, *Pursuits of Happiness*, Harvard U. Press, 1981에서 재인용. 뒤의 에머슨 인용문도 같은 책.

감당할 수 있다고 생각했다. 그것은 정상적이고 부지런하고 묵묵히 분투하는 미국인 부류는 아니다. 만인의 시선을 감당할 수 있는 사람은 걷는 이마고[7]요, 모종의 초월적 반인이요, 에머슨의 말을 빌리자면 "눈동자에 휴일이 담긴" 사람이다. 텔레비전 배우의 눈동자에 담긴 에머슨적 휴일은 인간 자의식으로부터 벗어나는 휴가의 약속이다. 자신이 어떻게 보이는지 걱정하지 않는 것. 시선 알레르기의 완전한 치유. 그것은 이 시대의 영웅적 행위다. 두렵고도 강한. 물론 연기이기도 하다. 카메라와 렌즈와 클립보드 든 사람들 앞에서 아무에게도 안 보이는 것 같아 보이는 시늉을 하려면 비정상적으로 자의식과 자제력을 발휘해야 하기 때문이다. 이러한 자의식적 비자의식 시늉은 환각으로 가득한 텔레비전 속 거울의 방에 들어가는 진짜 문이며 우리 청중에게는 약이자 독이다.

그것은 우리가 이 희귀하고 고도로 훈련되고 아무에게도 보이지 않는 것 같아 보이는 시늉을 하는 사람들을 하루에 여섯 시간씩 보기 때문이다. 그리고 우리는 이 사람들을 사랑한다. 그들에게 진정으로 초인적 자질을 부여하고 그들을 모방하고자 욕망한다는 점에서 그들을 숭배한다고 말해도 무방하리라. 더는 관계의 공동체가 아니라 이기심과 기술로 연결된 타인들의 그물망으로 완전히 변하고 있는 현실의

---

7   Imago. 무의식 속에 있는 보편적 원형.(옮긴이)

조 브리프케이스 세계에서, 우리가 텔레비전에서 엿보는 사람들은 우리에게 친숙함과 유대감을 선사한다. 친밀한 우정을. 하지만 우리는 보는 것을 구분한다. 텔레비전 속 등장인물이 우리의 '친한 친구'일 수는 있겠지만 '연기자'는 타인을 넘어선다. 그들은 이마고요 반신이며 다른 세계에 가서 자기네끼리만 사귀고 결혼하며 심지어 배우로서도 타블로이드 신문, 토크 쇼, 전자기파 신호라는 매질을 통해서만 청중이 접속할 수 있는 것처럼 보인다. 그럼에도 배우이자 등장인물은 지독히 동떨어지고 걸러진 탓에 우리의 눈에 지독히 근사하게 '자연스러워' 보인다.

우리가 텔레비전을 얼마나 많이 시청하고 시청이 무엇을 의미하는지 감안한다면 자신을 관음자로 상상하는 우리 소설가나 조 브리프케이스가 유리 뒤의 이 사람들—우리의 일상 경험에서 대체로 가장 다채롭고 매력적이고 활기차고 '살아 있는' 사람들—또한 자신이 관찰당한다는 사실을 의식하지 못하는 사람이라고 생각하게 되는 것은 필연적이다. 이 환각은 유독하다. 이것이 고독한 사람들에게 유독한 이유는 "왜 '나'는 저렇게 될 수 없나?"라는 식으로 소외의 악순환을 일으키기 때문이며, 작가에게 유독한 이유는 실제 허구 연구와 괴상한 허구 '소비'를 혼동하게 만들기 때문이다. 자의식적인 사람은 진짜 인간에 대한 과민증 때문에 텔레비전 앞에 앉으며, 이완되고 총체적인 수용의 태도로 그 일방향적 창문을 들여다보는 일은 그에게 황홀하다. 우리는 다양한 배우들이 다양한 인물을 연기하는 것을 본다. 매일 360분씩 우리는 참으로 살아 있는 사람의 가장 중요한 성질이 '관찰당해도 무방함'이며 순수한 인간 가치는 관찰이라는 현상과 동일할 뿐 아니라 거기에 '뿌리'를 둔다는 심오한 논지에 대한 무의식적 강화를 받아들인다. 진정한 '관찰당해도 무방함'의 단연 가장 큰 요소는 관찰이 일어나고 있음을 전혀 자각하지 못하는 것 같아 보이는 것이라는 생각에 대해서도. 자연스럽게 연기할 것. 우리 젊은 소설가와 온갖 유폐자가 연구하고 감각하고 가장 강렬하게 느끼는 사람들은 꾸며낸 비자의식에 대한 천재성 덕에 타인의 시선을 감당하기에 적합하다. 그리고 우리는 무심하게 보이려고 필사적으로 애쓰느라 지하철에서 소름 끼치는 그런 모습으로 진땀을 흘린다.

손가락

존재론적 관음의 수수께끼가 있긴 하지만, 미국 사람들이 텔레비전을 그토록 많이 보는 이유는 기본적으로 재미있기 때문이라는 엄연한 사실은 부인할 수 없다. 나는 나 자신이 텔레비전을 보는 대부분의 시간을 재미로 보며 적어도 51퍼센트의 시간에는 보면서 재미를 느낀다는 것을 안다. 그렇다고 해서 텔레비전을 진지하게 받아들이지 않는다는 뜻은 아니다. 이 에세이의 거창한 주장 한 가지는 우리가 텔레비전을 우리가 호흡하고 처리하는 문화적 공기의 전파자이자 결정자로서 충분히 진지하게 받아들이지 않는다는 것이야 말로 미국 소설가들에게 가장 위험한 텔레비전의 특징이라는 것이다. 즉, 많은 사람들은 텔레비전에 끊임없이 노출되어 눈이 먼 탓에 레이건의 절름발이 연방통신위원회 위원장 마크 파울러가 1981년에 텔레비전을 "한낱 가전제품이요 사진 달린 토스터기"로 본다고 공언한 것과 같은 태도로 텔레비전을 대한다.[8]

그럼에도 텔레비전 시청이 쾌감을 준다는 것은 부인할수 없는 사실이며, 우리 세대가 텔레비전에서 얻는 쾌감의 상당수는 텔레비전을 조롱하는 데 있다. 하지만 여러분은 젊은 미국인들이 텔레비전과 함께 자란 것 못지않게 텔레비전에 대한 경멸과 함께 자랐음을 명심해야 한다. 텔레비전이 "거대한 쓰레기장"[9]임을 내가 안 것은 뉴턴 미노와 마크 파울러가 누구인지 알기 오래전이었다. 텔레비전을 냉소적으로 비웃는 것은 정말이지 재밌다. 시트콤의 '생방송 스튜디오 관객'이 내는 웃음소리의 음높이와 길이가 미심쩍을 만큼 일정한 것이나 〈고인돌 가족The Flintstones〉에서 이동을 묘사할 때 똑같은 커트 수의 나무, 바위, 집 그림이 네 번 지나가

---

8   Bernard Nossiter, "The F.C.C.'s Big Giveaway Show," *Nation*, 10/26/1985, p. 402.

9   연방통신위원회 위원장 뉴턴 미노가 연설에서 텔레비전을 빗댄 표현.(옮긴이)

에 우니부스 플루람: 텔레비전과 미국 소설   21

는 것처럼 말이다. 쭈그렁바가지 준 앨리슨이 화면에 나와 디펜드 성인용 속옷을 광고하면서 "방광 조절 문제가 있는 것은 당신만이 아니에요"라고 말할 때 폭소를 터뜨리며 "아무래도 당신만 그런 것 같은데요, 준!"이라고 외치는 것은 재미있다.

하지만 미국 대중문화에 대해 글을 쓰는 대다수 학자와 비평가는 텔레비전을 매우 진지하게 받아들이면서도 자신이 보는 것에서 지독한 고통을 겪는 듯하다. 텔레비전의 무자미無滋味와 비현실성에 대한 비판적 염불은 잘 알려져 있다. 염불은 비평가들이 불평하는 대상인 쇼보다 더 조잡하고 진부할 때가 많은데, 대다수 젊은 미국인이 텔레비전에 대한 전문가적 비평을 전문가적 텔레비전 자체보다 덜 흥미롭게 여기는 것은 이 때문일 것이다. 내가 말하고 있는 것의 확고한 사례는 조사 첫날부터 찾을 수 있었다. 〈뉴욕 타임스〉 1990년 8월 5일자 일요판 예술·여가면은 텔레비전을 향한 신랄한 비평적 조롱으로 가득했는데, 가장 부루퉁한 기사 몇몇은 저질 프로그램에 대한 것이라기보다는 텔레비전이 어떻게 이 너절한 문화적 타락의 수단이 되었는가에 대한 것이었다. "사실주의가 거의 완전히 유행에서 밀려난 것처럼 보이"는 1990년대 '충돌과 방화'[10] 여름 박스오피스 히트작을 모두 검토한 여름 기사에서 재닛 매슬린이 자신의 진짜 반反

---

10   crash and burn. 원래는 '보기 좋게 실패하다'라는 뜻의 숙어.(옮긴이)

사실성 범인을 지목하는 데는 한 문단이면 충분하다. "우리가 텔레비전에서 '진짜 삶'에 대해 들을 수 있는 것은 15초 음성 삽입으로 이루어진 쇼에서뿐인 것 같다(여기서 '진짜 사람'은 짧고 반듯하고 뻔한 문장을 말할 뿐 아니라 정말로 그렇게 생각하는 것처럼 보이는데, 그것은 아마도 현실을 빚어내는 텔레비전 자체를 너무 많이 본 탓일 것이다)."[11] 그리고 대중음악이 도달한 길에 대한 통렬한 비판으로 포문을 열 스티븐 홀든이라는 작자는 자신이 증오하는 것의 배후에 무엇이 있는지 똑똑히 안다고 생각한다. "대중음악은 이젠 독자적인 세계가 아니라 텔레비전의 부속물로, 텔레비전에서 흘러나오는 상업적 이미지들은 모든 것이 상품이고 유일하게 중요한 것은 명성, 권력, 아름다운 몸뿐인 문화를 투사한다."[12] 〈타임스〉에서는 이런 글이 기사마다 줄줄이 이어진다. 이날 아침 예술·여가 면 기사 중에서 텔레비전을 조금이나마 긍정적으로 언급한 것은 많은 아이비리그 졸업생들이 텔레비전 작가가 되기 위해 학교에서 뉴욕과 로스앤젤레스로 곧장 날아가 20만 달러를 훌쩍 넘는 초봉을 받으며 클립보드를 든 부산한 프로듀서 지위로 고속 승진하는 과정을 서술한 숨 가쁜 기사뿐이었다. 이 점에서 8월 5일자 〈타임스〉는 몇 년 전부터 눈에 띄

---

11 Janet Maslin, "It's Tough for Movies to Get Real," *New York Times* Arts & Leisure Section, 8/05/1990, p. 9.

12 Stephen Holden, "Strike The Pose: When Music Is Skin-Deep," 같은 책, p. 1.

는 기묘한 조합의 좋은 예로, 창조적 산물과 문화적 힘으로서의 텔레비전에 대한 심드렁한 경멸은 그 산물을 제작하고 그 힘을 투사하는 유리 뒤의 실제 과정에 대한 초롱초롱한 눈빛의 매혹과 맞물려 있다.

　나처럼 여러분도 텔레비전을 함께 보기 싫은 사람이 있을 텐데, 텔레비전을 지독히 혐오하여 진부한 플롯, 비현실적 대화, 억지스러운 해피엔드, 뉴스 앵커의 짐짓 겸손한 표정, 광고의 까랑까랑한 감언이설에 대해 매몰차게 불만을 제기하면서도 그에 못지않게 명백히 텔레비전에 사로잡혀 어떻게든 밤낮으로 하루 여섯 시간을 혐오하면서 보내야 하는 사람들 말이다. 내 경험상 광고 회사 초급 임원, 야심만만한 영화 제작자, 대학원생 시인은 텔레비전을 증오하고 두려워하고 필요로 하며 과도한 시청의 결과로부터 스스로를 소독하려고 우리 대부분이 어릴 적 품었던 헤벌레한 어수룩함이 아니라 심드렁한 경멸을 품고서 텔레비전을 보려 드는 이러한 성향에 유난히 취약하다. (참고로 대다수 소설가는 여전히 헤벌레한 어수룩함 쪽이다.)

　하지만 심드렁하게 경멸적인 〈타임스〉가 자신의 인구학적 엄지손가락으로 독자 취향의 맥박을 짚는 것을 감안하면 고학력에 〈타임스〉를 구독하는 미국인의 대다수는 텔레비전을 심드렁하게 혐오하고 텔레비전에 대해 이 기묘한 '증오의/욕망의/공포의 일일 여섯 시간'이라는 총체적 게슈탈트를 구현한다고 보아도 무방할 것이다. 텔레비전에 대한 학술적 논의에는 분명히 이런 분위기가 스며 있다. 대부분의 '문학적' 텔레비전 분석이 지독히 지루한 것은 학자들이 텔레비전을 미학적 탐구의 엄연한 대상으로 삼고자 채택한 과도한 추상화 때문이라기보다는 자신들이 천직으로 선택한 바로 그 현상을 조롱하고 매도하는 텔레비전 학자들의 진부한 냉소 때문이다.—텔레비전 학자들의 과도한 추상화에 대해서는 1986년에 발표된 논문의 일부를 참고하라. "나의 화요일 저녁 황금 시간대 쾌락의 형태를 구조화하는 것은 산물보다는 환경의 '흐름'을 통과시키는 다양한 창문 사이에서 일어나는 생략과 균열의 변증법이다. 진짜 결과물은 양자, 즉 조작 가능한 최소의 방송 분량이다."[13]—이 학자들은 자신의 배우자나 직업을 멸시하면서도—내가 말하는 것은 거대한 장기간의 멸시다—갈라서거나 그만두지 않는 사람들과 같다. 비평가들의 불만은 뻔한 징징거림으로 전락한지 오래다. 미국 텔레비전에 대해 물어야 할 중요한 질문은 더는 미국인이 텔레비전과 맺는 관계에 정말로 추잡한 문제가 있느냐가 아니라 이 문제에 대해 어떤 조치를 취할 수 있을까다. 이 질문에 대해 대중문화 비평가와 학자는 꿀 먹은 벙어리다.

사실, 세기말 텔레비전에 대해 정말로 중요한 질문—텔레비전 문화에서 우리가 그토록 증오하는 것은 정확히 어떤 측면일까? 우리는 텔레비전을 그토록 증오하면서 왜 그토록

---

13 Sorkin in Gitlin, p. 163.

몰입할까? 자신이 증오하는 무언가에 지속적이고 자발적으로 몰입하는 것에는 어떤 의미가 있을까?—을 다루는 것은 미국의 예술, 특히 현대 미국 소설의 일부 조류에서뿐이다. 하지만 기묘하게도 이 질문을 던지고 답하는 것은 텔레비전 자신이기도 하다. 이것은 대다수 텔레비전 비평이 그토록 공허해 보이는 또 다른 이유다. 텔레비전은 스스로에 대한 가장 유능한 분석가가 되었으니 말이다.

1990년 8월 5일 아침나절에 앞서 언급한 〈타임스〉 기사들을 검색하고 그 경멸적 논조를 경멸하는 동안 텔레비전에서는 〈세인트 엘스웨어St. Elsewhere〉 신디케이트 재방송이 흘러나와 평상시 같으면 텔레비전 부흥사, 기사성 광고, 스테로이드와 폴리우레탄 범벅의 〈아메리칸 글래디에이터스American Gladiators〉—그 자체로는 매력이 없지만 틀림없이 소량은 허용되는 쇼—로 북적일 일요일 오전 보스턴 시장을 깨끗이 청소한다. 신디케이션은 대중적 매혹의 또 다른 새 영역인데, 그 이유는 시카고의 WGN과 애틀랜타의 TBS 같은 거대 케이블 방송사가 지역에서 전국으로 덩치를 키웠기 때문만이 아니라 신디케이션이 전국망 텔레비전의 제작 철학을 송두리째 바꾸고 있기 때문이기도 하다. 성공한 텔레비전 시리즈 제작자들이 정말로 큰 이익을 실현하는 것은 신디케이션 계약(배급자는 프로그램에 대한 선불금을 받을 뿐 아니라 일정 비율의 광고를 할당받는다)이기 때문에 많은 새 프로그램들은 즉각적인 황금 시간대 시청자와 이후의 신디케이션 시청자를 둘

다 염두에 두고 계획·홍보를 진행하며 10년간 사랑받는 텔레비전 장수 프로그램—〈매시〉, 〈치어스!Cheers!〉—을 꿈꾸기보다는 짧짤한 신디케이션 묶음에 필요한 78회 분량을 확보할 수 있는 만만한 3년짜리 프로그램에 주목한다. 어쨌거나 내가 수백만 미국인과 마찬가지로 이 기술적인 내부 사정을 아는 것은 〈엔터테인먼트 투나잇Entertainment Tonight〉에서 신디케이션에 대한 3부작 특별 보도를 봤기 때문인데, 이 프로그램은 그 자체로 전국에 신디케이트된 '뉴스' 프로그램이며 텔레비전 방송사들이 기꺼이 지갑을 열 정도로 인기 있는 최초의 기사성 광고였다.

일요일 오전 신디케이션이 흥미로운 또 다른 이유는 프랑스 초현실주의자들도 울고 갈 만큼 으스스하게 맞아떨어지는 병치를 구현하기 때문이다. 〈아내는 요술쟁이Bewitched〉의 사랑스러운 마녀들과 상업적 사탄주의를 내세운 〈톱 텐 카운트다운Top Ten Countdown〉의 헤비메탈 비디오가 미국 문화의 악마주의를 비난하는 에어브러시 분장의 목사들과 나란히 방송된다. 여러분은 채널을 이리저리 돌리면서 〈이것은 나의 피요〉가 울려 퍼지는 텔레비전 예배를 봤다가 〈글래디에이터스〉에서 잽이 폴리우레탄 바타카 몽둥이로 민간인의 코를 부러뜨리는 광경을 봤다가 할 수 있다. 더 좋은 것은 1990년 8월 5일, 1970년대 파토스의 아이콘인 〈메리 타일러 무어 쇼The Mary Tyler Moore Show〉를 두 편 연속으로 보고 난 다음 보스턴의 38번 채널에서 신디케이션으로 방송된 〈세인트 엘스웨어〉 94회(1988년에 처음 방송되었다)를 보는 것이다. 여기서 〈메리 타일러 무어 쇼〉 두 편의 플롯은 중요하지 않다. 그런데 이어서 방송된 〈세인트 엘스웨어〉에서 카메오로 나온 정신과 환자는 자신이 〈메리 타일러 무어 쇼〉의 메리 리처즈라는 망상에 빠져 있다. 그는 한술 더 떠서 동료 카메오 정신과 환자가 로다이며 웨스트팰 박사가 그랜트 씨이고 오슐랜더 박사가 머리 씨라고 믿는다. 이 정신과적 서브 플롯은 단발성이어서 그 회의 결말에서 해소된다. 사이비 메리(이름은 모르겠지만 오래전 〈밥 뉴하트 쇼Bob Newhart Show〉에서 하틀리 박사의 신경증 고객 역을 맡은 것으로 기억되는 배우가 연기한 울적하고 땅딸막한 남자)가 또 다른 카메오 정신과 환자—메리는 그가 로다라고 믿으나 그는 자신이 여자가 아니라며 화를 냈다—이자 훨씬 덜 허구적인 인물(그는 하틀리 박사의 가장 까다로운 고객인 칼린 씨 역을 맡은 남자가 연기했다)을 파과증 걸린 단역의 공격으로부터 구해낸다. 로다/칼린 씨/정신과 환자는 감사의 뜻으로 메리/신경증 고객/정신과 환자가 원한다면 자신이 로다라는 데 동의하겠다고 말한다. 너무나도 현실적인 이 아량 앞에서 사이비 메리의 정신적 분열이 분열된다. 울적하고 땅딸막한 남자는 오슐랜더 박사에게 자신이 메리 리처즈가 아니라고 털어놓는다. 사실 그는 평범한 기억 상실증 환자로, 의미 있는 정체성 없이 존재론적으로 방황하는 인물이다. 그는 자신이 누구인지 전혀 모른다. 그는 외로우며 텔레비전을 많이 본다. 그는 자신이 "아무도 아니라고 믿기보다는 텔레비전 등장인물이라고 믿는 게 나을 것 같았"다고 말한다. 오슐랜드 박사는 참회하는 환자를 데리고 보스턴의 쌀쌀한 공기 속을 걸으며 그—정체성 없는 남자—가 "텔레비전에 주의가 분산되지 않으"면 언젠가는 자신이 정말로 누구인지 알아낼 수 있을 것이라 약속한다. 이 예측에 기쁘고 신이 난 환자는 겨울용 털 베레모를 벗어 허공에 던진다. 드라마는 모자가 공중에 뜬 채 정지한 장면으로 끝나는데, 적어도 한 명의 시청자는 어수룩하게 헤벌레 하고 있다.

이 놀랍도록 하이 콘셉트[14]인 구성을 맴도는 반어적이고 복잡한 텔레비전 이미지와 데이터가 겹겹이 쌓여 있지 않았다면 이것은 마지막 모자 던지기로 오슐랜드 박사의 텔레비전 비판을 짐짓 깎아내리는 그저 그런 기발한 로 콘셉트[15]의 1980년대 텔레비전 스토리에 불과했을 것이다. 이번 회에서는 또 다른 카메오 스타가 다른 서브 플롯을 배회하는데, 그녀는 베티 화이트라는 배우로, 예의 〈메리 타일러 무어 쇼〉의 수 앤 니번스이며 여기서는 고통받는 미항공우주국 외과의(어찌 된 영문인지는 묻지 마시라)를 연기한다. 그리하여 드라마가 시작되고 32분이 지났을 때 화이트 여사가 고통에 겨워 병원 복도를 헤매다 텔레비전 망상에 빠진 채

---

14   high-concept. 독특한 플롯을 중시하는 스토리.(옮긴이)

15   low-concept. 플롯보다는 배경과 인물을 중시하는 스토리.(옮긴이)

자신과 똑같이 고통에 겨워 병원 복도를 헤매는 사이비 메리와 만나는데 그 정신과 환자는 필연적으로 "수 앤!" 하며 기쁨에 겨워 외치지만 그녀는 굳은 얼굴로 그가 자신을 딴 사람과 혼동했다고 말하는 것은 비극적일 만큼 필연적인 수순이다. 여기서 환상과 현실과 정체성이 얼마나 뒤엉켜 있는가에 대해서는—이를테면 환자는 베티 화이트를 수 앤 니번스로 혼동하는 동시에 혼동하지 않는 동시에 혼동한다—자세히 말할 필요가 없다. 예일 대학교에서 누군가 들뢰즈와 가타리를 차용해 오로지 이 에피소드에 대해 현대 문화 논문을 쓰고 있음은 의심할 여지가 없다. 하지만 여기서 의미의 가장 흥미로운 차원이 놓여 있는, 또한 가리키는 곳은 렌즈 뒤다. NBC의 〈세인트 엘스웨어〉는 이전의 〈메리 타일러 무어 쇼〉와 〈밥 뉴하트 쇼〉와 마찬가지로 MTM 스튜디오—소유자는 메리 타일러 무어, 관리자는 그녀의 남편이었다가 NBC 최고 경영자가 된 그랜트 팅커였다—에서 제작하여 신디케이션에 등록했으며 대본과 서브플롯은 메리의 의붓아들이자 그랜트의 상속인인 마크 팅커가 스토리 편집을 맡았다. 망상에 빠진 정신과 환자이자 MTM 프로그램의 추방된 채 떠다니는 제대 군인은 또 다른 MTM 프로그램의 추방된 채 (이곳은 다름 아닌 미항공우주국이므로, 말 그대로) 떠다니는 제대 군인에게 애처롭게 손을 내미는데, 그녀가 무표정하게 퇴짜 놓는 장면을 쓴 사람은 MTM 인사로, 그는 자신이 딴 사람이라는 '망상'에 사로잡힌 MTM 제대 군인의 (저작권이 걸린) MTM 모자 제스처로 MTM의 오슐랜드 박사를 패러디적으로 깎아내린다. A. 박사가 파울러처럼 텔레비전을 한갓 '주의 분산' 도구로 폄하하는 것은 어수룩하기보다는 정신 나간 짓이다. 이번 회에는 텔레비전 말고는 아무것도 없기 때문이다. 모든 등장인물과 갈등과 농담과 극적 고조는 말려들기involution, 자기 참조, 메타텔레비전에 의존한다. 내부자 농담 내부의 내부자 농담인 것이다.

그런데 나는 왜 내부자 농담을 이해할까? 그것은 나머지 청중과 함께 유리 외부에 있는, 시청자인, 내가 내부자 농담에 대해서는 '내부'에 있기 때문이다. 메리 타일러 무어가 그 털 베레모를 '진짜'로 던지는 광경은 하도 많이 봐서 클리셰를 넘어서 따스한 향수의 경지에 들어섰다. 나는 그 정신과 환자를 〈밥 뉴하트〉로부터 알고, 베티 화이트를 오만 군데로부터 알고, MTM 스튜디오와 신디케이션에 대한 온갖 흥미진진한 잡지식을 〈엔터테인먼트 투나잇〉으로부터 알고 있다. 사이비 관음자인 나는 정말로 '무대 뒤에' 있기에 내부자 농담을 이해하고도 남는다. 하지만 텔레비전의 장벽 안으로 숨어든 것은 나, 스파이가 아니다. 그 반대다. 텔레비전은, 심지어 지루하고 사소한 제작 과정조차도 나의—우리의—내부가 되었다. 우리는 심드렁하고 신물이 나지만 자발적이고 무엇보다 '빠삭한' 청중이다. 이 빠삭함은 텔레비전에서의 '창조'의 가능성과 위험을 송두리째 변화시킨다. 〈세인트 엘스웨어〉 94회는 1988년 에미상 후보에 올랐다. 최우수 오리지널 텔레비전 드라마 분야였다.

지난 5년을 통틀어 최고의 텔레비전은 과거 어떤 부류의 포스트모던 예술도 꿈꾸지 못한 반어적 자기 참조를 구사했다. MTV 비디오의 색깔, 어른어른 깜박거리는 파란색과 검은색은 텔레비전의 색깔이다. 〈블루문 특급Moonlighting〉의 데이비드와 〈페리스의 해방Bueller〉의 페리스는 옛 멜로드라마에서 악당이 독백조로 떠벌리듯 모든 것을 한 점 숨기지 않고 시청자에게 보여준다. 새로운 심야 뉴스쇼 〈애프터 아워스After Hours〉의 각 회는 부조정실에서 이어폰을 쓴 분주한 사람들이 티저 영상을 지시하는 티저 영상으로 끝난다. 〈리모트 컨트롤Remote Control〉이라는 무미건조한 제목이 붙은 MTV의 텔레비전 상식 게임 쇼는 어찌나 인기를 끌었던지 MTV의 장막을 뚫고 나와 다양한 주파수 대역에서 신디케이트되고 있다. 컴퓨터로 제작한 야한 배경에 무표정한 얼굴의 모델들이 미러 선글라스와 비닐 슬랙스 바지 차림으로 다양한 형태의 속도, 흥분, 명성 앞에 무릎 꿇는 최신 유행의 광고들은 과도한 텔레비전 시청에 수동적으로 갇혀 있는 고독한 조브리프케이스에게 텔레비전이 어떻게 구조의 손길을 내미는지에 대한 텔레비전의 시각에 지나지 않는 듯하다.

지금까지 발표된 대부분의 텔레비전 비평이 무의미함을 보여주는 사실은 바깥 세상과의 유의미한 접점이 결여되었다는 비판에 대해 텔레비전이 면역이 되었다는 것이다. 무접점이라는 비판이 참이 아니게 되었다는 게 아니라 아무 상관이 없어져 버렸다는 것이다. 그런 접점은 모두 무의미해졌다. 텔레비전은 본디 자신 너머를 가리켰다. 우리 중에서 (이를테면) 1960년대에 태어난 사람들은 텔레비전이 가리키는 곳을 보도록 텔레비전에 의해 훈련받았는데, 그곳은 대체로 상품이나 유혹에 굴복함으로써 더 아름답고 감미롭고 생생해지는 형태의 '진짜 삶'이었다. 오늘날의 메가 청중은 훨씬 철저히 훈련받으며 텔레비전은 필요 없는 것을 내다 버렸다. 개는 여러분이 손가락으로 무언가를 가리키면 여러분의 손가락만 본다.

메타시청

그렇다고 해서 자기 참조가 미국 엔터테인먼트에 처음 등장했다는 말은 아니다. 얼마나 많은 옛 라디오 쇼—잭 베니, 번스와 앨런, 애벗과 코스텔로—가 쇼로서의 자신을 주요 소재로 삼았던가? "그러니까, 루, 당신 말은 내가 루실 볼 양 같은 대스타를 우리 쇼에 손님으로 모실 수 없다는 것이 잖아, 이 얼간이 같으니." 기타 등등. 하지만 텔레비전이 시각적 요소를 도입하고 라디오가 결코 가질 수 없던 효율과 문화를 가지면 참조의 판돈이 훌쩍 커진다. 하루 여섯 시간은 대다수 사람들이 그 어떤 한 가지 일을 (의식적으로) 할 때보다 긴 시간이다. 그렇게 고용량을 흡수하면 자신을 이해하는 방식이 자연스럽게 달라져 훨씬 관람적이고 자의식적으로 바뀐다. 이것은 '시청' 행위가 팽창적이기 때문이다. 기하급수적. 우리는 넉넉한 시간을 시청에 소비하며, 금세 시청하는 자신을 바라보기 시작한다. 금세 우리는 느끼는 자신을 '느끼'고 '경험'을 경험하기를 갈망하기 시작한다. 소설 쓰기에 종사하는 미국인 아종이 점점 더 많이 쓰기 시작하는 소재 또한…….

1960년대 미국에서 메타 소설이라 불리는 것이 출현하자 학계 비평가들은 이를 급진적 미학, 전혀 새로운 문학 형식, 모방적 서사의 문화적 족쇄에서 풀려나 지향성에 대한 반성과 자의식적 성찰에 자유로이 뛰어드는 문학으로 묘사했다. 급진적이었을지는 몰라도 포스트모던 메타 소설이 독자 취향의 과거 변화를 의식하지 못한 채 진화했다는 생각은 텔레비전 화면에서 베트남 전쟁에 항의하는 저 모든 대학생들이 오로지 베트남 전쟁을 증오하기 때문에 항의한다고 생각하는 것만큼 어수룩하다. (그들이 전쟁을 증오했을지도 모르지만, 또한 그들은 자신이 항의하는 모습이 텔레비전에서 보이기를 바랐다. 어쨌거나 그들이 이 전쟁을 '본' 것 또한 텔레비전에서였으니까. 자신들의 증오를 가능하게 만든 바로 그 매체에서 증오를 표출하지 않을 이유가 어디 있겠는가?) 메타 소설가가 미학 이론을 입에 올렸을지는 몰라도, 그들은 미국을 행위자do-er와 존재자be-er의 나라로 보는 옛 발상을 버리고 자의식적 시청자와 출연자의 원자화된 덩어리로 보는 새로운 시각을 받아들이는 공동체의 지각 있는 시민이기도 했다. 목하 상승 국면이자 가장 중요한 국면을 맞은 메타 소설은 사실 자신의 이론적 숙적인 사실주의가 단일하게 팽창한 것에 불과했다. 사실주의가 대상을 자신이 보는 대로 일컬었다면 메타 소설은 대상을 보는 자신을 보는 대상을 보는 대로 일컬었을 뿐이다. 다시 말해서 이 고급문화적 포스트모던 장르는 텔레비전의 출현과 자의식적 시청의 전이로부터 깊은 영향을 받았다. (내가 주장컨대) 미국 소설, 특히 포스터모더니즘에 뿌리를 둔 소설 계통은 여전히 텔레비전으로부터 깊은 영향을 받고 있다. 반항적 메타 소설적 정점에서조차 텔레비전 문화에 대한 '대응'이라기보다는 텔레비전 안에 깃드는 셈이었지만 말이다. 심지어 그때에도 장벽은 무너지고 있었다.

신기한 일은 텔레비전 자신이 시청 행위의 강력한 반영성을 깨우는 데 그토록 오랜 시간이 걸렸다는 것이다. 텔레비전 쇼 비즈니스에 대한 텔레비전 쇼는 오랫동안 드물었다. 〈딕 밴 다이크 쇼The Dick van Dyke Show〉는 선견지명이 있었으며 메리 무어는 그 통찰을 가져와 지역 방송 시장의 고뇌를 10년간 탐구하는 데 접목했다. 물론 〈머피 브라운Murphy Brown〉에서 〈맥스 헤드룸Max Headroom〉에다 〈엔터테인먼트 투나잇〉까지 온갖 프로그램이 있었다. 그리고 레터맨, 밀러, 샌들링, 레노가 한결같이 보여주는 세련되고 냉소적이고 이건텔레비전일뿐이야식 익살과 더불어 "우리는 볼 양을 우리 쇼에 모셔야 한다고"의 시절로 거슬러 올라가는 원이 닫히고 나선형이 생겨났으며 연결을 끊고 저항을 거세하는 텔레비전의 힘은 자신이 처음에 일조한 바로 그 반어적인 포스트모던 자의식으로부터 연료를 얻었다.

시간이 좀 걸릴 테지만 텔레비전과 소설이 대화하고 교류하는 고리가 자의식적 반어법임을 여러분께 증명해 보이겠다. 물론 반어법은 소설가들이 오랫동안 열렬히 추구한 분야다. 텔레비전을 이해하는 데 반어법이 중요한 이유는 '티브이(TV)'가, 두문자어에서 삶의 방식으로 바뀔 만큼 강력해진 지금, 회전 중심으로 삼고 있는 부조리한 모순을 폭로하는 것이야말로 반어법의 존재 이유이기 때문이다. 텔레비전이 다양성과 그에 대한 다방면의 긍정으로부터 권력의 상당 부분을 이끌어 내는 혼합주의적이고 균질화하는 힘이라는 사실은 반어적이다. 텔레비전 연기자가 무의식적 매력이라는 환각을 만들어 내기 위해 지독하게 의식적이고 매력 없는 자의식이 필요하다는 사실은 반어적이다. 여러분이 개성을 표출하도록 도와준다는 제품들이 텔레비전에서 광고될 수 있는 것은 오로지 무수한 사람들에게 판매되기 때문이라는 사실은 반어적이다. 목록은 계속 이어진다.

텔레비전은 반어법을 교양 있는 고독한 사람들이 텔레비전을 대하는 방식으로 여긴다. 텔레비전은 반어법의 폭로 능력을 두려워하면서도 필요로 한다. 반어법을 필요로 하는 이유는 텔레비전이 사실상 반어법을 위해 '만들어졌'기 때문이다. 텔레비전은 양감각적 매체이니 말이다. 텔레비전이 라디오를 대체한 것은 영상이 음성을 대체한 것이 아니라 소리에 그림이 더해진 것이다. 말해지는 것과 보여지는 것의 긴장이야말로 반어법의 주무대이기에 텔레비전의 고전적 반어법은 영상과 음성을 모순되게 병치함으로써 작동한다. 보여지는 것이 말해지는 것을 깎아내린다. 방송사 뉴스에 대한 한 학술 논문에서는 CBS의 과테말라 특집 방송에서 유나이티드프루트 인사와 나눈 유명한 인터뷰를 묘사한다. 1970년대 레저수트 차림에 대머리를 감추려고 머리를 과하게 빗질한 그 인사가 에드 레이블[16]에게 말한다. "이른바 '억압'당하는 사람이 있다는 얘긴 금시초문입니다. 몇몇 기자들이 지어낸 것이라고 생각합니다."[17] 그런데 전체 인터뷰에는 과테말라 빈민가의 올챙이배 아이들과 목이 따인 채 진흙 바닥에 널브러진 노조 조직가들의 영상이 코멘트 없이 삽입되어 있다.

텔레비전의 고전적인 반어적 기능이 스스로를 향한 것은 1974년 여름으로, 그때 무자비한 렌즈의 조리개가 열려 공식적 부인否認의 영상과 고위층 야바위의 현실 사이의 풍성한 '신뢰도 격차'를 포착했다.[18] 청중으로서의 나라는 달라졌다. 대통령조차 거짓말을 한다면 진실의 전달자로 누구를

---

16   CBS 기자.(옮긴이)

17   Daniel Hallin, "We Keep America On Top of the World," in Gitlin's anthology, p. 16.

18   닉슨 대통령의 워터게이트 사건을 일컫는다.(옮긴이)

신뢰할 수 있단 말인가? 그해 여름 텔레비전은 모든 이미지 뒤의 진실을 바라보는 솔직하고 우려 섞인 시선으로서 스스로를 자리매김했다. 하지만 텔레비전이 그 자체로 이미지의 물결임은 그 앞에 황홀하게 앉아 있던 열두 살배기에게도 뚜렷했다. 1974년 이후로 출구는 보이지 않았다. 이미지와 반어법이 모든 것을 뒤덮었다. (1) 정치와 (2) 텔레비전의 패러디를 전문으로 하며 아테네인 못지않게 불경한 냉소주의를 드러내는 〈새터데이 나이트 라이브Saturday Night Live〉가 이듬해 가을 (텔레비전에서) 첫 방송을 시작한 것은 우연이 아니다.

"텔레비전은 ~을 두려워한다."라거나 "텔레비전은 ~을 표방한다."라고 말하는 것이 꺼림칙한 이유는 이렇게 추상화하는 것이 필요하긴 하지만 텔레비전을 마치 어떤 실체처럼 묘사하다가 텔레비전을, 개인의 주체성과 공동체의 적극성을 타락시키는 자율적인 악마적 존재로 치부하는 최악의 반反텔레비전 편집증에 쉽게 빠질 수 있기 때문이다. 나의 관심사는 어떻게 하면 여기서 반텔레비전 편집증을 피할 수 있는가다. 나는 오늘날 텔레비전이 거짓말을 하고 미국 문화와 미국 문학의 진정한 위기 배후에서 징후와 제유 사이 어딘가의 능력을 가졌다고 우려하지만, 반동주의자에게는 동의하지 않는다. 그들은 텔레비전이 순진무구한 사람들을 현혹하여 자기 앞에 앉힌 다음, 그들의 눈 속에 작은 소용돌이가 빙글빙글 돌아가게 만들고 엉덩이를 점점 살찌우면서, 우리의 지능 지수와 성적을 떨어뜨리는 악마라 여긴다. 새뮤

얼 헌팅턴Samuel Huntington과 바버라 터치먼Barbara Tuchman처럼 텔레비전으로 인한 미적 기준의 하락이 "대중 시장과 (필연적으로) 대중 취향을 겨냥한 상업주의에 점령된 현대 문화"[19]에 책임이 있다고 주장하는 비평가들에 대해서는 그들이 말하는 인과 관계Propter Hoc가 전후 관계Post Hoc조차 아니라는 지적으로 논박할 수 있다. 이미 1830년에 토크빌은 미국 문화가 피상적 감각과 대중 시장 엔터테인먼트, "취향을 만족시키기보다는 감정을 자극하"려 하는 "격정적이고 투박하고 조잡한 볼거리"[20]에 치우쳐 있다고 진단한 바 있다. 텔레비전을 악으로 치부하는 것은 사진 달린 토스터기로 치부하는 것만큼이나 환원주의적이고 어리석은 짓이다.

텔레비전이 저급 예술, 사람들의 호주머니를 털기 위해 그들을 즐겁게 해야 하는 예술의 본보기인 것은 부인할 수 없다. 전국에 방송되는 광고 기반 엔터테인먼트의 경제적 구조 때문에 텔레비전의 유일한—RCA가 1936년 현장 시험을 처음으로 승인한 뒤로 텔레비전 안팎의 그 누구도 부인한 적 없는—목표는 시청자를 최대한 많이 확보하는 것이다. 텔레비전은 전례 없이 많은 사람들의 관심에 호소하고 이를 누리려고 욕망한다는 점에서 저급 문화의 전형이다. 하지만 텔

---

19 Barbara Tuchman, "The Decline of Quality," *New York Times Magazine*, 11/02/1980.

20 M. Alexis de Tocqueville, *Democracy in America*, Vintage, 1945 edition, pp. 57 and 73. 한국어판은 『미국의 민주주의』(한길사, 2009) 623쪽. 재번역.

레비전이 저급인 것은 저속하거나 음란하거나 멍청해서가 아니다. 텔레비전은 종종 이 모두이지만, 이것은 청중을 끌어들이고 즐겁게 해야 할 필요성의 논리적 귀결이다. 그렇다고 해서 청중을 구성하는 사람들이 저속하고 멍청하기 때문에 텔레비전이 저속하고 멍청하다는 말도 아니다. 텔레비전이 저속하고 음란하고 멍청한 이유는 사람들이 저속하고 음란하고 멍청하다는 점에서는 천편일률적이면서도 세련되고 심미적이고 고상한 관심사의 측면에서는 천차만별이기 때문이다. 관건은 혼합주의적 다양성이다. 수준이 낮은 것은 매체의 탓도 청중의 탓도 아니다.

그럼에도 미국인 개개인이 저속하고 음란하고 멍청한 볼거리를 하루 여섯 시간이라는 경악할 만한 가구당 복용량으로 소비하고 있다는 사실에 대해서는 텔레비전과 우리 둘 다 대답해야 한다. 우리에게 책임이 있는 기본적인 이유는 그 누구도 우리에게 잠자는 시간에 이어 두 번째로 많은 시간을 유익하지 않은 일을 하는 데 보내라며 무기를 들고 위협하고 있지 않기 때문이다. 산통을 깨서 유감이지만 사실이 그렇다. 하루 여섯 시간은 좋지 않다.

텔레비전이 시시각각 발휘하는 최대의 매력은 요구하는 것 없이 품어준다는 것이다. 텔레비전 앞에서는 이완된 상태로 자극을 경험할 수 있다. 주지 않고 받기. 이 점에서 텔레비전은 별미(이를테면 사탕, 술)라 부를 만한 것, 즉 조금만 먹으면 기본적으로 괜찮고 기분도 좋아지지만 많이 먹으면 몸에 좋지 않고 주식 대신 꾸준히 대량으로 먹으면 '정말로' 안 좋은 것과 비슷하다. 하루 여섯 시간의 별미가 몇 리터의 진이나 몇 파운드의 토블러론 초콜릿으로 변환되는가는 상상에 맡기겠다.

문제의 표면에서 보자면, 우리의 텔레비전 소비량에 대한 텔레비전의 책임은 우리가 인정하는 대로 어마어마한 시청 시간을 확보함으로써 자신의 임무를 기막히게 달성했다는 것뿐이다. 텔레비전의 사회적 책임은 군사 무기를 설계하는 사람의 책임과 같아서, 지나치게 잘하지만 않으면 문제가 되지 않는다.

하지만 텔레비전은 술에 비유하는 것이 가장 좋겠다. 왜냐하면 (잠시만 참아주시라) 우리의 평균적인 조 브리프케이스가 텔레중독teleholic이 아닐까 걱정되기 때문이다. 즉, 텔레비전 시청은 유해한 중독성을 가질 수 있다. 그러려면 일정한 문턱값을 습관적으로 넘어야겠지만, 그러고 보면 와일드 터키 위스키도 마찬가지 아니겠는가. '유해한'과 '중독성'이라는 말을 썼다고 해서 사악하거나 최면적이라는 뜻은 아니다. 어떤 행동에 중독성이 있다는 것은 둘의 관계가 좀 지나치게 좋아하는 것과 정말로 필요로 하는 것 사이의 하향 연속선상에 놓여 있다는 뜻이다. 운동 중독에서 글쓰기 중독에 이르기까지 많은 중독은 전혀 무해하다. 하지만 무언가가 (1) 중독자에게 진짜 문제를 일으키고 (2) 그것이 일으키는 문제에서 벗어나기 위해 그것을 해야 할 것 같다면 '유해한' 중독이다.[21] 유해한 중독의 또 다른 특징은 중독으로 인한 문제를 안팎으로 간섭무늬를 그리며 퍼뜨려 관계를, 공동체를, 중독자의 자아상과 영혼을 곤경에 빠뜨린다는 것이다. 추상적 측면에서는 이런 여파 때문에 비유를 드는 것이 여러분에게 괴로울지도 모르겠지만, 유해한 중독성이 있는 텔레비전 시청의 악순환을 구체적으로 묘사하는 것은 어려운 일이 아니다. 많은 미국인들이 고독하다는 것이 사실이라면, 또한 많은 고독한 사람들이 텔레비전을 많이 시청한다는 것이 사실이고 고독한 사람들이 주변의 진짜 인간에게 느끼는 고통스러운 혐오감에 대한 위안을 텔레비전의 2-D 이미지에서 찾는다는 것이 사실이라면, 집에서 혼자 텔레비전을 보는 시간이 길수록 진짜 인간의 세상에서 보내는 시간이 짧아진다는 것, 진짜 인간 세상에서 보내는 시간이 짧아질수록 세상의 일부가 되는 과업에 자신이 부적절하므로 세상으로부터 근본적으로 분리되고 소외되고 유아론적이고 고독하다고 느끼지 않기가 힘들어진다는 것 또한 분명하다. 버드번다나 제인 폴리와의 사이비 인간관계를 진짜 사람과의 관계에 대한 괜찮은 대안으로 여기기 시작하면, 진짜 3-D 사람과의 접촉을, 기초적 정신 건강에 무척 중요해 보이는 접촉을, 다시 말해 맺으려는 의식적 유인이 훌쩍 줄어들리라는 것 또한 사실이다. 여느 중독자와 마찬가지로 조 브리프

---

21 권위 있는 출처에서 인용한 정의는 아니지만 매우 적당하고 상식적으로 보인다.

케이스도 영양가 있고 몸에 필요한 음식 대신 별미를 찾기 시작하며, (만족시킨다기보다 욱박질러 해소하던) 원래의 순수한 허기는 가라앉아 기이하고 대상 없는 불안이 된다.

유해한 순환으로서의 텔레비전 시청은 작가적 자의식이나 신경 알레르기적 고독 같은 특별한 전제 조건조차 필요하지 않다. 잠깐만 조 브리프케이스를 그다지 고독하지 않고, 삶에 적응했고, 결혼했으며, 2.3킬로그램의 능금빛 뺨을 가진 아이가 태어나는 축복을 받았고, 지극히 정상이고 열심히 일하다 5시 30분이면 귀가하여 텔레비전 앞에서 평균 여섯 시간의 시청을 시작하는 평균적 미국인 남성이라고 상상해 보자. 조 B.는 평균적이기 때문에 여론 조사원의 질문에 어깨를 으쓱하며 자신이 텔레비전을 보는 주된 이유는 고된 하루와 삶으로부터 '해방'되기 위해서라고 답할 것이다. 텔레비전이 이런 해방을 가능케 하는 이유는 단지 오슐랜더적 '주의 분산', 즉 일상의 말썽으로부터 주의를 돌리게 하는 무언가를 제공하기 때문이라고 생각하기 쉽다. 하지만 주의 분산만으로 끊임없는 대량 시청을 보장할 수 있을까? 텔레비전이 제공하는 것은 주의 분산을 훌쩍 뛰어넘는다. 여러 면에서 텔레비전은 '꿈'을 공급하고 가능케 하며 이 꿈의 대부분은 평균적 일상생활의 초월과 관계가 있다. 텔레비전에 가장 효과적인 표현 방식, 즉 총격이 벌어지고 차량이 파손되는 '액션'이나, 광고와 뉴스와 뮤직비디오의 속사포 '콜라주'나, 과장된 몸짓과 새된 목소리와 과도한 폭소가 난무하는 황금 시간대 드라마와 시트콤의 '히스테리' 따위의 것들은 조 브리프케이스가 아는 현대적 삶보다 빠르고 치밀하고 흥미롭고…… '생기 넘치는' 삶이 어딘가에 있다고 귓전에 대고 외친다. 이것은 우리의 평균적 조 브리프케이스가 현대적 삶에서 그 무엇보다 많이 하는 일이 텔레비전 시청—즉, 평균적 두뇌의 소유자라면 누구나 알겠지만 매우 치밀하고 생기 넘치는 삶을 대신하지 못하는 활동—이라고 여기기 전까지는 무해해 보일지도 모르겠다. 텔레비전은 일상생활로부터의 탈출이라는 꿈 같은 약속으로 시청자를 끌어들여야 하므로, 또한 통계로 입증되듯 평범한 미국인의 삶에서 텔레비전 시청이 어마어마한 비중을 차지하므로, 텔레비전이 귓전에 대고 외치는 약속은 이론적 텔레비전 시청을 깎아내리면서("조, 조, 삶이 생기 넘치는 세상이 있어. 아무도 하루 여섯 시간을 한낱 가구 앞에 축 늘어진 채 보내지 않는 세상이 있다고") 실제 텔레비전 시청을 부추긴다("조, 조, 당신이 그 세상에 접속하는 최선이자 유일한 방법은 텔레비전이야").

하긴 평균적 조 브리프케이스는 멀쩡한 두뇌의 소유자이고 마음속 깊은 곳에서는 우리와 마찬가지로 이 모순되는 귓속말 체계에서 모종의 심리적 야바위가 벌어지고 있음을 안다. 하지만 그것이 그토록 노골적인 기만이라면 그와 우리가 그토록 고용량의 시청을 계속하는 이유는 무엇일까? 답의 일부—이 일부에 대해서는 신중을 기하지 않으면 반反텔레비전 편집증에 빠질 수 있다—는 텔레비전 현상이 우리의

시청 행위를 어떤 식으로든 훈련하거나 조건화한다는 것이
다. 텔레비전은 우리가 자신을 시청할 수밖에 없도록 할 수
있게 되었을 뿐 아니라 우리가 시청하는 것에 대한 우리의
가장 내밀한 반응에 영향을 미칠 수 있게도 되었다. 식상한
텔레비전 비평가나, 텔레비전 앞에 앉아 있으면서도 다 그
게 그거라고 코웃음 치는 주변 사람들을 생각해 보라. 그때
마다 나는 이 뚱한 사람들의 멱살을 잡고 이가 덜덜거릴 때
까지 흔든 다음 손가락 총을 그들 머리에 대고 그렇다면 대
체 왜 텔레비전을 계속 보고 있는 거냐고 묻고 싶어진다. 하
지만 사실 텔레비전과 청중은 복잡한 대규모 심리적 거래를
주고받으며 이를 통해 청중은 뻔하고 진부하고 한심한 텔레
비전 쇼에 반응하고는 좋아하고는 '기대'하도록 훈련받는데,
이 기대가 얼마나 크냐면 방송사들이 이따금 검증된 공식
을 버리고 새로운 쇼를 시작하면 시청자들은 종종 그 프로
그램이 제 궤도에 오를 만큼 시청해 주지 않음으로써 응징
한다. 방송사들이 비평가들에게 심드렁한 것은 이 때문이다.
대부분의 경우에—세련된 메타 텔레비전이 뜨기 전에는 예
외라고 해봐야 한 손으로 꼽을 수 있을 것이다—'색다른' 또
는 '하이 콘셉트' 프로그램은 시청률이 저조할 수밖에 없으
니까. 어쨌거나 고급 텔레비전 프로그램은 수백만 명의 시선
을 감당할 수는 없다.

　요즘은 충격, 그로테스크, 불경 같은 몇몇 홍보 기법을
동원하여, 참신한 종류의 쇼를 전국 규모로 키울 수 있는 것

이 사실이다. 이런 예로는 '충격'적인 〈커런트 어페어A Current Affair〉, '그로테스크'한 〈리얼 피플Real People〉, '불경'한 〈못 말리는 번디 가족Married... with Children〉 등을 들 수 있겠다. 하지만 이 프로그램들은 방송 업계에서 '신선'하다거나 '도발적'이라고 떠벌리는 여느 프로그램과 마찬가지로 기존 공식을 살짝, 티 나게 고쳤을 뿐이다.

텔레비전의 독창성 부족을 방송인들의 창의성 결여 탓으로 돌리는 것은 부당하다. 사실 우리는 텔레비전 쇼 배후에 있는 사람들이 창의적인지 알 기회가 거의 없다. 더 정확히 말하자면 그들이 우리에게 보여줄 기회가 거의 없다고 해야겠지만. 대중문화 비평가들은 텔레비전의 가련한 청중이 마음속 깊은 곳에서 "참신함을 갈망할" 거라 의심 없이 전제하지만 모든 증거로 보건대 청중은 '실제로는' 같음을 갈망하지만 마음속 깊은 곳에서는 자신이 참신함을 갈망해야 '마땅'하다고 생각한다. 텔레비전을 보는 수많은 얼굴에 몰입과 조롱이 섞여 있는 것은 이 때문이다. 텔레비전의 엉터리 '혁신적 프로그램' 이면에서 시청자와의 기묘한 공모가 벌어지는 것 또한 이 때문이다. 조 브리프케이스는 '신선함'과 '도발적' 같은 홍보성 허울로 자신의 양심을 잠재우면서 우리 모두가 텔레비전으로부터 원하도록 훈련받은 것—어떤 낯설게 미국적이고, 심오하게 피상적이면서, 영원히 일시적인 '안도감'—을 꾸준히 얻는다.

특히 1980년대에는 우리가 정말로 원하는 것과 우리가 원해야 마땅하다고 우리가 생각하는 것 사이에서 청중이 느끼는 이 긴장이야말로 텔레비전의 일용할 양식이었다. 텔레비전이 스스로를 조롱하며 탐닉, 위반, 영광스러운 '항복'(다시 말하지만 중독 순환을 겪어본 사람에게는 별로 낯설지 않을 것이다)으로의 자기 자신에게 우리를 초대하는 것은 우리 세대의 불알을 여섯 시간 동안 확실하게 움켜쥐는 두 가지 기발한 방법 중 하나다. 다른 하나는 포스트모던 반어법이다. 〈외계인 알프ʌⁱ〉가 신디케이트 패키지로 보스턴에 선보이면서 내보낸 광고에는 뚱뚱하고 냉소적이고 찬란하게 퇴폐적인 꼭두각시 인형(스누피, 가필드, 바트, 벗헤드를 빼닮았다)이 등장하여 "배불리 드시고 텔레비전을 바라보세요"라고 조언한다. 그의 조언은 내가 혼란과 죄책감을 느낄 때마다 가장 잘하는 바로 그 일—방에 틀어박혀 태아 자세를 취한 채 편안함, 도피, 안도감에 수동적으로 스스로를 내맡기는 것—을 해도 좋다는 반어적 허가증이다. 이 순환은 스스로에게서 자양분을 얻는다.

죄책감의 소설

다시 말하지만 이 순환의 뿌리 깊은 갈등이 새롭다는 말은 아니다. 사람들이 하는 것과 욕망해야 마땅한 것 사이의 대립은 적어도 플라톤의 전차나 탕자의 귀향까지 거슬러 올라갈 수 있다. 하지만 엔터테인먼트가 이 갈등에 호소하고 그 안에서 작용하는 방식이 변형된 것은 텔레비전 문화에서다. 시청 문화가 탐닉, 죄책감, 안도감의 순환과 맺는 이 관계는 미국 예술에 중요한 결과를 가져왔으며, 유사성을 찾기가 가장 쉬운 것은 워홀의 팝 아트나 엘비스의 록 음악이지만 가장 흥미로운 교류는 텔레비전과 미국 문학 사이에서 이루어진다.

20세기 포스트모던 소설에서 가장 눈에 띄는 현상 중 하나는 가장 고고한 고급 예술 기획에서조차 상표명, 유명인, 텔레비전 프로그램 같은 대중문화적 요소를 늘 전략적으로 차용했다는 것이다. 《중력의 무지개Gravity's Rainbow》에서 슬로스롭이 느릅나무 드로프스를 열렬히 좋아하고 미키 루니와 묘하게 조우하는 것, 《재회의 거리Bright Lights, Big City》에서 '너'가 〈뉴욕 포스트〉의 '코마 아기' 기사에 페티시를 품는 것, 돈 드릴로의 소설에서 대중문화에 빠삭한 인물들이 "엘비스는 계약 조건을 이행했어요. 무절제, 타락, 자기 파괴, 괴상한 행동이 이어지면서 몸은 부어올랐고 연달아 뇌손상을 당했지요"[22] 같은 말을 주고받는 것 등 지난 25년의 미국 전위 소설에서 아무 예나 떠올려 보라. 전후戰後 예술에서 대중문화의 신격화는 고급문화와 저급문화의 전혀 새로운 결합을 의

---

22 Don DeLillo, *White Noise*, Viking, 1985, p. 72. 한국어판은 《화이트 노이즈》 (강미숙 옮김, 창비, 2005) 129쪽.

미했다. 포스트모더니즘의 예술적 효력은, 다시 말하지만 예술에 대한 여하한 새로운 사실이 아니라 대중 상업 문화가 새로운 중요성을 획득했다는 사실이 낳은 직접적 결과였다. 이제 미국인들을 묶는 끈은 공통의 신념이라기보다는 공통의 이미지인 듯하다. 이제 우리를 묶는 것은 우리가 목격하는 것이다. 이 변화를 좋게 보는 사람은 아무도 없다. 사실 미국 소설에서 대중문화적 요소가 이토록 강력한 은유로 떠오른 것은 미국인들이 대중적 이미지에 그토록 한결같이 노출되기 때문만이 아니라 그 노출에 대한 죄책감에 탐닉하는 우리의 심리 때문이기도 하다. 간단히 말해서 현대 소설에서 대중문화 참조가 이토록 효과적으로 작동하는 것은 (1) 우리 모두가 그런 참조를 알아보며 (2) 그런 참조를 우리 모두가 알아본다는 것에 대해 우리 모두가 조금 거북하기 때문이다.

포스트모던 현대 소설에서 저급문화 이미지가 놓인 지위는 포스트모더니즘의 예술적 조상, 이를테면 조이스의 '비루한 사실주의'나 뒤샹의 변기 조각상 같은 원형적 다다이즘에서의 위치와 사뭇 다르다. 뒤샹이 가장 천한 물건을 미학적으로 전시한 데는 전적으로 이론적인 목적이 있었으니, 그것은 "미술관이 영묘인 것은 변소인 것이다" 등의 진술을 하는 것이었다. 이것은 옥타비오 파스가 '메타 아이러니'[23]라고 부르는 것, 즉 우리가 '우월함/예술적임' 대 '열등

---

23 Octavio Paz, *Children of the Mire*, Harvard U. Press, 1974, pp. 103-118. 한

함/천박함'으로 구분하는 범주가 실제로는 서로 공존할 만큼 상호 의존적임을 드러내려는 시도의 사례였다. 다른 한편으로 오늘날 많은 고급 문학 소설에서 저급문화를 참조하는 목적은 그보다는 덜 추상적이다. 그 목적은 (1) 반어법과 불경함의 분위기를 조성하는 데 일조하는 것이고, (2) 우리를 불안하게 함으로써 미국 문화의 무자미에 대해 '논평'하는 것, (3) 가장 중요하게는 지금 시기에 그저 사실적일 것이다.

핀천과 드릴로는 시대를 앞서갔다. 오늘날 대중문화적 이미지가 기본적으로 모방 장치에 불과하다는 믿음은 40세 이하의 대다수 미국 소설가를 우리에 선행하고 우리를 평가하고 우리의 대학원 커리큘럼을 짜는 작가 세대와 분리하는 태도 중 하나다. 사실주의 관념에서의 이러한 세대 격차는 다시 말하지만 텔레비전에서 비롯한다. 1950년 이후에 태어난 미국인 세대는 단순히 텔레비전을 보는 것이 아니라 텔레비전과 더불어 살아온 최초의 세대다. 연장자 세대는 텔레비전을 플래퍼[24]가 자동차 보듯 한다. 흥밋거리에서 별난 것으로, 별난 것에서 매혹적인 것으로 바뀐 것이다. 이에 반해 젊은 작가들에게 텔레비전은 도요타와 교통 정체만큼이나 현실의 일부다. 말 그대로 우리는 텔레비전 없는 삶을 상상할

국어판은 《흙의 자식들 외》(김은중 옮김, 솔출판사, 2003) 129~210쪽.
24 flapper. 1920년대 재즈 시대의 자유분방하고 젊은 여성.(옮긴이)

수 없다. 우리가 아버지 세대와 다른 것은 텔레비전이 우리의 현재를 표상하고 정의한다는 점에서가 아니다. 우리가 다른 점은 그렇게 전기적으로 정의되지 않는 세상에 대한 기억이 전무하다는 것이다. 수많은 선배 소설가들이 자기네가 보기에 대중문화에 충분히 비판적이지 않은 '브랫 팩'[25] 세대에게 퍼붓는 조롱이 납득할 만하면서도 핀트가 어긋난 것은 이 때문이다. 물론 데이비드 레빗의 단편 소설에서 몇몇 등장인물에 대한 유일한 묘사가 티셔츠의 브랜드명뿐이라는 사실에는 어딘지 서글픈 구석이 있다. 하지만 사실 레빗의 젊고 교양 있는 독자들은 대부분 자신이 소비하는 것을 자신의 존재와 동치하는 메시지를 통해 키워지고 자양분을 공급받은 세대로, 그들에게는 레빗의 묘사가 정말로 제 몫을 한다. 우리의, 1950년대 이후의, 텔레비전과 뗄 수 없는 연상작용에서 브랜드 충성은 인물에 대한 제유법이다. 이것은 엄연한 사실이다.

텔레비전 이전 시대에 신경절이 형성된 미국 작가들, 뒤샹에게도 파스에게도 열광하지 않으며 드릴로와 같은 신탁의 예지력이 결여된 사람들은 대중문화 상징을 모방적으로 차용하는 것을, 잘해야 짜증스러운 틱이요 최악의 경우에는 소설을 마땅히 머물러 있어야 할 플라톤적 항상성에서 벗어나게 하여 진지함을 훼손하는 위험한 무자미로 여긴다. 대학원

---

25 1980년대에 등장하여 젊은 독자들에게 인기를 끈 일군의 소설가.(옮긴이)

워크숍에 참석한 적이 있는데, 어떤 은발의 저명 학자가 문학적 이야기나 소설은 "시대를 명토 박는 특징"[26]을 언제나 피해야 하며 그 이유는 "진지한 소설은 무시간적이어야 하"기 때문이라며 우리를 설득하려 들었다. 그 자신의 유명한 작품에서도 인물들이 전기 조명 실내에서 돌아다니고 차를 몰고 앵글로색슨어가 아니라 전후戰後 영어를 구사하고 대륙 이동으로 아프리카와 분리된 북아메리카에 거주하지 않느냐고 우리가 항의하자 그는 자신이 금지하는 것은 이야기의 시점을 "경박한 지금frivolous Now"에 놓는 명백한 참조라며 성마르게 말을 바꿨다. 대체 어떤 대상이 이 F.N.을 불러일으키느냐고 따져 물었더니 그는 당연히 "시류에 편승하는 대중-통속-매체"적 참조를 의미한다고 말했다. 그리고 여기서, 바로 이 지점에서 세대를 초월하는 담론의 희망은 좌절되었다. 우리는 그를 멍하니 쳐다보았다. 조그만 머리통을 긁적거렸다. 이해가 되지 않았다. 이 남자와 그의 학생들은 '진지한' 세상을 우리와 같은 방식으로 상상하지 않았다. 자동차가 있는 그의 무시간성은 MTV가 있는 우리의 무시간성과 달랐다.

여러분이 장문의 문학 면을 읽는다면 틀림없이 위의 장면으로 대표되는 세대 간 실랑이를 보았을 것이다.[27] 명백한

---

26 이해를 돕기 위해 첨언하자면, 이 교수는 덜 근사한 'that'이 관계 대명사로 적절한 경우에 'which'를 쓰는 부류였다.

27 이 세대 전쟁에서의 전형적인 전투 장면을 목격하고 싶다면 William Gass, "A Failing Grade for the Present Tense" in 10/11/1987, *New York Times Book Re-*

사실은 소설 생산과 관련된 어떤 것들이 지금의 젊은 미국 작가에게는 다르다는 것이다. 그리고 대다수 흐름의 여울목에는 텔레비전이 있다. 그것은 젊은 작가들이 스탠리 카벨 말마따나 독자의 "기꺼이 만족당하려는 의지"에서 더 숭고한 틈을 탐색하는 예술가이기 때문만은 아니다. 또한 우리는 지금 거대한 미국 청중의 자칭 일부이고, 나름의 미적 쾌락 중추가 있으며, 텔레비전은 우리를 빚어내고 훈련시켰다. 그렇다면 (이를테면) 젊은 작가가 쓴 인물들이 서로 그다지 흥미로운 대화를 나누지 않으며 젊은 작가들의 귀가 '양철'처럼 무디다는 기성 문단의 뻔한 불만은 먹히지 않을 것이다. 설령 양철 같을지는 몰라도 실제로 젊은 미국인의 경험에서는 사람들이 같은 방에서 나누는 대화라고 해봐야 그다지 직접적이지 않다. 내가 아는 대다수 사람들이 하는 일은 모두 같은 방향을 향해 앉아서 같은 것을 바라보며 광고 시간 분량의 대화를 근시안적 교통 사고 목격자들이 서로에게 물을 법한 질문—"내가 본 거 너도 본 거 맞지?"—을 중심으로 구성하는 것이다. 여기에 더해 '사실주의'의 덕목에 대해 이야기하자면 젊은 세대 소설에 심오한 대화가 결핍된 것은 우리 세대에만 국한되지 않는 무언가를 정확히 반영하는 듯하다. 내 말은 노소를 막론하고 평균적 가정에서 하루 여섯 시간 동안 대체 얼마나 많은 대화를 실제로 주고받을 수 있는가다. 그렇

---

*view*를 보라.

다면 이젠 누구의 문학적 미학이 '시대적'으로 보이는가?

문학사의 관점에서는 한편으로 대중문화와 텔레비전에서의 참조와, 다른 한편으로 텔레비전식 기법의 단순한 활용 사이의 차이를 인식하는 것이 중요하다. 후자는 처음부터 지금까지 소설에서 쓰였다. 이를테면 볼테르의 《캉디드》에서는 캉디드와 팡글로스로 하여금 전사자, 학살, 걷잡을 수 없는 추악함의 와중에서 "가능한 모든 세계 중에서 최선의 세계"라고 말하게 함으로써 에드 레이블을 뿌듯하게 할 양감각적 반어법을 구사한다. 모더니즘을 개척한 의식의 흐름 작가들조차 매우 높은 차원에서는 프라이버시를 침해하고 금지된 것을 염탐하는 환상을, 텔레비전이 효과를 톡톡히 본 바로 그 이미지를 만들어 냈다. 발자크는, 말도 말자.

문학에 대한 대중문화의 영향이 기법 이상의 무언가가 된 것은 원폭 이후 미국에서였다. 텔레비전이 처음으로 헐떡거리며 공기를 빨아들일 즈음 대중적이고 통속적인 미국 문화는 상징과 신화의 조합으로서 고급문화의 자격을 갖췄다. 이 대중문화 차용 운동의 주교단은 나보코프 이후 블랙 유머 작가, 메타 소설가, 그리고 나중에야 '포스트모던'으로 묶인 온갖 프랑스·라틴 애호가였다. 블랙 유머 작가들의 박식하고 냉소적인 소설은 스스로를 일종의 전위로, 세계주의자이고 다국어 구사자일 뿐 아니라 기술에 정통한 인물로, 둘 이상의 지역과 유산과 이론의 산물이요 자신에 대한 가장 중요한 발언을 대중매체를 통해 하는 문화의 시민으로 여기는 새로운 소설가 세대를 선보였다. 이와 관련하여 특별히 떠오르는 작가로는《인식The Recognitions》과《제이 아르JR》의 개디스William Gaddis,《여로의 종말The End of the Road》과《연초 도매상The Sot-Weed Factor》의 바스John Barth,《제49호 품목의 경매The Crying of Lot 49》의 핀천Thomas Pynchon이 있다. 하지만 대중문화를 신화 창조의 공급원으로 삼으려는 운동은 동력을 얻어 금세 유파와 장르를 둘 다 초월했다. 내 책꽂이에서 아무 책이나 뽑아보겠다. 시인 제임스 커민스James Cummins의 1986년작《총체적 진실The Whole Truth》은 페리 메이슨[28]을 해체하는 세스티나[29]다. 로버트 쿠버Robert Coover의 1977년작《공개 화형The Public Burning》에서는 아이젠하워가 닉슨을 공공연히 엿 먹이고 1968년작《정치적 우화A Political Fable》에서는 모자 속 고양이가 대통령에 출마한다. 맥스 애플의 1986년작《프로피티어The Propheteers》는 월트 디즈니의 인생 역정을 소설 분량으로 상상한 작품이다. 여기 시인 빌 놋Bill Knott이 1974년에 쓴 시〈그리고 다른 여행들And Other Travels〉을 발췌한다.

　　…… 내 손에 쥔 아홉 꼬리 고양이는 꼬리 끝마다 클리어러실[30]

　　을 발랐지

　　걱정스러웠던 것은 딕 클라크가 카메라맨에게

28　얼 스탠리 가드너의 추리 소설에 등장하는 변호사.(옮긴이)

29　sestina. 6행으로 된 6연의 무운시.(옮긴이)

30　여드름 치료제.(옮긴이)

내 스커트가 몸에 너무 달라붙으니까 무용 장면에서 카메라를 내게 비추지 말라고 말했기 때문이야.[31]

이 연이 좋은 예인 것은 여러분이 평상시에 문맥이나 근거라고 부를 만한 것이 하나도 없는데도 우리 모두가 한눈에 파악하는 참조물을 '자기' 근거 삼아 〈밴드스탠드〉[32]의 제의화된 허영, 십 대들의 불안, 돌발 상황의 관리 등을 떠올리게 하기 때문이다. 이것은 사소하면서도 보편적이고 달래면서도 혼란스럽게 하는 완벽한 대중문화적 이미지다.

시청이라는 현상과 시청에 대한 자각이 본질적으로 팽창적임을 상기하라. 포스트모던 문학의 또 다른 후기 조류를 구별하는 것은 문학적 비유의 타당한 대상으로서의 텔레비전 이미지와 결별하고 그 자체로 타당한 '주제'로서의 텔레비전과 메타 시청을 받아들인다는 것이다. 이 말은 일부 문학이 시청, 환각, 영상 이미지의 요소와 비중이 점차 커지는 미국 문화에 대한 논평이자 반응에 자신의 존재 이유를 두기 시작한다는 뜻이다. 이러한 주의의 '말려들기'는 학구적 시에서 처음으로 관찰되었다. 이를테면 스티븐 도빈스Stephen Dobyns의 1980년작 〈사로잡힌 토요일 밤Arrested Saturday Night〉을 보라.

---

31 Bill Knott, *Love Poems to Myself, Book One*, Barn Dream Press, 1974에 수록.
32 Bandstand. 1950~1980년대 미국에서 십 대를에게 인기를 끈 텔레비전 음악·댄스 프로그램.(옮긴이)

전말은 이렇다. 펙과 밥은 집에서 텔레비전을 보자고 잭과 록샌을 초대했으며 대형 화면에서 그들은 점점 작아지는 텔레비전에서 자신들의 모습을 보는 자신들의 모습을 보는 펙과 밥, 잭과 록샌을 보았다.[33]

놋의 1983년작 〈집중 훈련Crash Course〉도 살펴보자.

나는 텔레비전 모니터를 가슴에 매달아 내게 다가오는 사람은 누구나 자신을 보고 그에 따라 반응하도록 한다.[34]

하지만 미국 소설에서의 이러한 변화를 내다본 진짜 선지자는 예의 돈 드릴로였다. 그는 오랫동안 과소평가된 관념 소설가로, 바스와 핀천이 10년 전에 마비와 편집증이라는 대상을 조각한 것과 같은 방식으로 신호와 이미지를 자신의 통합적 토포스[35]로 삼았다. 드릴로의 1985년작 《화이트 노이즈》는 풋내기 소설가에게 일종의 텔레비주얼televisual 신호나 팔 소리처럼 들렸다. 특히 중요해 보인 것은 아래와 같은 장면들이다.

며칠 뒤 머레이는 내게 '미국에서 사진이 가장 많이 찍힌 헛

---

33 Stephen Dobyns, *Heat Death*, McLelland and Stewart, 1980에 수록.

34 Bill Knott, *Becos*, Vintage, 1983에 수록.

35 topos. 자주 반복되는 문학적 모티프.(옮긴이)

간'으로 알려진 관광 명소에 대해 물었다. 우리는 차를 타고 파밍튼 근처 시골로 22마일을 달렸다. 그곳에는 목장과 사과 과수원이 있었다. 하얀 울타리가 굽이치는 들판 사이로 길게 뻗어 있었다. 얼마 안 가서 표지판이 나타나기 시작했다. **미 국에서 사진이 가장 많이 찍힌 헛간**. 우리는 헛간에 도착 하기 전에 다섯 개의 표지판을 보았다. …… 우리는 관람과 촬영을 위해 마련된 구릉지로 이어지는 샛길을 따라 걸어갔 다. 모든 사람들이 카메라를 갖고 있었다. 몇 사람은 삼각대, 망원 렌즈, 필터 장비까지 들고 왔다. 노점에서 한 사내가 엽 서와 슬라이드를 팔고 있었다. 이 구릉에서 찍은 헛간 사진들 이었다. 우리는 몇 그루의 나무가 있는 곳 주변에 서서 사진 찍는 사람들을 지켜보았다. 머레이는 오랫동안 침묵을 지키면 서 이따금 작은 책에 약간의 메모를 갈겨썼다.

"헛간을 보는 사람이 아무도 없어요." 마침내 그가 말했다.

다시 긴 침묵이 이어졌다.

"일단 이 헛간에 관한 표지판을 본 다음에는 헛간을 본다는 것은 불가능해집니다."

그는 다시 한번 말이 없어졌다. 카메라를 든 사람들이 구릉지 를 떠나자 다른 이들이 대번에 그 자리를 메웠다.

"우리는 이미지를 포착하러 여기 온 게 아니에요. 그걸 유지 하러 온 거지요. …… 느껴지나요, 잭? 이름 없는 에너지들의 축적이."

침묵이 이어졌다. 노점의 사내는 엽서와 슬라이드를 팔았다.

"여기 오는 것은 일종의 정신적 항복입니다. 우린 그저 다른 사람들이 보는 것만 보죠. 과거에 여기 온 수천의 사람들, 미래에 올 많은 사람들이 보는 것 말입니다. 우린 집단적 지각의 일부분이 되는 데 동의한 거지요. 이것이 글자 그대로 우리의 시각을 채색하지요. 관광이 모두 그렇듯이, 어떤 의미에서 이건 종교적인 경험이죠."

또다시 침묵이 계속되었다.

"저 사람들은 사진 찍는 것을 사진 찍고 있어요." 그가 말했다.[36]

이 부분을 길게 인용한 것은 어디 하나 잘라낼 수 없을 만큼 훌륭하기 때문일 뿐 아니라 여러분이 두 가지 중요한 특징에 주목하도록 하기 위해서다. 하나는 관람의 전이에 대한 도빈스풍 메시지다. 사람들은 명성의 유일한 근거가 관람 대상이라는 점인 헛간을 관람하고 있을 뿐 아니라 대중문화 연구자 머레이는 헛간을 관람하는 사람들을 관람하고 있고 그의 친구 잭은 관람을 관람하는 머레이를 관람하고 있으며 우리 독자들은 매우 분명하게도 관람을 관람하는 머레이를 관람하는 화자 잭을 관람하고 있다는 식이다. 독자를 생략하더라도 헛간 및 헛간 관람의 기록에서 비슷한 무한 후퇴를 볼 수 있다.

하지만 더 중요한 것은 이 장면에서 작용하는 복잡한

---

36 *White Noise*, pp. 12-13. 한국어판은 《화이트 노이즈》, 24~25쪽.

반어법이다. 장면 자체는 명백하게도 부조리하고 부조리주의적이다. 하지만 글쓰기에서 패러디가 발휘하는 위력은 대부분 관람의 잠재적 초월자인 머레이를 겨냥한다. 머레이는 관람과 분석을 통해 집단적 시각의 대상이 되었다는 이유만으로 대중적 이미지가 된 대중적 이미지의 집단적 시각에 항복하게 되는 과정과 이유를 궁리할 것이다. 머레이가 계속 지껄이는 동안 화자의 "침묵이 이어지"는 것은 의미심장하다. 하지만 이것을 양 떼처럼 사진에 굶주린 군중에 동조한다는 의미로 받아들여서는 안 된다. 이 가련한 조 브리프케이스들이 조롱거리인 이유는 그들의 '학술적' 비평가 자신이 조롱당하고 있기 때문이니 말이다. 전반적인 서사의 어조는 일종의 짐짓 진지한 조롱이요 반어법의 특별한 무표정으로, 잭 자신이 머레이가 말하는 동안 침묵을 지키는 것은 이 장면에서 소리 내어 말하면 화자 또한 (초연하고 초월적인 "관찰자이자 기록자"가 아니라) 소극의 일부가 되어 자신 또한 조롱거리가 될 우려가 있기 때문이다. 드릴로의 또 다른 자아 잭은 침묵을 지킴으로써 자신, 머레이, 헛간 관람객, 독자가 모두 앓는 바로 그 질병을 근사하게 진단한다.

내게는 정말로 논제가 있다

나는 반어법, 포커페이스의 침묵, 조롱에 대한 두려움 등이, 기이한 예쁜 손으로 우리 세대의 목을 움켜쥔 텔레비전과의 유의미한 관계를 향유하는 (최신 소설을 비롯한) 현대 미국 문화의 독특한 성격임을 여러분에게 설득하고 싶다. 나는 반어법과 조롱이 흥겹고 효과적이며, 그와 동시에 미국 문화에서 커다란 절망과 정체를 일으키는 요인이고, 소설가 지망생에게 유난히 고약한 문제를 일으킨다고 주장할 것이다.

나의 두 가지 중요한 전제는 한편으로 젊은 미국인이 주요 저자인 특정 하위 장르의 대중문화 기반 포스트모던 소설이 최근에 떠올라 겉모습, 대중적 매력, 텔레비전의/을 위한 세상을 변형하려고 정말로 시도했다는 것, 다른 한편으로 텔레비전 문화가 그런 어떠한 변형적 공격도 물리칠 수 있을 만큼 어떤 식으로든 진화했다는 것이다. 말하자면, 텔레비전은 하루당 여러 시간의 복용량에 대해 상업적으로나 심리적으로나 효과를 발휘하기 위해 청중에게 요구되는 수동적 불안과 냉소의 태도를 변화시키거나 심지어 그에 저항하려는 어떤 시도든 포섭하여 중화할 수 있게 되었다.

이미지 소설

내가 염두에 두고 있는 특수한 소설 하위 장르를 일부 편집자는 포스트포스트모더니즘이라고 부르고 일부 비평가는 극사실주의라고 부른다. 내가 아는 젊은 독자와 작가 중 몇몇은 이미지 소설이라고 부른다. 기본적으로 이미지 소설은 1960년대 포스트모더니스트들과 더불어 만개한, 문학과 대중문화의 관계에서 한발 더 나아가는 말려들기다. 포스트모던 교부들이 소설에서 대중문화 이미지의 타당한 '참조 대상'과 '상징'을 발견했다면, 1970년대와 1980년대 초에 대중문화의 특징들을 이런 식으로 동원하는 것이 활용에서 언급으로 바뀌었다면—즉, 일부 전위적 소설가들은 대중문화와 텔레비전 시청을 그 자체로 풍성한 '주제'로 취급하기 시작했다—이미지 소설이라는 새로운 하위 장르는 일시적으로 수용되는 대중문화적 신화를 '진짜'—대중문화에 매개되기는 하지만—인물에 대한 소설을 상상하는 '세계'로 활용한다. 이미지즘 전술을 활용한 초창기 사례는 드릴로의 《그레이트 존스 스트리트Great Jones Street》, 쿠버의 《공개 화형》에서 찾아볼 수 있으며 맥스 애플의 1970년대 단편 소설 〈미국을 오렌지색으로 도배하기The Oranging of America〉는 내면의 삶을 하워드 존슨이라는 인물에 투영한다.

하지만 1980년대 후반이 되자 사적 삶을 공적 인물에 대해 상상하는 행위가 합법적인가에 대한 출판사의 우려에도 불구하고 이 유리 뒤쪽 사정을 다루는 소설이 봇물 터지듯 쏟아져 나왔는데, 이 작가들은 대부분 서로 알지 못하거나 영향을 주고받지 않았다. 애플의 《프로피티어》, 제이 캔터Jay Cantor의 《미친 고양이Krazy Kat》, 쿠버의 《영화관에서의 하룻밤, 또는 이것을 기억해야 한다A Night at the Movies, or You Must Remember This》, 윌리엄 T. 볼먼William T. Vollmann의 《그대 밝고 승천한 천사여You Bright and Risen Angels》, 스티븐 딕슨Stephen Dixon의 《영화: 열일곱 가지 이야기Movies: Seventeen Stories》, 오즈월드에 대한 드릴로 자신의 허구적 홀로그램인 《리브라Libra》는 모두 1985년 이후의 주목할 만한 사례다. (또한 1980년대의 또 다른 매체에서는 예술 영화 〈젤리그Zelig〉, 〈카이로의 붉은 장미Purple Rose of Cairo〉, 〈섹스, 거짓말, 그리고 비디오테이프sex, lies, and videotape〉, 거기에 저예산 영화 〈스캐너스Scanners〉, 〈비디오드롬Videodrome〉, 〈쇼커스Shockers〉가 모두 대중오락의 화면을 마치 투과성이 있는 것처럼 취급했다.)

이미지 소설 장르가 진정으로 날아오른 것은 마지막 순간에서였다. A. M. 홈스A. M. Homes의 1990년작 《사물의 안정성The Safety of Objects》에서는 한 소년이 바비 인형과 격렬한 애정 행각을 벌인다. 볼먼의 1989년작 《무지개 이야기The Rainbow Stories》에서는 소니 전자 제품들이 하이데거풍 우화의 등장인물로 나온다. 마이클 마톤Michael Martone의 1990년작 《포트웨인은 히틀러의 명단에서 일곱 번째에 올라 있다Fort Wayne Is Seventh on Hitler's List》는 중서부 대중문화의 거인들—제임스 딘, 커널 샌더스, 딜린저―에 대한 이야기들이 꽉 짜인 고리를 이루는데, 이미지 소설의 법적 우려 사항을 언급하는 서문에서 밝히듯 이 소설의 전체 기획은 "명성이 결부되었을 때 사실과 허구의 경계에 의문을 제기하"는 것이다.[37] 그리고 대학가에서 선풍적인 인기를 끈 마크 레이너Mark Leyner의 1990년 작 《나의 사촌, 나의 위장병 전문의My Cousin, My Gastroenterologist》는 소설이라기보다는 표지 문구의 묘사대로 "당신이 투약한 최고의 마약에 비유할 수 있는 소설"로, 케어프리 생리대의 색깔에 대한 명상에서 "텔레비전 아동물 진행자이자 쿵푸 용병 빅 스쿼럴", "푸르스름한 허공에서 포효하는 두개골 7만 5000개에 둘러싸인 채 뛰어오르는 해골을 보여주는 엑스선 사진"으로의 미식축구 즉석 리플레이까지 온갖 이미지가 난무한다.[38]

이 새로운 하위 장르에 대해 여러분이 깨달아야 한다고 내가 역설해야만 하는 한 가지는 그 차별점이 특정한 신新포스트모던 기법뿐 아니라 진정한 사회적, 예술적 의제이기도 하다는 것이다. 이미지 소설은 텔레비전 문화를 단순히 차용하거나 언급하는 것이 아니라 그에 대한 실제의 '대답'이요, 신문보다 텔레비전에서 뉴스를 접하는 미국인이 많고 3대 전국망 뉴스 프로그램을 전부 합친 것보다 〈휠 오브 포춘Wheel

---

37 Martone, *Fort Wayne Is Seventh on Hitler's List*, Indiana U. Press, 1990, p. ix.

38 Leyner, *My Cousin, My Gastroenterologist*, Harmony/Crown, 1990, p. 82.

of Fortune〉을 매일 저녁 시청하는 미국인이 많은 상황에 일종의 책임을 지우려는 시도다.

부디 이미지 소설을 최신 유행의 이색적 전위이기는커녕 격세 유전에 가까운 것으로 여겨달라. 이미지 소설은 문학적 사실주의의 진부한 기법들이 그 본질적 경계가 전기 신호에 의해 일그러진 1990년대 세계에 자연적으로 적응한 것이다. 사실주의 소설의 원대한 임무 중 하나는 경계를 가로지르는 지역권을 부여하고 독자로 하여금 자아와 장소의 벽을 뛰어넘도록 하여 본 적 없고 꿈꾼 적 없는 사람과 문화와 존재 방식을 보여주는 것이었으니 말이다. 사실주의는 낯선 것을 친숙하게 했다. 레게를 듣고 소련 위성의 베를린 장벽 붕괴 뉴스 보도를 보면서 텍스멕스[39]를 젓가락으로 먹을 수 있는 오늘날—즉, 정말이지 거의 '모든 것'이 친숙한 것을 자처하는 지금, 가장 야심찬 사실주의 소설들이 '친숙한 것을 낯설게 하'려 드는 것은 놀랄 일이 아니다. 그럼으로써 즉, 렌즈와 화면과 헤드라인의 뒤편에 대한 소설적 접근을 요구하고 환각과 매개와 인구 통계학과 마케팅과 이마고와 겉모습의 균열 너머에 있을 인간 삶의 참모습을 다시 상상함으로써 이미지 소설은 역설적으로 세 총체적 차원에서 '실재'로 받아들여지는 것을 복원하고 납작한 시야의 이질적 줄기

---

39 Tex-Mex. '텍사스'와 '멕시코'의 합성어로, 미국화된 멕시코 음식을 일컫는다.(옮긴이)

들로부터 단일한 둥근 세상을 재구성하려 한다.

이것은 희소식이다.

나쁜 소식은 이미지 소설이 거의 예외 없이 자신의 의제를 충족하는 데 실패한다는 것이다. 대부분은 텔레비전 정면의 '무대 뒤'를 들여다보는 조롱 섞인 피상적 시선으로 전락하는데, 그 정면은 이미 사람들이 조롱하고 있는, 이미 〈엔터테인먼트 투나잇〉이나 〈리모트 컨트롤〉을 통해 그 무대 뒤를 들여다볼 수 있는 정면이다.

오늘날 이미지 소설이 수동적이고 중독적인 텔레비전 심리에서 벗어나는 탈출구를 그토록 열렬히 표방하면서도 그렇지 못한 이유는 대다수 이미지 소설 작가들이 소재를 표현할 때 자신의 조상인 비트와 포스트모더니즘의 문학적 반란자들이 그 자신의 세계와 맥락에 맞서 봉기하는 데 그토록 효과적으로 구사한 것과 똑같은 색조의 반어법과 자의식을 구사한다는 것이다. 새로운 이미지스트들이 이 불경한 포스트모던 접근법으로도 텔레비전을 탈바꿈시키지 못하는 이유는 간단하다. 그것은 텔레비전이 새로운 이미지스트들보다 한발 앞섰기 때문이다. 사실 지금까지 적어도 10년간 텔레비전은 저급하고 호락호락하고 대중을 겨냥한 서사의 매력에 맞서는 최상의 대안이던 바로 그 냉소적 포스트모던 미학을 절묘하게 흡수하고 균질화하고 재표현했다. 텔레비전이 이 일을 해낸 솜씨는 암담하리만치 매력적이다.

편집증에 대한 짧은 막간. 다시 말하지만, 이미지 소설의 목표가 우리를 텔레비전으로부터 '구출'하는 것이라고 해서 텔레비전이 악마적 계획을 품었다거나 영혼을 노린다거나 사람들을 세뇌한다는 뜻은 아니다. 나는 다만 매일 고용량을 복용할 때 귀결되는 자연적 청중 조건화를 거론하고 있을 뿐이다. 이 조건화는 하도 미묘해서 실례를 통해 간접적으로 살펴보는 것이 상책이다. '조건화' 같은 용어가 여러분에게 아직도 과장되거나 히스테리적으로 보인다면, 아리따움이라는 본보기적 문제를 잠시 들여다보시길 청한다. 텔레비전에 나오는 사람들이 만인의 시선을 감당할 수 있는 한 가지 비결은 일반적인 인간적 기준에 비추어 그들이 극히 아리땁다는 사실이다. 나는 텔레비전의 여느 관행에서와 마찬가지로 여기에서도 최대한 많은 청중에게 호소하려는 것 이상의 음흉한 동기는 전혀 없다고 추측한다. 아리따운 사람들을 바라보는 것이 아리땁지 않은 사람들을 바라보는 것보다 끌리니까. 하지만 텔레비전에 대해 이야기하자면, 순수한 청중 규모에 이미지와 관음자의 은밀한 정신적 교접이 결합되면 아리따운 사람들의 매력을 강화하는 동시에 그 시청 행위 앞에서 우리 시청자의 안전을 훼손하는 순환이 시작된다. 인간이 서사를 받아들이는 방식 때문에 우리는 매력적으로 여겨지는 저 인물들과 스스로를 동일시하는 경향이 있다. 우리는 그들에게서 우리 자신을 보려 한다. 하지만 이와 똑같은 동일시 관계는 우리가 우리 자신에게서 그들을 보려 한다는 뜻이기도 하다. 우리가 하루 여섯 시간 동안 동일시하려 드는 모든 사람이 아리땁다면, 아리따운 것, 아리땁게 보이는 것은 당연히 우리에게 더 중요한 일이 된다. 우리가 아리따움을 중시하게 되면서 텔레비전의 아리따운 사람들은 더욱 매력적으로 바뀌는데, 이 순환은 명백히 텔레비전에 이롭다. 하지만 우리 일반인에게는 덜 이롭다. 우리는 대체로 거울을 가지고 있으며 자신이 동일시하고 싶은 텔레비전 이미지만큼 아리따워지는 것은 대체로 턱도 없기 때문이다. 이 때문에 개인적으로 분노가 생길 뿐 아니라 이 분노는 점점 커지는데, 그 이유는 전국의 나머지 모든 사람 또한 여섯 시간 복용량을 흡수하고 아리따운 사람들과 동일시하고 아리따움을 더욱 높이 평가하기 때문이다. 자신의 아리따움에 대한 바로 이 개인적 불안은 전국적 영향을 미치는 전국적 현상이 된다. 미국 전체가 이전과는 다른 것을 높이 평가하고 두려워하게 되는 것이다. 다이어트 광고 붐, 헬스 클럽과 피트니스 클럽, 동네 태닝숍, 성형 수술, 거식증, 과식증, 남자아이들의 스테로이드 투약, 여자아이들이 상대방 머리카락이 자기보다 더 파라 포셋스럽다는 이유로 염산을 투척하는 행위…… 등등은 서로 무관한 것일까? 텔레비전 문화에서 아리따움이 신격화되는 현상과는 관계가 없을까?

텔레비전의 대량 복용이 사람들의 가치관과 자기 지각에 깊은 영향을 미친다는 사실을 인정하는 것은 편집증적이지도 히스테리적이지도 않다. 사람들이 자신과, 자신의 거울과, 자신이 사랑하는 사람과, 진짜 사람과 진짜 시선의 세상과 맺는 관계의 전반적인 심리 작용에 영향을 미친다는 사실 또한 마찬가지다. 보는 것과 보이는 것에만 집착하는 문화가 치명적 손상을 입고 있는 것이 아름다움과 피트니스의 비현실적 기준 때문이라고 주장할 사람은 아무도 없다. 하지만 텔레비전 훈련의 다른 측면들은 그 어떤 불경한 소설가가 진지하게 받아들이는 것보다 더 탐욕스럽고 더 진지하게 스스로를 드러낸다.

반어법의 아우라

통계 분석가와 여론 조사원의 뿔테 콤비를 거느린 텔레비전이 대중 이념들의 흐름에서 패턴을 식별하고 그 패턴을 흡수하고 처리하고 시청과 구매의 설득 수단으로서 재표현하는 데 기막힌 솜씨를 발휘한다는 사실은 주지하는 바다. 이를테면 1980년대 상류층 베이비 부머를 겨냥한 광고들은 1960년대와 1970년대 록 음악의 곡조를 편곡하여 쓰는 것으로 악명 높은데, 이것은 향수에 동반되는 갈망을 불러일으키는 동시에 상품 구매를 진정한 확신이 있던 잃어버린 시대라고 여피들이 여기는 것과 짝짓기 위한 것이다. 포드 스포츠 밴의 광고 문구는 "에어로스타의 시대가 열리고 있습니다"이고,[40] 포드는 최근에 〈두 유 원트 투 댄스Do You Want to Dance?〉(1972)의 모창곡을 광고에 삽입했다가 베트 미들러와 송사를 벌이고 있으며, 캘리포니아 건포도 협회에서 제작한 클레이 애니메이션에서는 건포도들이 〈허드 잇 스루 더 그레이프바인Heard It Through the Grapevine〉(1967)에 맞춰 춤춘다. 노래와 그 노래가 상징하던 이상을 냉소적으로 재사용하는 것이 끔찍해 보이더라도, 어차피 대중음악가가 비상업주의의 전형은 아니며, 어쨌거나 파는 것이 아리땁다고 말한 사람은 아무도 없다. 텔레비전이 문화적 상징을 아무리 흡수하고 진부화한들 그 효과는 충분히 무해해 보인다. 하지만 전체적인 문화적 추세와 그 바탕인 이념을 재활용하는 것은 다른 문제다.

미국 대중문화는 언제나 개인주의의 고귀함을 따스한 공동체적 소속감에 맞세웠다는 점에서 미국의 진지한 문화를 빼닮았다. 첫 20여 년간 텔레비전은 마치 방정식 우변의 집단 귀속에 주로 호소하려 한 것으로 보인다. 초창기 텔레비전은 공동체와 유대감을 찬미했다. 텔레비전 자체, 특히 텔레비전 광고는 애초부터 고독한 시청자인 홀로 있는 조 브리프케이스에게 자신을 투사했지만 말이다. (텔레비전 광고는 언제나 집단이 아니라 개인에게 호소하는데, 이 사실은 텔레비전 청중의 전례 없는 규모에 비추어 생각하면 의아하지만, 사람은 혼자 있

---

40 에어로스타는 1967년에 선보인 미국 항공기.(옮긴이)

을 때 접근하면 언제나 가장 취약하고 따라서 가장 두려움을 느끼고 따라서 가장 쉽게 설득된다는 유능한 세일즈맨의 설명을 들으면 납득이 간다.)

고전적 텔레비전 광고는 오로지 집단을 내세웠다. 홀로 앉은 채 자신의 가구를 쳐다보는 조 브리프케이스의 취약함에 착안하여, 자기네 상품을 구입하는 행위를 그가 매력적인 공동체에 속하는 것과 연결함으로써 이를 활용했다. 황홀한 상황에서 아리따운 사람들이 집단을 이뤄 다들 그 누가 누릴 수 있는 것보다 더 많은 즐거움을 누리거나 다들 어떤 브랜드의 청량음료나 과자를 들고 있다는 이유만으로 '행복한 집단'에 속하게 되는 비슷비슷한 옛날 광고를 21세 이상이면 누구나 기억할 수 있는 것은 이 때문이다. 여기서 발휘되는 노골적인 소구력은 알맞은 상품이 조 브리프케이스를 집단에 속하게 해준다는 것이다. 이를테면······ "우리는 펩시 세대다."처럼.

하지만 적어도 1980년대 이후로 미국의 거대한 대화에서 개인주의적 측면이 텔레비전 광고를 휩쓸었다. 이렇게 된 이유나 과정은 확실치 않다. 베트남 전쟁, 청년 문화, 워터게이트 사건과 불황, 신우파의 부상 등을 가로지르는 거대한 연결을 추적할 수는 있겠지만 요점은 가장 효과적인 텔레비전 광고의 상당수가 이제는 고독한 시청자에게 전혀 다른 식으로 호소한다는 것이다. 이제 상품을 내세우는 가장 흔한 수법은 시청자로 하여금 "자신을 표현하"고 개성을 표출하고 "남들과 달라 보이"게 해주겠다고 말하는 것이다. 내가 처음 접한 사례는 여성들이 가진 "고유한 신체의 화학적 특징"에 특수하게 반응하여 "자기만의 개인적 향기"를 만들어준다는 1980년대 초의 강렬한 향수 광고였는데, 무기력한 모델들이 표정 없는 얼굴로 다닥다닥 줄지어 서 있다가 한 번에 한 명씩 손목에 향수가 뿌려지자 자신의 촉촉한 개별적 손목이 일종의 생화학적 계시라도 되는 양 냄새를 맡더니 카메라를 등지고 다들 (향수를 뿌린 사람으로부터) 저마다 다른 방향으로 걸어간다. (향수를 뿌리느니 어쩌느니 하는 것에 담긴 명백한 성적 함의는 무시해도 좋다. 어떤 전술은 결코 달라지지 않는 법이니까.) 아니면 최근에 방영된 칙칙한 흑백 체리맛 세븐업 광고 시리즈를 생각해 보라. 천연색으로 표현되어 주변으로부터 두드러지는 유일한 등장인물들은 분홍색인데, 체리맛 세븐업을 마시는 바로 그 순간 분홍색이 된다. 남과 다른 것을 강조하는 광고의 사례는 이젠 어디서나 찾아볼 수 있다.

더 멍청하다는 것을 제외하면—이를테면 개인을 군중으로부터 구별되게 해준다는 제품이 개인들의 거대한 군중에게 팔린다는 사실을 생각해 보라—실은 이 광고들은 이제는 무척이나 예스러워 보이는 낡은 당신에게충족감을선사하는집단에속하세요식의 광고보다 조금도 더 복잡하거나 섬세하지 않다. 하지만 새로운 무리에서돋보이세요 광고들이 고독한 시청자 대중과 맺는 관계는 복잡하면서도 기발하다. 오늘날 최상의 광고는 여전히 집단을 내세우지만, 이제는 집단을 두려운 것으로, 당신을 집어삼키고 지우고 "주목받"지 못하게 하는 것으로 묘사한다. 그런데 주목은 누구에게 받는다는 것일까? 군중은 돋보임 광고의 정체성 논제에서 여전히 결정적으로 중요하지만, 이젠 주어진 광고의 군중은 개인보다 매력적이고 안정적이고 생기 넘치기는커녕 똑같은 평범한 눈을 가진 군중의 역할을 한다. 군중은 이제 역설적으로 (1) 시청자의 독특한 정체성이 정의되는 대립물로서의 '무리'이자 (2) 독특한 정체성을 부여할 수 있는 유일한 목격자다. 고독한 시청자가 자신의 가구 앞에서 고립되는 것은 암묵적으로 칭찬받지만—이 유아론적 광고들은 홀로 나는 것이 더 낫고 더 현실적이라고 암시한다—위협적이고 혼란스러운 것으로도 묘사된다. 어쨌거나 조 브리프케이스는 바보가 아니고 여기 앉아 있으며 자신이 광고가 비난하는 두 가지 대죄—(텔레비전의) 수동적 시청자인 것과 (텔레비전 시청자와 돋보임 제품 구매자의) 거대한 무리의 일부인 것—를 저지른 시청자임을 알기 때문이다. 얼마나 기묘한 상황인지.

　돋보임 광고의 표면은 여전히 비교적 순수한 '이 물건을 사세요'를 표현하지만, 이 광고와 관련하여 텔레비전의 깊숙한 메시지는 반사적 시청 대중의 한낱 일원이라는 조 브리프케이스의 존재론적 지위가 어떤 기본적 차원에서 불안정하고 우발적이라는 것, 참된 자아실현은 궁극적으로 조가 이 거대한 집단적 시청의 '대상'인 이미지의 하나가 되는 것에 있다는 것처럼 보인다. 즉, 이 광고들에서 텔레비전이 진짜로 하는 말은 텔레비전 밖에서 시청하는 것보다 그 안에 들어가 있는 게 낫다는 것이다.

그렇다면 돋보임 광고의 고독한 웅장함은 기업의 상품을 파는 것만이 아니다. 조 B.가 인간 가치의 궁극적 결정권자로 인정하게 되는 것이 그 어떤 구체적인 제품이나 서비스가 아니라 결국 텔레비전임을, 심지어 텔레비전이 돈을 받고 내보내는 광고가 똑똑히 확언하는 것이다. 이것은 신탁이며 '여러 번' 청해 들어야 마땅하다. 광고학자 마크 C. 밀러Mark C. Miller가 간결하게 표현했듯 "텔레비전은 상품을 명시적으로 찬미하는 것을 넘어서 텔레비전이 우리에게 요구하는 그 관람적 태도를 암묵적으로 강화한"다.[41] 유아론적 광고는 텔레비전이 자신을 가리키고 마는, 시청자와 가구와의 관계를 소외된 동시에 의존적으로 유지하는 또 다른 방법이다.

하지만 현대 시청자가 현대 텔레비전과 맺는 관계는 유치증幼稚症이나 중독의 본보기라기보다는 우리가 자유와 힘과 노예제와 혼란과 한꺼번에 등치하는 모든 기술에 대해 미국이 맺는 친숙한 관계다. 텔레비전에서와 마찬가지로 우리가 개인적으로 기술을 사랑하든 미워하든 두려워하든 셋 다이든 우리는 여전히 기술이 야기하는 것으로 보이는 바로 그 문제에 대한 해결책으로서 기술에 간절히 매달린다(이를

---

41 Mark Crispin Miller, "Deride and Conquer," in Gitlin's anthology, p. 193.

테면 스모그를 촉매 작용으로 해결하려 하거나 핵미사일을 전략방위구상으로 해결하려 하거나 온갖 괴사를 장기 이식으로 해결하려 한다).

기술에서와 마찬가지로 텔레비전의 게슈탈트는 그와 관련된 모든 문제를 흡수할 때까지 팽창한다. 〈노츠 랜딩Knots Landing〉이나 〈서티섬싱thirtysomething〉 같은 황금 시간대 드라마의 사이비 공동체는 집단에 대한 양면적 태도로 사람들의 유대감을 갉아먹는 바로 그 매체가 시청자를 달래려고 만든 산물이다. 스타카토 편집, 사운드 바이트, 얽히고설킨 문제들의 급작스러운 해결 등은 고용량의 시청을 다년간 겪은 뒤에 주의 지속 시간과 복잡성 선호도가 자연스럽게 감퇴한 청중에게 전국망 뉴스가 적응한 결과다. 예는 그밖에도 많다.

하지만 텔레비전에는 그 자체로도 기술이 낳은 문제가 있다. 40여 개 채널을 묶어 파는 케이블 텔레비전 서비스가 등장하면서 전국망과 지역 방송이 둘 다 위협받고 있다. 시청자가 리모컨으로 무장한 지금은 위협의 강도가 더욱 커졌다. 조 B.는 여전히 하루에 총 여섯 시간씩 텔레비전을 보지만, 그가 리모컨으로 탐색하는 채널의 범위가 훨씬 넓어지면서 그의 망막 시간에서 한 가지 선택지가 차지하는 비중이 감소한다. 설상가상으로 공포의 빨리 감기와 광고 건너뛰기 기능이 달린 VCR가 광고의 숨통 자체를 위협한다. 텔레비전 광고주들이 생각해 낼 수 있는 전적으로 합리적인 해결책은 무엇일까? 그것은 광고를 본방송만큼 매력적으로 만드는 것이다. 아니면 무슨 수를 써서라도 NBC에서 입술 연고를 파는 2분 30초 동안 조 B.가 엄지손가락을 움직여 슈퍼스테이션[42]에서 〈헤이즐Hazel〉의 줄거리를 확인할 정도로 광고를 싫어하지는 않게 하려고 안간힘을 쓴다. 광고를 더 근사하고 활기차고 충분히 빠르게 병치되는 시각적 양자들로 가득하게 만들어 조의 관심이 떠나지 않도록 해야 한다. 리모컨으로 음 소거를 하는 한이 있더라도. 한 광고사 임원 말마따나 "광고는 점점 오락 영화를 닮아간"다.[43]

물론 광고가 본방송을 닮게 하는 것의 정반대 방법도 있다. 본방송이 광고를 닮도록 하라. 그렇게 하면 광고는 방해물이라기보다는 페이스메이커, 메트로놈, 쇼의 이론에 대한 논평처럼 보이게 된다. 흐름을 끊는 짜증스러운 플롯을 거의 없애고 외관, 시각적 요소, 태도, 어떤 '모습'을 전례 없이 강조하는 일종의 〈마이애미 바이스Miami Vice〉를 만들라.[44] 광고와 같은 암페타민 페이스와 몽롱한 원형적 연상을 구사하는 뮤직비디오를 제작하라. 뮤직비디오가 기본적으로 기다란 음악 광고여도 나쁠 것 없다. 아니면 〈어메이징 디스커버리스Amazing Discoveries〉 같은 말랑말랑한 뉴스쇼나 광고비가

---

42 Superstation. 지방 독립 텔레비전 방송국의 프로그램을 연결해 주는 방송국.(옮긴이)

43 출처: Foote, Cone and Belding. Miller에서 재인용. 따라서 저 임원이 저렇게 말한 것은 1980년대 중반이다.

44 토드 기틀린의 선집에 실린 그의 에세이 "We Build Excitement"에서도 〈마이애미 바이스〉에 대해 비슷한 점을 지적한다.

싼 새벽 시간에 방영되는 (이를테면 로버트 본이 진행하는) 탈모 관련 보도처럼 후원을 받고 부담 없이 볼 수 있는 기사성 광고를 도입하라. 포스트모던 문학이 그랬듯 장르, 의제, 광고 예술, 예술적 광고의 선을 뭉개라.

하지만 텔레비전과 그 후원자들에게는 더 크고 오랜 근심거리가 있었으니, 그것은 시청자 개개인의 정신과 텔레비전 사이에 조성된 데탕트가 불안정하다는 것이었다. 텔레비전은 존재하는 것과 시청하는 것에 대한, 일상생활로부터의 도피에 대한 근본적 이율배반을 중심으로 돌아가야 하므로 평균적 지능을 가진 시청자는 텔레비전을 고용량으로 시청하는 자신의 일상생활에 만족하기 힘들다. 조 브리프케이스는 텔레비전을 시청할 '때'는 얼마든지 만족했을지도 모르지만, 텔레비전을 그렇게 많이 시청하는 것에 '대해'서는 더없이 만족할 수 있으리라 생각하기 힘들다. 군중으로부터 시각적으로 돋보이는 것에 삶의 의미가 있음을 시사하는 이미지들을 구경하는 인류 역사상 최대 규모의 군중에 속하는 것은 조의 마음속 깊은 곳에서는 거북했을 것이 분명하다. 텔레비전의 죄책감/탐닉/안도감 순환은 이 근심을 한 가지 차원에서 달래준다. 하지만 그의 시청 행위 자체를 시청 군중의 초월과 연관 지음으로써 조 브리프케이스를 시청자 군중에 단단히 묶어두는 더 심층적인 방법이 있지는 않을까? 하지만 그것은 터무니없을 것이다. 그곳은 반어법의 영역이다.

나는 새로운 이미지 소설이 아무리 비판을 가해도 텔레비전의 헤게모니가 끄떡없는 것은 새로운 이미지스트들이 시금석으로 쓰는 냉소적이고 불경하고 반어적이고 부조리주의적인 독특한 형태의 제2차 세계 대전 이후 문학을 텔레비전 또한 받아들였기 때문이라고 주장했다(지금까지는 다소 모호하게 표현했지만). 사실 텔레비전이 포스트모더니즘의 세련됨을 재사용하는 것은 사실 조를수백만개의눈을가진군중으로부터소외시키는동시에그일원으로잡아두는 문제에 대한 번득이는 해결책으로서 진화했다. 이 해결책은 진정성 과잉에서 벗어나 텔레비전이 우리에게 드러내는 '큰 얼굴'에 대한 악동 같은 불경으로 점차 돌아서는 것이었다. 한편 이것은 예술이 어떻게 작용해야 하는가에 대한 미국의 인식이 전반적으로 달라진 것을 반영했는데, 예술은 실제 가치를 창조적으로 구현하는 것에서 거짓 가치를 창조적으로 거부하는 것으로 바뀐 것이다. 또한 이 전반적 변화는 포스트모던 미학의 발전과, 미국인들이 스스로 쾌감을 주입받으려는 의지의 관점에서 권위, 진정성, 열정 같은 개념을 어떻게 바라보기로 선택했는가에 대한 심오하고 진지한 변화와 나란히 일어났다. 진정성과 열정은 텔레비전에서 '아웃'되었을 뿐 아니라 쾌감이라는 개념 자체도 훼손되었다. 마크 C. 밀러 말마따나 현대 텔레비전은 "더는 우리의 황홀한 흡수나 벅찬 동의를 얻으려 들지 않으며 텔레비전이 우리에게 불러일으키는 바로 그 권태와 불신을 위해 실제로 (텔레비전을 후원하는 광고처

럼) 우리에게 알랑거린"다.[45]

밀러의 1986년작 〈조롱하여 정복하라Deride and Conquer〉는 전국망 광고에 대해 이제껏 발표된 에세이 중에서 단연 최고 인데, 텔레비전의 현대적 매력이 고독한 시청자에게 작동하는 실례를 생생하게 상술한다. 에세이에서 다루는 것은 클리오상을 수상하고 지금까지도 간혹 방영되는 1985~1986년 광고다. 이것은 펩시 광고로, 펩시의 특수 확성기 승합차 한 대가 사람들로 바글거리고 후덥지근한 해변에 도착하더니 장난기 어린 청년이 승합차에서 으리으리한 방송 장비를 켜고 펩시를 따 마이크 옆에서 컵에 따른다. 탄산을 듬뿍 담은 진한 보글보글 소리가 해변의 후끈후끈한 공기 중으로 퍼져 나가자 그의 꿀꺽 하는 소리와 상쾌한 마찰음과 숨 들이마시는 소리가 방송되면서 사람들이 마치 줄로 잡아당겨지는 듯 승합차 쪽으로 돌아선다. 마지막 장면에서는 확성기 승합차가 푸드 트럭을 겸한다는 사실이 드러나면서 온 해변의 아리따운 인파가 트럭 주위로 시끌벅적하게 몰려들어 다들 팔짝팔짝 뛰며 맨 먼저 펩시를 받으려고 경쟁한다. 카메라 시점이 뒤로 물러나 군중을 위에서 내려다보며 단조로운 억양의 구호가 흘러나온다. "펩시: 신세대의 선택." 정말이지 근사한 광고다. 하지만 밀러의 에세이에서 자세히 설명하듯, 여기서 마지막 구호가 빈정대는 것임을 굳이 지적해야 하려나?

---

45 Miller in Gitlin, p. 194.

이 광고에서 '선택'이 작용한 방식은 파블로프의 종소리 나는 개집에서 작용한 것과 흡사하다. 여기서 '선택'이라는 단어를 쓰는 것은 심술궂은 농담이다. 사실 30초 동안의 장면 전체가 빈정거림이자 반어법이자 자기 조롱이다. 밀러가 주장하듯 광고가 조 브리프케이스에게 제품을 파는 근거는 사실 '선택'이 아니라 "선택의 완전한 부정이다. 따지고 보면 제품 자체도 홍보에 부수적이다. 광고는 펩시 자체를 찬미한다기보다는 많은 사람들이 속아 넘어가 펩시를 샀음을 암시함으로써 구매를 권유한다. 말하자면 이 성공적인 광고의 요점은 펩시가 성공적으로 광고되었다는 것"이다.[46]

여기서 깨달아야 할 중요한 것들이 있다. 첫째, 이 펩시 광고에는 리모컨, 광고 건너뛰기, 시청자의 환멸에 대한 두려움이 깊이 스며 있다. 광고에 대한 광고로서 이 광고는 증오하기에는 너무 세련되어 보이려는 방편으로 자기 참조를 활용한다. 〈새터데이 나이트 라이브〉에서 댄 애크로이드가 패러디하여 망각 속으로 사라진 속사포 같은 강매 광고들과 탄산음료 마시는 행위를 연애, 아리따움, 집단 귀속과 연결하는 돈키호테식 연상 광고들—오늘날의 세련된 시청자는 구식에 "농간 부리"는 짓이라고 생각하는 광고—둘 다에 대해 오늘날의 텔레비전 감정가들이 느끼는 경멸로부터 스스로를 보호하는 것이다. 노골적인 '이 물건을 사세요'와 대조

---

46 같은 책, p. 187.

적으로 펩시 광고는 패러디를 내세운다. 이 광고는 텔레비전 광고가 대중에게 멸시받는 이유—즉, 대량 소비만을 정체성으로 가진 사람들에게 시커먼 설탕물을 팔려고 원초적 본능에 얍삽하게 호소하는 것—를 조금도 숨기려 들지 않는다. 자신, 펩시, 광고, 광고주, 위대한 미국의 텔레비전 시청 소비 군중 모두를 싸잡아 조롱하는 것이다. 사실 이 광고가 의뭉스러운 것은 오직 한 사람에게만 알랑거린다는 것이다. 그것은 고독한 시청자 조 브리프케이스, 즉 남다른 두뇌를 가지지 않고서도 '선택' 구호(소리)와 승합차 주위의 파블로프적 난리 법석(장면)의 반어적 모순을 알아차리지 않을 수 없는 인물이다. 이 광고는 해변의 무리가 광적으로 받아들이는 조작을 "꿰뚫어 보"라고 조에게 권한다. 자신의 기발한 반어법과 그 반어법에 대한 베테랑 시청자 조의 냉소적이고 빈틈없는 판단 사이의 공모를 권한다. 청중을 겨냥한 내부자 농담으로 조를 초대한다. 말하자면 이 광고는 조 브리프케이스가 군중을, 스스로를 정의하는 바로 그 군중을 초월한 것을 축하한다. 그리고 조 B.들의 군중 모두가 이에 화답했다. 이 광고는 펩시의 시장 점유율을 3분기 내내 끌어올렸다.

펩시 광고만 그런 것이 아니다. 이스즈사^社는 1980년대 후반에 일련의 '조 이스즈' 광고로 대히트를 쳤는데, 광고에서는 번드르르하고 사악하게 생긴 세일즈맨이 나와 이스즈의 시트커버가 진짜 라마 가죽이고 수돗물로도 주행할 수 있다며 새빨간 거짓말을 한다. 왜 이스즈가 판매량과 수상

내역을 통틀어 실제로 좋은 차인지에 대해서는 일언반구도 하지 않는다. 이스즈 광고는 자동차 광고가 얼마나 번드르르하고 사악한지에 대한 패러디로서 성공했다. 이스즈 광고는 시청자들에게 이 광고의 반어법을 치하해 달라고, 농담에 성공한 것을 치하해 달라고, 자동차 광고가 한심하다는 사실과 청중이 그걸 믿을 만큼 멍청하다는 사실을 인정할 만큼 이스즈가 "대담하"고 "불경한"것을 치하해 달라고 시청자에게 청했다. 이스즈 광고는 고독한 시청자에게 이스즈 차량을 일종의 반反광고 선언으로서 운전하라고 권한다. 이 광고들은 이스즈 구매 행위에서 대담함과 불경함을 연상시키고 기만을 꿰뚫어 보는 능력을 연상시키는 데 성공한다. 등장인물들이 속사포 같은 말과 동작으로 익살극을 벌이는 세들마이어의 페덱스 광고와 웬디스 광고에서 고전 드라마 〈비버Beaver〉와 〈미스터 에드Mr. Ed〉의 장면을 활용한 근사한 도리토스 광고까지 거의 어디에서나 텔레비전 광고 관습을 조롱하여 성공을 거둔 텔레비전 광고를 찾아볼 수 있다.

게다가 옛 광고의 덕목인 권위와 진정성의 가식을 조롱하는—그리하여 (1) 조롱하는 사람을 조롱으로부터 보호하고 (2) 철 지난 가식에 여전히 속아 넘어가는 대중의 머리 꼭대기에 있다는 이유로 조롱의 후원자를 치하하는 전술이 채택되어 해당 광고가 후원하는 텔레비전 프로그램에 중대한 이익을 안겨주는 것을 볼 수 있다. 지금까지 몇 년간 수많은 쇼들은 자칭 멍하고 시각적이고 포스트모던한 암시와 태도의 축제이거나 (더 흔하게는) 공허한 권위를 추구하는 무력한 광고 모델이 자신의 조숙한 자녀나 신랄한 배우자, 냉소적인 동료와 벌이는 불평등한 재치 겨루기였다. 반어법 이전 시대 드라마들의 진실한 권위적 인물—〈에프비아이The FBI〉의 어스킨, 〈스타 트렉Star Trek〉의 커크, 〈비버〉의 워드, 〈파트리지 패밀리The Partridge Family〉의 셜리, 〈5-0 수사대Hawaii Five-0〉의 맥개럿을 텔레비전에서 다루는 방식을 〈못 말리는 번디 가족〉의 앨 번디, 〈미스터 벨비디어Mr. Belvedere〉의 오언스 씨, 〈심슨 가족The Simpsons〉의 호머, 〈힐 스트리트 블루스Hill Street Blues〉의 대니얼스와 헌터, 〈그로잉 페인스Growing Pains〉의 제이슨 시버, 〈세인트 엘스웨어〉의 크레이그 박사를 다루는 방식과 비교해 보라.

특히 현대 시트콤[47]에서 웃음과 분위기를 연출하는 절대적 비결은 힙hip 이전 시대의 위선적 가치를 대변하는 어릿광대를 신랄한 재치의 반란 세력이 마치 〈매시〉에 영감을 받은 듯 난도질하는 것이다. 프랭크와 (이후에는) 찰스가 호크아이에게 들볶였듯 〈WKRP〉에서는 허브가 제니퍼에게, 칼슨이 J. 피버에게, 〈패밀리 타이스Family Ties〉에서는 키튼 씨가 앨릭스에게, 〈나인 투 파이브Nine to Five〉에서는 사장이 타자수들에게, 〈페인스〉에서는 시버가 온 가족에게, 〈궁극의 시트콤

---

47 밀러의 〈조롱하여……〉에서도 시트콤을 비슷하게 분석하지만, 밀러는 결국 텔레비전 코미디가 '아버지'를 보는 관점에 담긴 기묘한 프로이트적 부친 살해 요소가 핵심이라고 주장한다.

패러디 시트콤인) 〈못 말리는 번디 가족〉에서는 번디가 온 지구인에게 들볶인다. 사실 1980년대 이후 드라마에서 신뢰성을 조금이나마 간직한 유일한 권위적 인물들(〈힐 스트리트〉의 푸릴로와 〈엘스웨어〉의 웨스트팰은 예외인데, 인정사정없는 비루함에 처한 이 사람들은 일주일 또 일주일 버티는 것만으로도 영웅이 된다는 사실을 똑똑히 보여준다)은 자신에 대한 반어법을 표현할 수 있고 주변의 무자비한 집단이 공격에 착수하기 전에 자신을 조롱할 수 있는, 가치의 수호자다—〈코스비Cosby〉의 헉스터블, 〈벨비디어〉의 벨비디어, 〈트윈 픽스Twin Peaks〉의 쿠퍼 요원, 폭스 TV의 게리 섄들링Gary Shandling(게리 쇼의 테마곡 가사는 "이것은 게리 쇼의 테마곡입니다"다), 그리고 반어적인 1980년대의 진정한 죽음의 천사 D. 레터맨 씨를 보라.

권위에 대한 냉소가 퍼져 나가는 것은 여러 차원에서 텔레비전에 두루 유익하다. 첫째, 텔레비전은 낡은 관습을 하찮은 것으로 조롱할 수 있는 한 권위의 공백을 만들어 낼 수 있다. 그 공백을 누가 채우겠는가? 우리가 세상을 '묘사되는 것'이 아니라 '구성되는 것'으로 바라봄에 따라, 우리의 세계관을 구성하는 매체야말로 이 세상의 진짜 권위자가 된다. 둘째, 텔레비전은 자신을 배타적으로 참조하고 관습적 표준의 공허함을 폭로할 수 있는 한 천박하거나 형편없거나 나쁘다는 비평가들의 고발을 받아넘길 수 있다. 그런 판단은 깊이, 취향, 수준에 대한 관습적이고 텔레비전 외적인 표준에 호소하기 때문이다. 또한 텔레비전의 자기 참조에 반어적인 어조가 배어 있기에 그 누구도 텔레비전이 그 누구를 무엇에 대해서든 속여 넘기려 든다고 비판할 수 없다. 에세이 작가 루이스 하이드Lewis Hyde가 지적하듯 자기조롱식 반어법은 언제나 "속셈이 있는 진정성"이다.[48]

원래의 논점으로 돌아가자면, 내부자 농담과 반어법을 통해 자기 내부로 조 브리프케이스를 초대할 수 있다면 텔레비전은 군중을 초월해야 하는 조의 필요성과 청중 구성원이라는 그의 피할 수 없는 지위 사이의 고통스러운 긴장을 가라앉힐 수 있다. 낡은 가치의 가식과 위선을 "꿰뚫어 본"다며 조를 추켜세울 수 있는 한 그에게 갈망하도록 가르친 바로 그 약삭빠른 우월감을 그에게서 불러일으키고 우월감의 유일한 공급원인 냉소적 텔레비전 시청에 그가 계속 의존하도록 할 수 있기 때문이다.

등장인물들이 끝없이 서로를 깔아뭉개는 것을 비웃고 조롱을 사회적 교류의 방식이자 궁극적 예술 형태로 여기도록 시청자를 훈련할 수 있는 한 텔레비전은 자신의 기묘한 외적 존재론을 강화할 수 있다. 조건화가 잘된 시청자가 가장 두려워하는 것은 가치나 감정, 나약함의 케케묵은 표현을 무심코 드러냄으로써 타인의 조롱거리가 되는 것이기 때문이다. 타인은 재판관이 되며 죄목은 순진무구다. 훈련이

---

48 Lewis Hyde, "Alcohol and Poetry: John Berryman and the Booze Talking," *American Poetry Review*, Pushcart Prize anthology for 1987에 재수록.

잘된 시청자일수록 사람 알레르기가 커진다. 더 고독해진다. 조 B.가 자신이 어떻게 보일지 걱정하는 방법을 텔레비전으로부터 철처히 훈련받는 것은 진정한 인간적 접촉을 더욱 두려운 일로 만드는 것처럼 보인다. 하지만 텔레비전의 반어법에는 해결책이 있으니 텔레비전을 더 보는 것이 필수적인 연구 방법처럼 보이기 시작하는 것이다. 내일이 되어 멍하고 심드렁해 보이는 군중이 서로 말고는 볼 것이 거의 없는 환한 조명의 지하철에서 어떤 멍하고 심드렁하고 노회한 표정을 지어야 하는지 배우는 것이다.

　텔레비전이 힙한 반어법을 제도화하는 것은 미국 소설과 무슨 관계가 있을까? 우선 미국 소설은 미국 문화와 그 속에 깃든 사람들을 소재로 삼는다. 문화 면에서 보자면, 식상한 염세주의, 자기 조롱 물질주의, 얼빠진 표정의 무관심, 냉소와 순진함이 서로 배타적이라는 망상 같은 현대적 풍조에 텔레비주얼한 가치들이 영향을 미치고 있음을 지적하는 것은 여러분의 시간을 뺏는 일에 불과하다. 한편으로 전례 없이 막강하고 합의된 매체, 이미지와 실체 사이에 진짜 차이가 전혀 없다고 주장하는 그 매체와, 다른 한편으로 테플론 대통령[49]의 부상, 전국적 태닝 산업와 지방 흡입 산업의 정착, "포즈를 취하"라는 냉소적인 기계음의 명령에 맞춘

49　Teflon presidency. 어떤 잘못을 저질러도 얼룩이 묻지 않고 재선되는 대통령.(옮긴이)

"보깅"[50]의 인기 같은 것들의 연관성을 부정할 수 있을까? 아니면 현대 예술에서 독창성, 깊이, 진실성 같은 '위선적인' 퇴행적 가치에 대한 텔레비주얼한 경멸이 "과거past가 파스티슈pastiche가 되"는 재조합식 '전유'의 예술·건축 양식과, 또는 글래스Philip Glass나 라이히Steve Reich의 반복적 계명창법과, 또는 레이먼드 카버 워너비 소대의 자의식적 긴장증과 관계가 있다는 사실은?

실은 우리 세대 버전의 세련미가 된 멍하고 공허하고 심드렁한 태도—한 친구는 "너랑춤추고는있지만딴사람과춤추고싶은게분명한여자애"식 표현이라고 부른다—는 오로지 텔레비전과 관계가 있다. 하긴 '텔레비전'은 말 그대로 '멀리 보다'를 뜻하며 텔레비전을 보는 하루 여섯 시간은 팬아메리칸 게임이나 사막의 방패 작전 같은 광경을 지척에서 개인적으로 느끼게 해줄 뿐 아니라 반대로 실제 살아 있는 지척의 개인적인 대상을 마치 물리학과 유리로 분리되어 우리의 세련된 비평을 기다리는 연기로서만 현존하는 양, 멀고 이국적인 것처럼 대하도록 우리를 훈련하기도 한다. 무심함은 사실 미국 젊은이들에겐 1990년대판 근검절약일 뿐이다. 하루 중의 많은 근사한 시간을 다름 아닌 우리의 주의력만을 위한 구애를 받으면서 우리는 주의력을 우리의 주된 자산으로, 사회적 자본으로 여기며 허투루 쓰지 않으려 든다. 같은 맥락

---

50 Vogueing. 디스코 음악에 맞춰 패션모델의 걸음걸이나 몸짓처럼 추는 춤.(옮긴이)

에서 1990년에 차분함과 명함과 냉소를 태도로서 지닌다는 것은 '돋보임초월stand-out-transcendence'의 텔레비주얼한 태도를 전달하는 분명한 방법이다. 차분함과 명함은 감상感傷을 초월하며, 냉소는 자신이 내막을 알며 무언가에 대해 순진했던 것은 네 살 때가 마지막이라고 말하는 셈이다.

1990년의 청년 문화가 나처럼 여러분에게도 침울해 보인다면 여러분은 그 문화의 (텔레비전으로 정의된) 대중적 윤리가 애초에 그 대중성을 취하여 구원하고자 한 포스트모던 미학에 대해 놀랍도록 정곡을 찔렀다는 데 틀림없이 나와 같은 의견일 것이다. 텔레비전은 참조와 구원의 옛 역학을 뒤집었다. 이젠 말려들기, 부조리, 냉소적 피로, 우상 파괴, 반란 같은 '포스트모던'의 요소를 취하여 이를 관람과 소비의 목적에 맞게 구부리는 것은 '텔레비전'이다. 이 현상은 한동안 계속되었다. 1984년부터 자본주의 비판자들은 "전위의 분위기에서 출발한 것이 대중문화로 쏟아져 들어왔"다고 경고했다.[51]

하지만 포스트모더니즘이 난데없이 1984년에 텔레비전으로 "쏟아져 들어온" 것은 아니다. 포스트모던과 텔레비주얼 사이에서 영향의 벡터가 한 방향이었던 것도 아니다. 오늘날 텔레비전과 오늘날 소설 사이의 주된 관계는 역사적

---

51 Fredric Jameson, "Postmodernism, or the Cultural Logic of Late Capitalism," *New Left Review* #146, Summer 1984, pp. 60-66.

관계다. 둘은 뿌리가 겹친다. 포스트모던 소설─거의 대부분 젊은 백인 과잉 학력 남성이 저자다─은 1960년대와 1970년대 '저항적 청년 문화'에 대한 지적 표현의 하나로 진화한 것이 분명하다. 미국 청년 저항의 총체적 게슈탈트가 가능했던 것은 지역 간의 소통 장벽을 없애고 장소와 민족으로 분절된 사회를 록 음악 비평가들이 "세대별로 계층화된 전국적 자의식"[52]이라고 부른 것으로 대체한 전국적 매체 덕분이므로 텔레비전 현상은 평화주의자들의 항의 시위 못지않게 포스트모더니즘의 반항적 반어법과 관계가 깊다.

사실 젊은 과잉 학력 소설가들로 하여금 미국이 1960년경에 스스로를 얼마나 위선적으로 바라보았는지 포괄적으로 파악하게 함으로써 초기 텔레비전은 문학적 장치로서뿐 아니라 우스꽝스러운 세상에 대한 합리적 반응으로서의 부조리주의와 반어법이 정당화되는 데 일조했다. 반어─말해지는 것과 뜻해지는 것 사이, 보이려고 애쓰는 모습과 실제 모습 사이의 격차를 써먹는 것─는 예술가들이 위선을 폭로하고 폭파하려고 동원하는 유서 깊은 수법이다. 고독한 총잡이 서부 영화, 가부장적 시트콤, 강인한 턱의 형사를 주인공으로 내세운 1960년경 텔레비전은 속속들이 위선적인 당시의 미국적 자아상을 찬미했다. 밀러는 이렇게 평가한다.

52　기틀린 선집에 실린 Pat Auferhode, "The Look of the Sound," p. 113.

[1960년대 시트콤은 그전의 서부 영화와 마찬가지로] 가부장적 권위와 남자다운 개인주의의 이미지를 내세워 화이트칼라 남성이 점점 무기력해진다는 사실을 부정했다. 하지만 이 시트콤들이 제작될 즈음에는 소규모 사업의 세계[그 세계의 덕목은 휴 보몬트풍의 "침착함, 정직성, 판단력"이었다]는 C. 라이트 밀스C. Wright Mills 말마따나 "관리적 반쪽 충동"으로 대체되었으며 아버지로 의인화된 덕목은 실은 한물갔다.[53]

말하자면 초기 미국 텔레비전은 기업 우위, 관료적 요새, 대외 모험주의, 인종 갈등, 비밀 폭격, 암살, 도청 등의 시대에 진실성이 약화된 가치들을 위선적으로 옹호했다. 포스트모던 소설이 진부하고 어수룩하고 감상적이고 소박하고 보수적인 사람들에게 반어법의 총구를 겨눈 것은 전혀 우연이 아니다. 이 성격들은 1960년대 텔레비전이 미국 고유의 것으로 찬미한 바로 그 성격이었기 때문이다.

최상의 포스트모던 소설에 담긴 저항적 반어법은 예술로서만 신뢰할 만한 것이 아니었다. 반문화 비평가들이 말하는 "세상이 보이는 것과 다르다는 사실을 모두에게 자명하게 드러낼 '비평적 부정'"[54]의 능력 면에서도 뚜렷한 사회적 효용이 있어 보였다. 키지Ken Kesey의 심술궂은 정신 병원 패러

---

53   Miller in Gitlin, p. 199.

54   Greil Marcus, *Mystery Train*, Dutton, 1976.

디는 정신 이상을 판단하는 자들이 종종 환자 이상으로 정신 이상임을 암시했고 핀천은 편집증에 대한 우리의 관점을 도착적인 정신적 주변부에서 기업·관료 구조의 중심으로 재정향했으며 드릴로는 이미지, 신호, 데이터, 기술이 사회 질서가 아니라 영적 혼란의 원인임을 폭로했다. 미국의 마약 탐닉에 대한 버로스William Burroughs의 적나라한 탐구는 위선을 폭파했고 추상적 자본의 추한 실태에 대한 개디스의 폭로도 위선을 폭파했고 쿠버의 혐오스러운 정치적 익살극도 위선을 폭파했다.

전후戰後 예술과 문화에서 반어법은 청년의 저항과 같은 모습으로 출발했다. 힘들고 고통스럽고, 그리고 생산적이었으며, 오랫동안 부정하던 질병에 대한 암울한 진단이었다. 이에 반해 초기 포스트모던 반어법 '이면'의 가정은 여전히 노골적으로 이상주의적이었다. 그들은 병리와 진단이 치료를 향한다고, 감금의 폭로가 자유로 이어진다고 가정했다.

그렇다면 오늘날의 전위 작가들이 다루려고 애쓰는 소재인 문화에서 반어, 불경, 저항의 결과가 해방이 아니라 나약함인 것은 어찌 된 일일까? 한 가지 단서는 반어법이 '건재하다'는 사실에서 찾을 수 있다. 힙한 표현의 주도적 양식으로 무려 30년을 보냈는데도 그 영향력이 오히려 커졌으니 말이다. 반어법은 쉽게 닳는 수사법이 아니다. (내가 매우 명백히 좋아하는) 하이드의 말마따나 "반어법은 비상시에만 쓰임새가 있다. 오랜 시간에 걸쳐 구사된 반어법은 우리에 갇힌 채 그 우리를 즐기게 된 사람들의 목소리"다.[55] 이는 반어법이 즐거움을 주기는 하지만 거의 전적으로 부정적 역할을 하기 때문이다. 반어법은 비판적이고 파괴적이며 무차별적이다. 틀림없이 이것은 우리의 포스트모던 선조들이 본 반어법의 모습이다. 하지만 반어법은 자신이 폭로하는 위선을 대체할 것을 하나라도 만드는 데에는 독보적으로 무용하다. 지속되는 반어법이 지겹다는 하이드의 말이 옳게 들리는 것은 이 때문이다. 그런 반어법은 부실하다. 유능한 반어술사의 최고 장기라고 해봐야 촌철살인에 불과하다. 파티에서 듣고 있으면 짓궂은 재미를 주는 유능한 반어술사들이 있긴 하지만, 언제나 돌아서면 극단적 수술 치료를 여러 건 받은 기분이다. 유능한 반어술사와 함께 실제로 미국 횡단을 하거나 최신 유행의 냉소적 배설로 가득한 300쪽짜리 소설을 독파한 뒤에 남는 기분은 그저 공허한 게 아니라 어딘지…… 갑갑하다.

  잠시 제3세계의 봉기와 쿠데타에 대해 생각해 보자. 제3세계 반란 세력은 부패하고 위선적인 정권을 폭로하고 전복하는 데는 뛰어나지만, 더 나은 대안적 통치 체제를 확립하는 평범하고 비非부정적인 과업에는 눈에 띄게 서툴다. 실제로, 승리한 반란 세력의 최고 장기는 강인하고 냉소적인 반란 실력을 발휘하여 자신들에 대한 반란을 좌절시키는 것

---

55 Hyde, 앞의 책.

이다. 말하자면 그들은 그저 더 뛰어난 독재 세력이 되었을 뿐이다.

그러니 오해 마시라. 반어법은 우리의 독재자다. 이 시대에 만연한 문화적 반어법이 그토록 막강하면서도 그토록 불만족스러운 이유는 반어술사를 '명토 박기가 불가능하기' 때문이다. 미국의 모든 반어법은 "내 진의는 그게 아냐"라는 암묵적인 전제에 바탕을 둔다. 그렇다면 문화적 규범으로서의 반어법이 정말로 의미하는 바는 대체 무엇일까? 곧이곧대로 말하는 것이 불가능하다는 사실? 불가능해서 유감이긴 하지만 이미 엎지른 물이라는 사실? 내 생각에 오늘날의 반어법은 필시 이렇게 말하고 말 것이다. "나의 진의를 묻다니 '진부'하기 이를 데 없군." 반어술사에게 진의를 물을 만큼 뻔뻔한 이단자는 히스테리 환자나 윤똑똑이 취급을 받게 된다. 바로 여기에 제도화된 반어법의, 너무 성공적인 반란의 억압성이 있다. '주제'에 주목하지 않고 '질문'을 금지하는 능력은 이것이 행사될 경우 독재로 이어진다. 적을 폭로하던 바로 그 수단을 이용하여 스스로를 보호하는 새로운 군사 정권이 탄생하는 것이다.

학식 있고 텔레비전에 푹 빠진 우리 친구들이 텔레비전보다 우월해 보이려고 심드렁한 냉소주의를 구사하는 것이 그토록 한심한 것은 이 때문이다. 우리 텔레비전 문화에 거주하는 소설가 시민들이 사면초가에 빠진 것 또한 이 때문이다. 포스트모던적 저항이 대중문화적 제도가 되면 어떻게 해야 하나? 이것이야말로 전위적 반어법과 저항이 희석되고 해로워진 이유에 대한 두 번째 대답이니 말이다. 그것들은 자신들이 애초에 맞서 싸운 바로 그 텔레비주얼 체제에 의해 흡수되고 탈탈 털리고 재배치되었다.

여기서 어떤 악행에 대한 책임도 텔레비전에 물을 수는 없다. 기껏해야 지나친 성공을 문제 삼을 수 있을 뿐이다. 어쨌거나 이것은 텔레비전이 원래 하는 일 아니던가. 텔레비전은 자신이 생각하기에 미국 문화가 스스로에 대해 보고 싶어 하고 듣고 싶어 하는 것을 간파하고 농축하여 재표현하니 말이다. 텔레비전이 저항과 냉소를 힙한 상류층 베이비부머의 '이마고 포풀리'[56]로서 모아들이기 시작했음은 누구의 잘못도 아니되 모두의 잘못이다. 하지만 수확은 참담했다. 우리가 가진 최상의 저항 예술 형식은 무익할 뿐 아니라 우리를 악랄하게 노예화하는 한낱 몸짓이자 잔재주가 되었다. 크라이슬러사社가 "닷지 저항"을 트럭 광고에 써먹는 상황에서 어떻게 기업 문화에 저항한다는 발상이 의미를 가질 수 있겠는가? 버거킹이 어니언링을 "때로는 규칙을 어겨야 해"라며 파는 상황에서 어떻게 진실한 우상 파괴자가 나올 수 있겠는가? 자기중심적 광고들에 대한 펩시와 스바루와 페덱스의 패러디가 이미 큰 규모로 성장한 상황에서 어떻게 이미지 소설 작가가 텔레비전을 자기중심적 광고 산업으로

---

56 imago populi. 인간의 모습.(옮긴이)

패러디하여 사람들을 텔레비전 문화에 더 비판적으로 바꾸겠노라는 희망을 품을 수 있겠는가? 이것은 역사의 교훈에 가깝다. 20세기 들머리에 미국인들이 가장 두려워한 것이 어째서 무정부주의자와 무정부주의였는지 이제야 이해되기 시작한다. 무정부주의가 정말로 '승리'하고 규칙 없음이 '규칙'이 된다면 저항과 변화는 그냥 불가능한 게 아니라 논리적으로 모순된다. 그것은 스탈린에게 투표하는 것과 비슷할 것이다. 모든 투표의 종식에 던지는 표.

그러니 우리의 문화적 공기를 호흡하는 동시에 스스로를 전위 문학에서의 명쾌하고 귀중한 것—그것이 무엇이든—에 대한 상속자로 여기는 미국 작가에게는 바로 여기에 난점이 있다. 텔레비전의 저항 미학에 어떻게 저항할 것인가? 우리의 텔레비전 문화가 냉소적이고 자기애적이고 기본적으로 공허한 현상이 되었다는 사실을 어떻게 독자들에게 일깨울 것인가? 텔레비전이 자신에게, 시청자에게 있는 바로 이 성질들을 대놓고 '찬미'하고 있는데? 1985년에 드릴로의 가련하고 멍청한 대중문화학자가 미국에 대해, 사진이 가장 많이 찍힌 헛간에 대해 물었던 것이 바로 이 질문이다.

"사진이 찍히기 전에 이 헛간은 어땠을까요?" 그가 물었다. "어떻게 생겼었을까요? 다른 헛간과 어떻게 달랐고 어떤 점이 비슷했을까요? 우린 이런 물음에 답할 수가 없어요. 이미 표지판을 읽었고 사진을 찍어대는 사람들을 봐버린 때문이죠.

우린 이 아우라 바깥으로 나갈 수 없어요. 이 아우라의 일부인 거죠. 우린 여기에 존재하고, 우린 지금 존재하고 있어요." 그는 이 때문에 한량없이 즐거운 것 같았다.[57]

종점의 종점

그렇다면 문학적 저항의 양식을 텔레비전이 상업화하는 것에 대해 오늘날 어떤 대응이 가능해 보이는가? 한 가지 분명한 방안은 소설가가 반동분자, 다른 말로는 근본주의자가 되는 것이다. 그것은 현대 텔레비전을 악으로, 현대 문화를 악으로 선언하고, 이 모든 선정적 아수라장에 등을 돌리고 그 대신 1960년대 이전의 고귀한 휴 보몬트풍 가치와 성경의 축자적 해석을 주창하고 낙태 반대, 수돗물 불소화 반대의 구시대적 삶을 사는 것이다. 문제는 이 길을 선택한 미국인들이 안와상 융기가 이마 위로 돌출하고 손등을 땅바닥에 질질 끌면서 걷고 털이 길고 전반적으로는 초월하고 싶은 마음이 '더할 나위 없이' 들게 하는 무리처럼 보인다는 것이다. 게다가 레이건, 부시, 깅그리치의 부상浮上은 더 다정다감하고 온화하고 기독교적인 유사 과거를 향한 위선적 향수가 기업 상업주의와 홍보 이미지에 유리하도록 조작될 여지가

---

57 *White Noise*, p. 13. 한국어판은 《화이트 노이즈》 26쪽.

다분하다는 것이다. 그래도 대부분의 사람은 네안데르탈리즘보다는 니힐리즘을 선택하겠지만.

또 다른 방안은 시청자와 방송망을 텔레비전 문화의 쓰라린 정체 상태에 공모했다는 혐의로부터 면제하고 그 대신 기술로 바로잡을 수 있는 결함들에 대해 텔레비전과 관계된 모든 문제를 비난하는 좀 더 계몽된 정치적 보수주의를 채택하는 것이다. 여기서 미디어 미래학자로, 허드슨 연구소 수석 연구원이자《텔레비전 이후의 삶: 미디어와 미국적 삶의 다가올 변화Life After Television: The Coming Transformation of Media and American Life》의 저자 조지 길더George Gilder가 등장한다.《텔레비전 이후의 삶》에서 단연 가장 매혹적인 점은 책에 '광고'가 달려 있다는 것이다. 페덱스의 녹스빌 본사에 소재한 '휘틀 다이렉트 북스'라는 출판사의 이른바 '더 큰 의제 시리즈'의 일환으로 출간된 이 책은 가격이 배송료 포함 11달러밖에 안 되고 임원 집무실 탁자에 놓으면 근사할 만큼 크고 얇으며 50페이지마다 아주 멋진 페덱스 전면 광고가 실려 있다. 또한 이 책은 대체로 픽션이며, 거기다 "텔레비전은 본질적으로 전체주의적인 매체"이고 "그 체제는 민주주의적 자본주의에 이질적이고 유해한 힘"이라는 등의 단순한 확신에 자극받은 텔레비전 반대 보수주의자들이 우리의 초급진적 텔레비전 문제에 별 도움이 되지 못하는 이유에 대한 통렬한 극화이기도 하다. 이 책은 보수주의 지식인들이 그렇듯 미국의 모든 질병에 대한 지긋지긋한 쌍둥이 치료제, 즉 (1) 거대체제가 선택의 자유를 압살하는 짓을 중단하기만 하면 작은 개인의 합리적인 소비자 본능이 모든 불균형을 바로잡을 것이고 (2) 기술이 낳은 문제는 기술로 해결할 수 있으리라는 믿음에 집착한다.

길더의 기본적 진단은 다음과 같다. 우리가 아는 바의, 또한 고통받는 바의 텔레비전은 "지고한 힘을 가졌지만 치명적 결함이 있는 기술"이다. 정말로 치명적인 결함은 텔레비전 프로그램 제작, 방송, 수용의 구조 전체가 텔레비전을 애초에 가능케 한 낡은 진공관의 기술적 한계에 여전히 매여 있다는 것이다. 말하자면

> 텔레비전 수상기에 쓰이는 진공관은 비싸고 복잡해서 신호 처리의 대부분이 [방송망에서] 이루어져야 하는데,

이런 상황 때문에

> 텔레비전은 하향식 체계―전자공학 용어로는 '마스터-슬레이브' 아키텍처―일 수밖에 없다. 소수의 방-송 센터가 수백만의 수동적 수신기, 즉 '단순 단말기'에 프로그램을 내보낸다.

트랜지스터(기본적으로 진공관이 하는 일을 더 적은 공간에서 더 저렴한 비용으로 해낸다)가 상업적 쓰임새를 찾았을 즈음에 하향식 텔레비전 체계는 이미 확립되고 석화했기에 시청

자들은 극소수 전국 방송망의 공급에 의존해야 하는 프로그램을 고분고분 받아들일 수밖에 없어졌으며 프로그램 세 개가 수억 명의 조 B.를 놓고 경쟁하는 '군중 심리학'이 형성되었다. 텔레비전 신호는 아날로그 전파다. 아날로그가 필수적 매질인 이유는 "텔레비전 수상기의 용량과 처리 능력이 부족하기에 텔레비전 신호는 직접 표시될 수 있는 전파여야 하"며 "아날로그 전파는 소리, 밝기, 색깔을 직접 모방하"기 때문이다. 하지만 아날로그 전파는 수신자가 저장하거나 편집할 수 없다. 인생을 빼박은 듯 찰나에 전체로서 드러나고 이내 사라진다. 가련한 텔레비전 시청자에게 남는 것은 자신이 보았다는 사실뿐이다. 이 상황에는 길더가 계시록을 연상시키듯 자세히 묘사하는 문화적 결과가 따른다. 심지어 업계에서 엔터테인먼트의 거대한 진일보로 떠벌리는 '고화질 텔레비전(HDTV)'조차 조차 길더에 따르면 똑같은 얼빠진 황제 vacuous emperor가 더 세련된 양복을 입은 것에 불과할 것이다.

하지만 길더가 보기에 작십년昨十年의 군중 매혹 기술과 계층적 기술에 여전히 매달리는 텔레비전은 지난 몇 년간 발전한 마이크로칩과 광섬유 기술에 의해 몰락할 운명이다. 이용자 친화적 마이크로칩은 수백만 회의 트랜지스터 동작을 49센트짜리 웨이퍼 하나에서 실행할 것이며 통제된 전자 전도傳導가 지오데식 효율 패러다임에 접근함에 따라 그 능력이 더욱 매력적으로 바뀔 텐데, 그러면 지금껏 방송국이 시청자를 '위하여' 하던 이미지 처리의 상당 부분을 텔레비전

수상기가 대신할 수 있을 것이다. 또 다른 행복한 전개를 예상해 보자면 영상을 전자기 스펙트럼이 아니라 유리 섬유를 통해 전송함으로써 사람들의 텔레비전 수상기들이 단일 방송국의 전송 젖꼭지에 모조리 수동적으로 달라붙어 젖을 빠는 게 아니라 일종의 쌍방향 그물망으로 서로 연결될 것이다. 광섬유 전송은 정보 단위들을 디지털로 전송한다는 또 다른 장점이 있다. 길더가 설명하듯 "디지털 신호는 열화 없이 저장되고 조작될 수 있"고 고품질 시디만큼 선명하고 간섭이 없다는 점에서 아날로그 신호보다 우위에 있기 때문에 마이크로칩을 장착한 텔레비전 수상기(그리고, 따라서 시청자)는 오늘날 감독 편집실에 국한된 영상의 선택, 조작, 재조합에 대해 많은 재량권을 행사할 수 있을 것이다.

길더가 보기에 조 브리프케이스를 자신의 가구에 대한 수동적 의존에서 벗어나게 해줄 새 가구는 "텔레컴퓨터tele-computer, 즉 영상 처리에 맞게 개조되고 광섬유망을 통해 전 세계 텔레컴퓨터에 연결된 개인용 컴퓨터"일 것이다. 광섬유 TC는 텔레비전의 일대다 영상 전송 체계에 내재한 "방송 병목을 영원히 타개할" 것이다. 이제 모든 사람은 그 자신이 이어폰을 끼고 클립보드를 든 부산한 친구가 될 것이다. 새천년이 되면 미국 텔레비전은 마침내 이상적으로, 공화당스럽게 민주적인 장치가 될 것이다. 평등주의적이고, 쌍방향적이고, "착취" 없이 "이익"을 낼 것이다.

세상에, 길더는 자신의 "더 큰 의제" 청중을 안다. 소비자의 복잡하고 모호하고 불편하게 찰나적인 세계 전체가 자신의 안락한 집에서 저장 가능하고 조작 가능하고 방송 가능하고 시청 가능하게 될 것이라고 길더가 예언하는 순간 회의실에서 침들이 입술 아래로 흘러 내리는 것을 볼 수 있다. "텔레컴퓨터를 솜씨 좋게 프로그래밍하면 헨리 키신저나 킴 베이신저, 빌리 그레이엄과 화면으로 소통하면서 하루를 보낼 수도 있다." 그런 소통은 생각하기에 따라 끔찍할 수도 있겠지만, 길더랜드의 모토는 '각자의 취향에 따라'이니까.

유명인이 제 나름의 소프트웨어를 제작하여 판매할 수 있다. 슈퍼볼을 경기장 내 어느 지점에서든 볼 수 있고 마이클 조던과 함께 바스켓 위로 솟구칠 수도 있다. 실제 영상과 거의 분간하기 힘든 동영상을 통해 지구 반대편의 가족을 방문할 수도 있다. 플로리다 양로원에 계신 할머니의 생신 축하연을 열어 전국의 후손들이 생생한 천연색으로 할머니의 침대맡에 모일 수도 있다.

일가족의 따스한 2-D 영상만이 아니라 '어떤' 경험이든 이미지로 전송할 수 있고 판매할 수 있고 조작할 수 있고 소비할 수 있게 될 것이다. 이런 일도 할 수 있을 것이다.

항공료나 환율 걱정 없이 거실에서 고해상도 화면을 통해 외국을 편안하게 관광할 수 있고 알프스산맥 위를 비행하거나

에베레스트산맥을 오를 수도 있다. 이 모든 것이 고성능 고해상도 디스플레이에 펼쳐진다.

한마디로 꿈을 우리가 원하는 대로 제작할 수 있을 것이다.

요컨대 보수적인 기술 분야 저술가가 우리에게 제시하는 것은 시청자 수동성을 바라보는, 텔레비전이 반어법과 자기애와 허무주의와 정체와 고독을 제도화하는 광경을 바라보는 진정으로 매력적인 방법이다. 우리 잘못이 아니야! 한물간 기술 잘못이야! 텔레비전 전송 방식이 최신이라면 사악한 '군중 심리학'을 통해 그 무엇 하나 '제도화'하는 것이 불가능할 거라고. 왜소하고 고독한 평균적 인물 조 B.로 하여금 자신의 영상을 스스로 조작하는 자가 되도록 하자. 모든 경험을 마침내 판매 가능한 이미지로 탈바꿈시키면, 이용자 친화적 수상기를 이용하는 수신자가 사슬을 끊고서 미국적으로 무한히 다양한 "실제 영상과 거의 분간하기 힘든 동영상" 중에서 자유롭게, 미국적으로 선택할 수 있고 그런 뒤에 다름 아닌 자신의 집과 두개골 속에서 프라이버시를 누리며 그 영상들을 어떻게 저장하고 개량하고 편집하고 재조합하고 자신에게 표시할지 선택할 수 있게 된다면, 그러면 텔레비전은 미국인의 정신적 불알을 반어적이고 전체주의적으로 움켜쥐고 있던 손을 펼 수밖에 없으리라!

반도체가 가져다줄 자유롭고 질서 정연한 비디오 미래

에 대한 길더의 예언은 이미지와 데이터에 대한 포스트모더니즘의 낡은 시각보다 훨씬 희망차다. 핀천과 드릴로의 소설은 간섭이라는 개념을 중심으로 비유적으로 회전한다. 연결이 많을수록 혼란이 많아지고 신호의 바다에서 무슨 의미든 끄집어내기가 더욱 힘들어진다. 길더는 그들의 암울한 묘사가 시대에 뒤떨어졌으며 그들의 비유가 트랜지스터 결핍증에 걸렸다고 말할 것이다.

마이크로칩 네트워크를 제외하면 전선과 스위치로 이루어진 모든 네트워크에서는 상호 접속의 개수가 기하급수적으로 증가하지만, 마이크로칩 기술의 실리콘 미로에서는 복잡성이 아니라 효율이, 그것도 상호 접속의 개수의 제곱에 비례하여 증가한다.

길더는 얼빠진 텔레비전 문화가 저질 영상에 파묻히는 게 아니라 선택할 것이 엄청나게 많아지고 자신이 선택하는 …… 홈…… 보는? 유사 경험 하는? 꿈꾸는 것에 대한 통제권이 엄청나게 많아져 TC 문화가 구원받으리라 예언한다.

선택이 확장되는 것만으로 우리가 텔레비전에 대한 구속에서 벗어날 것이라고 생각하는 것은 터무니없이 비현실적이다. 케이블의 등장으로 선택지 네다섯 개에서 마흔 개 이상의 공시태적 대안으로 늘었어도 대중의 사고방식에 대한 텔레비전의 장악력은 거의 느슨해지지 않은 듯 보인다.

오히려 길더는 미국 시청자들이 경험의 모사模寫를 수동적으로 수용하는 것에서 벗어나 적극적으로 조작하는 것이야말로 1990년대의 임박한 혁신이라고 여긴다. 텔레비주얼한 '수동성'에 대한 길더의 정의에는 문제 삼을 구석이 있다. 그가 말하는 신기술이 "단순한 수용의 수동성"을 끝장내리라는 것은 사실이다. 하지만 청중의 수동성, 즉 시청의, 시청에 대한 문화 전체에 내재한 묵종默從은 TC에 영향받지 않는 것처럼 보인다.

텔레비전 시청의 매력에는 언제나 환상이 결부되어 있었다. 현대 텔레비전은 시청자로 하여금 그 자신이 개별적 인간 경험의 한계를 초월할 수 있다는, 그 자신이 수상기 안에 들어가 이마고화되고 "어디서든 누구든"[58] 될 수 있다는 환상을 품게 하는 일에 훨씬 능숙해졌다. 한 인간으로서의 한계에는 주어진 기간에 가능한 경험의 개수에 대한 제약이 따르므로, 최근 텔레비전 기술의 가장 큰 '발전들'은 인간으로서의 결정적 한계로부터 도피한다는 이 환상을 부추기는 것 말고는 한 일이 거의 없다고 주장할 만도 하다. 케이블은 저녁의 현실을 고를 선택지를 늘렸고, 소형 가전제품 덕분에 우리는 한 현실에서 다른 현실로 순식간에 도약할 수 있게 되었으며, VCR 덕분에 우리는 경험을 어느 때든 손실이나 변경 없는 재경험이 가능한 직관적 기억의 영역에 둘 수 있

---

58 "We Build Excitement"에서 기틀린이 쓴 용어.

게 되었다. 이 발전들은 불티나게 팔렸으며 평균 시청 시간을 늘렸지만, 미국 텔레비전 문화를 조금이라도 덜 수동적이거나 덜 냉소적으로 바꾸지는 못했다.

물론 텔레비전의 거대한 환상에 따르는 단점은 그것이 환상에 불과하다는 것이다. 진짜 경험의 한계에서 도피하는 것은 별미로서는 훌륭하다. 하지만 주식主食으로서는 나 자신의 현실을 덜 매력적으로 만들고(현실 속에서의 나는 사방에 한계와 제약이 있는 데이브라는 일개인에 불과하기 때문), 내가 현실을 최대한 활용하기에 부적합하도록 만들고(내가 현실 속에 있지 않은 척하는 일에 시간을 전부 쓰기 때문), 나의 도피주의 때문에 불쾌하지는 바로 그것으로부터 나를 도피시키는 장치에 점점 더 의존하게 만든다.

고품질 환상 조각의 배열에 대한 '통제권'을 더 많이 가질 수 있다는 길더의 구원론적 전망이 나와 텔레비전의 관계에 깃든 의존성이나 내가 의존적이지 않은 척하려고 구사해야 하는 무기력한 반어법을 가라앉힐 가능성은 희박해 보인다. 내가 시청자로서 '수동적'이든 '능동적'이든 여전히 냉소적인 척해야 하는 이유는 내가 여전히 의존적이기 때문이요 여기서 내가 정말로 의존하는 것이 마치 아편 중독자가 터키의 양귀비 재배 농민이나 마르세유의 정제업자에게 의존하는 것이 아니듯 쇼 하나나 방송사 몇 곳에 의존하지 않기 때문이다. 내가 정말로 의존하는 것은 그런 방송을 가능케 하는 환상과 이미지, 따라서 이미지를 내가 손에 넣을 수 있게 만들 수 있고 환상적으로 바꿀 수 있는 모든 기술이다. 그러니 오해 마시라. 우리가 이미지 기술에 의존하는 것은 분명하다. 기술이 발전할수록 우리는 더 단단하게 묶인다.

길더의 장밋빛 전망에 담긴 역설은 모든 형태의 인위적 개량에서와 마찬가지다. 매체가 개량될수록—이를테면 안경, 앰프, 그래픽 이퀄라이저, "실제 영상과 거의 분간하기 힘든 동영상"을 보라—경험은 더욱 직접적이고 생생하고 현실적으로 '보인다'. 이 말은 환상과 의존이 더욱 직접적이고 생생하고 현실적으로 '된다'는 뜻이다. 텔레비주얼 이미지의 양이 기하급수적으로 증가하고 그에 상응하여 그 이미지들을 나 자신의 환상에 맞게 오리고 붙이고 키우고 합치는 능력이 커지더라도, 나의 쌍방향 TC는 환상을 더 강력하게 개량하고 가능케 하는 장치가 될 뿐이고, 그 환상에 대한 나의 애착은 커질 뿐이고, 나의 TC가 제공하는 시뮬라크르보다 덜 솔깃하고 덜 통제 가능한 진짜 경험은 더 희멀겋고 다루기 더 짜증스러워지고, 나는 내 가구에 '더더욱' 의존하게 될 뿐이다. 상대적 가치에 대한 통찰의 어떤 원천도, 경험과 환상과 믿음과 편애를 '어떻게 왜' 선택할지에 대한 어떤 지침도 미국 문화에서 진지한 고려 대상으로 허락되지 않는 한 더 나은 기술로 선택지의 개수를 끌어올려 봐야 치료할 수 있는 것은 아무것도 없다. 음, 가치에 대한 통찰과 지침은 본디 문학의 임무 아니었느냐고? 하지만 텔레비전 이후의 황홀한 삶을 누리면서, 게다가 킴 베이신저가 소통하겠다고 기다리고 있는데 누가 그런 것을 진지하게 받아들이고 싶겠는가?

맙소사, 나는 방금 길더에 대한 나의 비판을 다시 읽었다. 그가 어수룩하다는 비판. 그가 기업의 사익을 티 나게 옹호한다는 비판. 그의 책에 광고가 실렸다는 비판. 미래주의적 참신함 이면에 우리를 이 텔레비주얼 엉망진창으로 몰아넣은 것과 똑같은 미국적 똑같음이 있을 뿐이라는 비판. 이 엉망진창이 얼마나 까다로운지를 길더가 터무니없이 과소평가한다는 비판. 그 가망 없음. 우리의 어수룩함, 피로, 혐오. 길더를 읽는 나의 태도는 냉소적이고 쌀쌀맞고 우울했다. 나는 그의 책을 한심해 보이게 하려고 용썼다(사실이 그렇긴 하지만, 어쨌거나). 나의 길더 독해는 텔레비주얼하다. 나는 아우라에 싸여 있다.

그렇긴 하지만, 적어도 우리의 길더는 반어적이지는 않다. 이 점에서 그는 《파운틴헤드The Fountainhead》 이후로 대학가 힙스터들에게 최대 히트작인 《나의 사촌, 나의 위장병 전문의》를 쓴 뉴저지의 젊은 의료 광고 카피라이터 마크 레이너에 비하면 서늘한 여름 산들바람과 같다. 레이너의 소설은 우리의 문제에 대한 세 번째 종류의 문학적 대응을 대표한다. 프랑스 탈구조주의자들이 로고스에 대한 절망적 융합en-meshment을 '해소'하는 것과 같은 방법으로 물론 젊은 미국 작가들은 텔레비주얼 아우라에 싸여 있다는 문제를 '해소'할 수 있으니 말이다. 우리는 문제를 찬미로써 해결할 수 있다.

대중적으로 정의된 분노의 감정은 그 앞에 무릎을 꿇음으로
써 초월하라. 우리는 '경건하게 반어적일' 수 있다.

《나의 사촌, 나의 위장병 전문의》의 새로운 점은 종류라
기보다는 세기다. 그것은 대중문화 파스티슈, 두서없는 첨단
기술, 아찔한 텔레비주얼 패러디를 초현실적 병치와 무無문
법적 독백과 플래시 컷 편집으로 배치하고 그 정신 나간 분
위기를 역겨운 게 아니라 불경하게 보이도록 하려고 설계한
지독한 반어법으로 다듬어 만든 메테드린 화합물이다. 상업
문화를 놀려먹고 싶다면?

신제품 맥해기스[59] 샌드위치 출시 주일에 킬트[60] 착용을 거부
했다는 이유로 방금 맥도날드에서 해고당했다.
그는 뉴잉글랜드에서 가장 평판이 안 좋은 독일어 시사 잡지
〈조잡한 생각das plumpe denken〉을 집어 든다 에그 크림 공장에
서 폭발이 일어나 우표 수집가가 죽는다 그가 페이지를 넘긴
다 방사성 야광 정액이 캐나다에서 발견되다 그가 페이지를
넘긴다 현대 호텐토트족은 개폐식 샌드위치 봉지에 아기를
넣어 다닌다 그가 페이지를 넘긴다 웨인. 뉴턴이 어머니의 자
궁을 일인용 에덴동산이라고 부르다 모건 페어차일드가 샐리
스트러더스를 로니 앤더슨이라고 부르다

---

59 해기스는 스코틀랜드의 민속 음식.(옮긴이)

60 스코틀랜드에서, 남자가 전통적으로 입는 체크무늬의 스커트.(옮긴이)

모차렐라 색깔이 뭐예요? 나는 종업원에게 분홍색이냐고 물었다—메넨 레이디스피드 탈취제 뚜껑과 같은 색깔인데, 그 색깔 알아요? 아니요, 나는 여성용 질레트 데이지 면도기와 같은 색깔이라고 말했다…… 그 색깔 알아요? 몰라요 그렇다면, 펩토비스몰 소화제와 같은 분홍색이에요, 그 색깔 알아요? 네 와, 내가 말했다, 그럼 스파게티 있어요?

텔레비전을 신랄하게 놀려먹고 싶다면?

뮤리엘이 〈텔레비전 가이드〉를 들고는 화요일 저녁 8시를 펼쳐 소리 내어 읽었다. ……〈땀에 젖은 통통한 남자들이 거웃을 드러내고 축 늘어진 음경을 덜렁거리며 '뱀이다! 뱀이다!' 외치며 사우나에서 달려 나오는 소동〉이라는 쇼가 있네 …… 브라이언 키스, 버디 엡슨, 닙시 러셀, 레슬리 앤 워런도 나와

자기 참조를 조롱하고 싶다면? 그의 소설은 마지막 장 전체가 자신의 저자 소개 페이지에 대한 패러디다. 혹시 힙한 무정체성에 호감이 있다면?

할머니가 잡지를 말아 버즈의 머리통 옆을 후려쳤다. 버즈의 마스크가 충격으로 헐거워졌다. 마스크 뒤에는 피부가 하나도 없었다. 진물이 흐르는 혈적색 근육 덩어리에 달린 줄기 위로 흰색 눈알 두 개가 튀어나와 있었다.

그녀가 인간인지 5세대 여성형 안드로이드인지는 모르겠고 관심도 없다.

텔레비주얼 단작單作의 무無경계 유동에 대한 패러디적 명상을 원한다면?

나는 한 손으로 탱커레이 마티니 잔을 저으며 발로 얼린 클램스 오레가나타 접시를 오븐에 밀어 넣는다. 하느님, 요기 비탈다스가 제게 준 이 메테드린 좌약이 좋습니다! 나는 테니스 반바지를 다리면서 테이프 리코더에 하이쿠를 녹음하고는 …… 3분간 스피드 백을 때린 뒤에 종이접기로 사마귀를 만든 다음 코코뱅을 저으며 〈하이 피델리티〉 잡지의 기사를 읽는다.

단일한 인간 자아의 한계와 완전성이 붕괴하는 광경을 보고 싶다면?

쪼글쪼글 주름진 얼굴에 여든이나 아흔쯤 되어 보이는 여인이 있었다. 이 쭈그렁 할망구, 이 명백한 옥토제네리언[61]의 신체는 올림픽 남자 수영 선수의 신체였다. 길고 마른 근육질 팔, 강인한 역삼각형 상체, 지방은 한 톨도 없는……

---

61 octogenarian. 나이가 80대인 사람.(옮긴이)

교체용 머리를 설치하려면 머리 조립부를 목 하우징에 놓고 가이드 핀을 장착 구멍에 삽입한다…… 새 머리를 설치한 뒤에 자본주의 생산 양식에서의 모순을 식별하지 못한다면 머리를 제대로 설치하지 못했거나 머리에 결함이 있는 것이다.

사실 《나의 사촌, 나의 위장병 전문의》를 아우르는 강박 중 하나는 마지막 인용문에서 보듯 자기의 부분들, 사람과 기계, 인간 주체와 개별 대상의 병치다. 레이너의 소설은 이 점에서 이미지를 우리 마음대로 재조합할 수 있는 개별 덩어리로 해체함으로써 우리 텔레비전 문화의 문제를 해소할 수 있다는 길더의 예언에 대한 유려한 답변이다. 레이너의 세계는 길더적 디스토피아다. 레이너의 등장인물들이 이미지와 데이터 파동을 받아들이는 방식에는 여전히 수동성과 정신 분열적 붕괴가 남아 있다. 이것들을 '합치'는 능력은 방향 감각 상실의 막을 한 겹 더할 뿐이다. 모든 경험이 해체되고 재구성될 수 있으면 선택지가 극도로 많아진다. 삶에 대한 믿을 수 있고 비상업적인 지침이 없으면 선택의 자유가 '해방적'인 것은 마약 환각 체험이 해방적인 것과 같다. 각각의 양자는 옆의 양자와 다를 바 없고, 특정 구성물의 성질을 판단할 유일한 잣대는 괴상함, 모순, 다른 이미지 구성물 무리로부터 돋보이고 일부 청중을 탄복시키는 능력이다.

레이너 자신의 소설은 독자를 탄복시키는 암페타민적 열정 면에서 이미지 소설의 으슥한 최전선에 와 있다. 문학

이 텔레비전의 상징, 기법, 현상뿐 아니라 텔레비전의 목적을 통째로 흡수한 것이다. 결국 《나의 사촌, 나의 위장병 전문의》의 유일한 목표는 독자를 '탄복'시켜 독자로 하여금 쾌감을 느끼고 계속 읽어가도록 하는 것이다. 그의 책은 이를 위해 (1) 자신의 박식한 포스트모던 염세주의가 가진 매력으로 독자를 즐겁게 하고 (2) 저자가 똑똑하고 재밌다는 사실을 독자에게 집요하게 주지시킨다. 책 자체는 지독하게 재밌지만, 재밌는 이야기가 재미있는 식으로 재밌지는 않다. 여기서는 재밌는 일이 일어나는 것이 아니라, 코미디언이 상투적으로 "눈치채셨는지 모르겠는데……"라거나 "이런 경우에 무슨 일이 일어날지 궁금하신 적이 있으실 텐데, 만일……"이라고 말하는 것처럼 재밌는 일이 자의식적으로 상상되고 언급된다.

사실 레이너의 고급이미지즘 양식 전체는 일종의 정교한 스탠드업 코미디를 닮았을 때가 가장 많다.

갑자기 밥이 말을 제대로 할 수 없었다. 일종의 자발성 실어증에 빠진 것이다. 하지만 완전 실어증은 아니었다. 말을 할 수는 있었지만, 스타카토 전신電信 스타일로만 할 수 있었다. 80번 주간고속도로를 타고 중서부를 가로지르는 장면은 이렇게 묘사했다. "옥수수 옥수수 옥수수 옥수수 스터키스[62]. 옥

수수 옥수수 옥수수 옥수수 스터키스."

고속도로에 술집이 하나 있는데, 그곳에서는 힘깨나 쓰는 사람들만 상대하고 유일한 마실거리는 저알콜 맥주이고 유일한 먹거리는 서프 앤드 터프이고 실내는 시경찰, 주경찰, 체육관 강사, 그린베레, 요금소 직원, 수렵 감시관, 건널목지기, 심판으로 가득하다.

텔레비전에 대한 레이너의 소설적 답변은 소설이라기보다는 한 편의 재치 있고 박식하고 매우 수준 높은 산문 텔레비전이다. 속도와 생동감이 전개를 대체한다. 사람들은 쉴 새 없이 들고 나며 사건들은 번쩍 하고 나타났다가 사라지고 다시는 언급되지 않는다. 통일된 플롯이나 일관된 인물 같은 '구식' 개념은 다짜고짜 불경하게 거부된다. 그 대신 우리가 텔레비전 주의 지속 시간이라고 부르는 45초간의 선鮮적 집중에 호소하도록 설계된 일련의 아찔하게 창조적인 패러디적 비네트[63]가 있다. 플롯이 없을 때 비네트를 통일하는 것은 묘한 불안, 선택지가 너무 많고 선택 지침서가 하나도 없는 과자극 정체 상태, 텔레비주얼한 현실을 겨냥한 불경한 깐족거림 같은 분위기다. 영화, 뮤직비디오, 꿈, 텔레비전 프로그램의 방식을 따라 '핵심 이미지'가 반복되는데, 여기서

---

63   vignette. 특정 인물이나 사건에 대해 간단하게 묘사하는 짧은 글.(옮긴이)

는 이국적 약물, 이국적 기술, 이국적 음식, 이국적 배변 장애가 그렇다. 《나의 사촌, 나의 위장병 전문의》가 소화와 배출에 주로 집착하고 있음은 우연이 아니다. 이 책이 독자를 조롱하며 도발하는 것은 텔레비전이 현실과 선택지를 쏟아내며 도발하는 것과 같다. 흡수하세요. 당신이 어엿한 소비자임을 입증하세요.

레이너의 작품은 지금껏 나온 최상의 이미지 소설로, 경이로우면서도 기억에 남지 않고 놀라우면서도 기이할 정도로 공허하다. 내가 이 책을 길게 논의하면서 글을 마무리하는 이유는 텔레비전 자체가 포스트모던 예술에서 흡수한 바로 그 특징을 능수능란하게 재흡수하는 레이너의 책이 미국의 텔레비전과 소설의 궁극적 결합처럼 보이기 때문이다. 또한 그의 책은 이미지 소설 자체가 처한 곤경을 두드러지게 보여준다. 이 하위 장르가 지금까지 배출한 것 중 최상의 작품이 호들갑스럽고 거북하고 작위적이고, 그리고 지독히 얄팍하다는 것을—텔레비전 문화를 조롱하려는 욕망을 품었으나 텔레비전 문화는 스스로와 모든 가치를 조롱하면서 이미 모든 조롱을 흡수하고 있기에 얄팍해질 수밖에 없음을. 반어적 굴복을 통해 텔레비전에 '대응'하려는 레이너의 시도를 조롱–숭배라는 식상한 텔레비주얼 의식이 집어삼키는 것은 식은 죽먹기다. 그의 시도는 페이지 위에서 죽어 있다.

모든 저항을 북돋워 무력화하는 아우라에 저항하는 것이 불가능하다는 나의 구슬픈 소음은 미국 소설의 가능성이 소진되었다고 말하기보다는 그 아우라 속의 내 거처, 나 자신의 전망 결여에 대해 말하고 있다, 라는 것은 전적으로 가능하다. 이 나라에서 벌어질 다음번의 진짜 문학적 '반란' 은 반反반란자의 기묘한 무리로서 나타날지도 모른다. 타고 난 관음자인 그들은 반어적 관찰에서 대담하게 한발 물러나 는 자이며 간단명료한 원칙들을 어린아이처럼 순진하게 옹 호하고 표현하는 자다. 미국의 삶에 깃든 오래되고 진부한 인간적 역경과 감정을 경의와 확신으로 대하는 자다. 자의식 과 힙한 피로를 멀리하는 자다. 물론 이 반반란자는 시작도 하기 전에 시대에 뒤떨어질 것이다. 페이지 위에서 죽을 것이 다. 너무 진실하기에. 틀림없이 억압당할 것이기에. 퇴행적이 고 예스럽고 순진하고 시대착오적일 것이기에. 어쩌면 그게 핵심일지도 모르겠다. 어쩌면 그게 그들이 다음번의 진짜 반 란자가 될 이유인지도 모르겠다. 진짜 반란은 내가 생각건대 불승인의 위험을 감수하는 것이니까. 옛 포스트모던 역도逆 徒는 경악과 비명을 감수했다. 충격, 혐오, 분노, 검열을, 사회 주의와 무정부주의와 허무주의라는 비난을. 오늘날은 위험 이 달라졌다. 새로운 반란자는 하품, 부라리는 눈, 냉랭한 미 소, 옆구리 찌르기, "오 어찌나 '진부'한지"라는 유능한 반어 술사의 패러디를 기꺼이 감수하는 예술가일지도 모르겠다. 그들은 감상주의와 멜로드라마라는 고발을, 어수룩하다는 고발을, 물렁물렁하다는 고발을, 시선을 두려워하고 위에서 말한 불법적 감금을 조롱하고 숨어서 훔쳐보는 자들의 세상에 의해 덜컥 속아넘어간다는 고발을 감수할 것이다. 누가 알겠는가. 오늘날 가장 열심인 젊은 소설은 정말이지 일종의 종점의 종점처럼 보인다. 추측건대 이것은 우리 모두가 나름의 결론을 이끌어내기 시작한다는, 그래야 한다는 뜻이리라. 실컷 즐기셨는지.

(1990)

새로운 불 속으로 다시

Back in New Fire

여러분도 아는 사랑 이야기다. 용맹한 기사가 저 멀리 난공불락의 성에 뚫린 창문 안쪽에서 어여쁜 여인을 발견한다. 시든 딸기나무를 사이에 두고 아련하게 두 사람의 눈이 마주친다. 즉각적 화학 반응. 그리하여 훌륭하신 기사 나리는 창을 휘두르며 성큼성큼 성으로 다가간다. 그냥 뛰어 올라가 어여쁜 여인을 구출하면 안 되느냐고? 어림도 없다. 우선 용을 지나쳐야 한다. 그렇지 않은가? 아주 못된 용이 언제나 성을 지키고 있으며 기사는 여인을 구출하려면 언제나 용과 맞서서 녀석을 죽여야 한다. 하지만 그래서, 열정에 사로잡힌 충성스러운 기사가 다 그렇듯 이 기사는 오로지 어여쁜 여인을 위해 용과 싸운다. 그나저나 '어여쁜 여인'은 '외모가 아름다운 숫처녀'를 뜻한다. 기사가 용과 싸우는 진짜 목적에 대해 순진한 척하지는 말자. 용을 쓰러뜨리고 나서 그가 기대하는 것이 여인의 콧소리 섞인 "저의 영웅이세요" 이상일 것임은 당연하다. 사실 이런 이야기가 늘 그렇듯 훌륭하신 기사 나리가 목숨을 걸고 용에게 창을 휘두르는 목적은 외모가 아름다운 숫처녀를 '구출'하는 것이 아니라 그녀를 '쟁취'하는 것이다. 시대를 막론하고 모든 기사는 여기서 '쟁취'가 무슨 뜻인지 잘 안다.

나의 기사다운 친구들 중 몇몇은 이성애자 에이즈라는 망령을 다름 아닌 성적 아마겟돈—지난 30년의 홀가분한 성적 방탕이 맞은 폭력적 종말—으로 생각한다. 또 다른 몇몇은 침울하지만 좀 더 낙관적으로 HIV를 우리 세대의 성적 패기에 대한 일종의 시금석으로 여기는데, 이 친구들은 자신의 홀가분한 유희적 떡 치기를 애욕의 정신이 얼마나 끈질긴지 입증하는 일종의 의학적 만용으로 보아 박수갈채를 보낸다. 낙관적인 친구 하나가 최근에 에이즈에 대해 쓴 편지를 예로 인용하겠다. "……그래서 이제 자연은 인간관계를 가로막는 또 다른 장애물을 발명했지만, 그럼에도 낭만적 충동은 죽지 않아. 이 충동을 짓밟으려는 인간과 도덕과 바이러스의 모든 노력을 무산시키지. 이건 경이로운 일이야. 사실 그 충동은 떡 치려는 인간의 의지, 어떤 장애물에도 불구하고 존속하는 그 의지에 의해 오히려 단단해질 수 있어. 말하자면 우리는 이겨낼 거란 얘기지."

이걸 기사도 정신이나 다른 무언가로 볼 수 있으려나. 하지만 요즘 기사 중 일부가 에이즈의 위험과 유익을 둘 다

여전히 과소평가한다는 생각을 떨칠 수 없다. 그들은 HIV가 1990년대에 섹슈얼리티의 구원일 수 있음을 간파하지 못한다. 내가 보기에 그들이 간파하지 못하는 이유는 색정이 무엇을 의미하는지 가르쳐 주는 영원한 이야기를 오독하기 때문이다.

애욕이 "장애물에도 불구하고" 존재할 거라고? 기사와 어여쁜 여인이 음탕한 눈빛을 주고받는 장면으로 돌아가자. 기사가 거대한 창을 든 채 성을 향해 성큼성큼 다가간다. 단, 이번에는 위험이 없다고, 두려워하고 맞서고 싸우고 죽여야 할 용이 없다고 상상해 보라. 기사가 여인을 좇는 데 아무 장애물이 없다고, 용도 없고 성문도 잠겨 있지 않고 심지어 조교[1]마저 교외 차고 문처럼 자동으로 내려온다고 상상해 보라. 성 안에서는 어여쁜 여인이 빅토리아 시크릿 테디[2]를 걸친 채 이리 오라고 손가락을 까딱거린다. 기사 나리의 얼굴에 실망의 그림자가 그리우고 창끝이 조금씩 떨어지는 것을 알아차린 사람? 이 판본의 이야기에 다른 판본의 색정적이고 애욕적인 분위기 같은 것이 조금이라도 있을까?

'떡 치려는 인간의 의지'라고? 떡은 짐승도 다 칠 줄 안다. 하지만 인간만이 색정을 느낄 수 있는데, 이것은 생물학적 짝짓기 충동과 전혀 다르다. 색정은 인간의 삶에서 필수

---

1   弔橋. 양쪽 언덕에 줄이나 쇠사슬을 건너지르고, 거기에 의지하여 매달아 놓은 다리.(옮긴이)
2   슬립과 팬티가 결합된 콤비네이션 속옷.(옮긴이)

적인 정신적 힘으로서, 장애물에도 '불구하고'가 아니라 장
애물 '때문에' 수천 년을 버텨냈다. 평범한 교미가 색정을 담
고 정신적 힘을 품게 되는 것은 장애물, 갈등, 금기, 결과로부
터 양날의 성격을 부여받는 바로 그 지점에서이며, 의미 있
는 섹스는 극복이자 굴복이요, 초월이자 위반이요, 의기양
양하면서도 끔찍하고 황홀하고 서글프다. 거북과 각다귀도
짝짓기를 할 수 있지만, 인간만이 거역하고 위반하고 극복하
고 사랑할, 즉 '선택'할 수 있다.

　　역사를 돌아보면 종교적 금지, 간통과 이혼에 대한 처
벌, 기사도적 정조와 궁정 예법, 사생私生에 대한 낙인, 샤프
롱³ 풍습, 성녀/창녀 콤플렉스, 매독, 뒷골목 낙태, 빅토리아
시대의 신체 혐오에서 초기 텔레비전의 항상한발을바닥에
댈것⁴ 규칙에 이르기까지 관능을 배변과 배교와 같은 금기
수준에 놓는 '도덕' 규범들, '타락한' 여인의 필연적 파멸에
서 여자 친구가 품위를 유지하기 위해 남자 친구가 애걸하
는 행위를 해주지 않으려고 버티는 차량 뒷좌석에서의 실랑
이에 이르는 관행 등에서 보듯, 종교적 자연과 문화 둘 다 치
정의 선택에 대가와 가치를 부여하는 기발한 장애물을 세웠
다. 1996년의 관점에서 볼 때 과거의 성적 용이 대부분 멍청

3　젊은 여자가 사교장에 나갈 때에 따라가서 보살펴 주는 사람. 대개 나이 많은
부인이다.(옮긴이)
4　모든 성애 장면에서 여성이 적어도 한 발을 바닥에 대야 한다는 규칙으로, 베드
신을 금지하기 위해 제정되었다.(옮긴이)

하고 잔인해 보이는 것은 당연하다. 하지만 우리는 용들에게 크나큰 장점이 있었음을 깨달아야 하는데, 그것은 용이 군림하는 한 섹스는 결코 홀가분하지 않았다는 것이다. 역사적으로 인간의 성은 지독하게 진지한 문제였으니, 용이 사나울수록 섹스는 더욱 진지해졌고 선택의 대가가 커질수록 그 선택을 둘러싼 애욕의 전압도 커졌다.

그러다 순식간이라고밖에 말할 수 없는 기간에 용이 모두 쓰러져 죽었다. 이것이 내가 태어날 즈음, 1960년대 성 '혁명'의 시기에 일어난 일이다. 성병 예방 및 치료의 SF적 발전, 정치적 힘으로서의 여성주의의 부상, 제도로서의 텔레비전, 청년 문화 및 그 격렬한 미술과 음악의 부상, 민권, 패션으로서의 저항, 억제 차단 약물, 교회와 검열 기관에 대한 도덕적 거세. 비키니, 미니스커트. '자유연애'. 성문은 잠겨 있지 않았다기보다 경첩에서 뜯겨져 나갔다. 섹스는 마침내 족쇄에서 풀려나 한낱 기호가, '홀가분한' 것이 되었다. 나는 혁명의 시기 내내 이빨 빠진 신세요 오줌이나 지리는 처지였으나 그런 내게도 그때는 마치 인스턴트 낙원 같았다. 잠깐 동안은.

나는 혁명의 성대한 파티를 어렴풋하게만 지각했으나, 커플 교환과 짝 찾는 술집, 뜨거운 욕조와 EST 초월 명상, 〈허슬러〉의 산부인과적 다리 벌리기, 드라마 〈미녀 삼총사 Charlie's Angels〉, 헤르페스, 아동 포르노, 무드 반지[5], 십 대 임

---

5   기분에 따라 색깔이 변하는 반지.(옮긴이)

신, 플라톤의 은신처[6], 디스코 이후에 찾아온 숙취—대부분의 대가와 결과로부터 유리된 섹스가 문화에서 일종의 포화점에 도달한 1970년대의 성적 불안—를 고스란히 겪어야 했다. 홀가분한 떡 치기의 격동적 10년이 가져온 공허와 자기혐오를 암울하게 그려낸 영화 〈미스터 굿바를 찾아서Looking for Mr. Goodbar〉가 똑똑히 기억난다. 돌이켜 보면 내가 성적 연령에 도달했을 때의 문화는 죽음으로써 해방의 계기가 된 바로 그 용을 그리워하기 시작하고 있었다.

내가 바르게 이해했다면, 우리 무덤덤한 세대의 홀가분한 기사들은 에이즈를 축복으로, 중대한 균형을 회복하기 위해 자연이 준, 어쩌면 1960년대 과잉 이후의 집단적인 애욕적 절망으로부터 무의식적으로 소환된 선물로 여기게 될는지도 모르겠다. 용이 돌아왔으므로, 무시할 수 없는 불을 둘렀으므로.

여러분을 불쾌하게 하려는 의도는 없다. 치명적 전염병이 좋은 것이라고 주장할 사람은 아무도 없다. 자연에서 비롯하는 모든 것은 좋지도 나쁘지도 않다. 자연 만물은 그저 존재할 뿐이며, 유일하게 좋고 나쁜 것은 존재하는 것의 면전에서 사람들이 내리는 이런저런 선택뿐이다. 하지만 우리 자신의 역사에서 보듯 애욕으로 점철된 인간 존재는 이유 여하를 막론하고 치정을 가로막는 장애물을, 선택에 따르

---

6   자유롭게 섹스를 즐길 수 있었던 1970년대 뉴욕의 나이트클럽.(옮긴이)

는 대가를 필요로 한다. 수십만 명이 에이즈로 끔찍하게 죽어가는 것은 애욕의 새로운 장애물에 대해 치르는 대가라기엔 잔인하고 부당해 보인다. 하지만 매독, 부적절한 낙태, 치정 살인으로 수백만 명이 목숨을 잃은 것보다 명명백백하게 부당하지는 않으며, '타락'하고, '간통'하고, '죄'를 저지르고, '혼외' 자식을 낳고, 무의미한 교리 때문에 애정 없고 학대받는 결혼에서 벗어나지 못하여 수많은 사람들이 삶이 망가지는 것보다 명명백백하게 부당하지도 않다. 적어도 내게는 명명백백하게 부당해 보이지 않는다.

우리가 맞서야 할 새로운 용이 있다. 하지만 용과 맞선다는 것은 무기도 없이 거들먹거리며 다가가 '니 에미' 어쩌구 욕을 한다는 뜻이 아니다. 섹스와 HIV의 위험에 대한 애욕적 반격은 우리가 '용기'와 낭만적 '의지'의 이름으로 유희적 떡 치기를 계속해도 된다는 뜻이 아니다. 사실 에이즈가 우리에게 준 선물은 섹스에는 홀가분한 구석이 전혀 없음을 똑똑히 일깨우는 데 있다. 이것이 선물인 이유는 성의 진지함에 대한 인식이 커질수록 성의 힘과 의미도 커지기 때문이다. 홀가분한 섹스의 '나쁜' 점은 애초부터 이것이었으니, 섹스는 결코 나쁘지 않으나 또한 결코 홀가분하지도 않은 것이다.

성에 대한 진실한 인식은 자신과 상대방에 대한 애정의 몸짓으로서 보호 조치를 성실하게 취하는 것에서 출발할 수 있다. 하지만 우리가 맞서고 있는 용이 어떤 종류인지에 대한 더 깊고 훨씬 담대한 인식이 자리 잡고 있으며, 이는 아마

겟돈은커녕 현대적 삶의 애욕적 전압을 올리는 데 한몫하고
있다. 에이즈 덕분에 무엇이 '성적'인가에 대한 우리의 상상
력이 확장되고 있다. 마음속 깊숙한 곳에서 누구나 알듯, 음
식의 매력이 대사적 연소에서 비롯하는 것처럼 성의 진정한
매력은 교접에서 비롯한다. 진부하게 들리(렸)겠지만 진정한
성은 서로 연결되는 것, 자아와 자아를 나누는 간극을 가로
지르는 다리를 세우는 것이다. 성은 궁극적으로 '상상력'에
대한 것이다. 용감한 사람들이 에이즈를 삶의 엄연한 사실로
인식한 덕에 우리는 그동안 잊거나 간과한 온갖 방식으로도
―성기 이외의 접촉을 통해서나 전화로나 편지로, 대화의 뉘
앙스로, 표정으로, 몸짓으로, 맞잡은 손에서 느껴지는 압력
으로―충만한 섹스를 할 수 있음을 깨닫기 시작했다. '우리'
가 있는 모든 곳, 모든 시간이 섹스가 될 수 있다. 우리에게
필요한 것은 이 용과 맞서되 히스테리적 공포에 사로잡히거
나 유치한 부정否定에 기대지 않는 것이다. 용은 그 대가로 진
정으로 성적인 것이 무슨 의미인지 우리로 하여금 다시 배
울 수 있게 해줄 것이다. 이것은 사소하거나 불필요한 일이
아니다. 불은 목숨을 앗아갈 수 있지만 우리에게 필요하다.
관건은 어떻게 불에 다가가느냐다. 여러분이 존중해야 하는
것은 다른 사람들만이 아니다.

(1996)

기운 내, 심바
안티 후보의 트레일에서 보낸 일주일

UP, SIMBA
Seven Days on the Trail of an Anticandidate

덧붙인 머리말

/
출처
리틀, 브라운 앤드 컴퍼니 출판사의
'아이 퍼블리시' 부서(지금은 없어졌음)에서
2000년에 출간한 전자책의 머리말
/

이 책을 읽는 이에게:

아래의 글이 무엇이고 원래 어디에 실렸는지 언급하는 것은 내가 마땅히 해야 할 일일 것이다.

내가 이해하기로 1999년 가을에 〈롤링 스톤〉지 수뇌부는 거물급 대선 후보 네 명과 이들이 예비 선거에서 하루하루 벌이는 선거 운동에 대한 기사를 정치부 기자가 아닌 필자 네 명에게 맡기기로 했다. 공교롭게도 내 이력서 맨위에는 '정치부 기자 아님'이라는 문구가 적혀 있기에 〈롤링 스톤〉에서는 내게 전화를 걸어 기사의 취지를 설명하고는 더 나아가 원하는 후보를 아무나 골라도 좋다고 말했다(물론 기분은 좋았지만, 돌이켜 생각해 보니 나머지 세 필자에게도 똑같이 말했을 것 같다. 잡지사는 여러분에게 무언가를 시키고 싶으면 아주 알랑거리고 전권을 위임할 것처럼 굴기 마련이니까). 내가 기사를 쓸 만한 유일한 후보는 존 매케인 상원의원(애리조나주, 공화당)이었다. 최근 그가 〈찰리 로즈〉 토크쇼에 출연한 테이프를 봤는데, 엄청나게 솔직하고 직설적이거나 아니면 그냥 제정신이 아니라는 생각이 들었다. 매케인과 정당 정치에 대해 쓰고 싶었던 이유는 또 있지만, 본문에서 꽤 자세히 설명하고 있으므로 여기서 구구절절 밝힐 필요는 없을 듯하다.

'전자 편집자Electronic Editor'(그의 업무용 레터헤드며 온갖 것에 표시된 실제 직함이다) 말로는 저자인 내가 공화당원이 아니며 일리노이주 예비 선거에서 실은 빌 브래들리 상원의원(뉴저지주, 민주당)에게 투표했음을 여기에 밝혀야 한다고 한다. 개인적으로는 내 정치 성향이 왜 문제가 되는지 모르겠지만, 추측건대 기사(즉, 여러분이 읽게 될 기사)의 일부가 매케인을 지지하는 것처럼 보일지라도 그 이면에 어떤 당파적 동기나 보수적 의제도 없음을 분명히 하기 위해서인 듯하다. 이 기사는 매케인을 지지하지 않지만 반대하지도 않는다. 그저 한 사람이 본 그대로의 진실일 뿐이다.

더 할 말이 뭐가 있을까. 처음에는 매케인이 뉴햄프셔에서 2월 1일 대규모 예비 선거를 준비하는 과정을 따라다닐 생각이었다. 그러다 성탄절 즈음에 〈롤링 스톤〉에서 집필 의뢰를 취소하고 싶어 했다. 부시 주지사가 여론 조사에서 매케인을 훌쩍 앞섰으며 선거 비용도 열 배나 많이 쓰고 있었기 때문이다. 〈롤링 스톤〉은 매케인이 뉴햄프셔에서 참패를 당할 것이고 기사가 발표될 때쯤이면 매케인의 선거 운동은 이미 끝났을 것이기에 기사가 뒤늦게 실리면 자기네가 체면을 구길 거라 생각했다. 그러다 2월 1일에 뉴햄프셔의 초기 결과가 매케인이 앞서는 것으로 나오자 갑자기 안면을 바꿔 다시 전화를 걸어서는 다시 기사를 써야겠다며 다만 이번에는 내게 뉴햄프셔로 날아가 오늘 밤부터 취재를 시작했으면 한다고 말했는데, 그건 (공교롭게도 나는 정서적 문제 때문에 특별 관리가 필요하다는 전문가의 진단을 받은 개를 키우고 있어서 개를 돌봐줄 사람을 수소문하고 면담하고 선발하고 교육하고 현장 점검을 하려면 언제나 며칠이 걸렸던 탓에) 불가능했다. 딱히 그래서 그랬다는 건 아니지만, 요점은 내가 다음 주에 날아가 2월 7일부터 13일까지 McCain2000 순회 기자단과 동행하게 되었다는 것이다. 돌이켜 보면 그 주는 2000년 공화당 경선을 통틀어 가장 흥미진진하고 복잡한 한 주였던 것 같다.

'복잡'한 데는 이유가 있었다. 알고 보니 선거 관련 인사나 사건이나 술수나 전략이나 우연이 흥미로울수록 그것을 이해하기 위해서는 많은 시간과 지면이 필요했기 때문이다. 또는 이해가 안 될 경우에도 그것이 무엇인지 서술하고 왜 이해가 안 되면서도 특정 맥락에서 보면 어쨌거나 흥미로운지 설명하려면(그 맥락 자체도 서술해야 했지만) 더 많은 시간과 지면이 필요했다. 이로 인한 최종 결과는 집필 계약에 따라 〈롤링 스톤〉지에 제출된 실제 원고가 그들이 요구한 것보다 길

기운 내, 심바
안티후보의 트레일에서 보낸 일주일

131

고 복잡했다는 것이다. 실은 꽤 길었다. 담당 편집자는 원고를 그대로 실으면 〈롤링 스톤〉의 지면을 대부분 잡아먹고도 모자라 광고를 실어야 할 부분까지 잘라내야 할지도 모른다고—그건 있을 수 없는 일이었다—지적했다.[1] 그래서 기사의 절반 이상이 잘려 나갔고 복잡한 부분이 일부 축약되었는데, 이것이 특히나 실망스러웠던 이유는 앞에서 언급했듯 가장 복잡한 부분은 대체로 가장 흥미로운 부분이기도 했기 때문이다.

여기서 요점은 여러분이 다운로드나 이메일 전송이나 그 밖의 모든 방법으로(여러 번 설명을 들었는데도 여전히 원리를 완전하게 이해하지는 못했다) 취득할 권리를 구입한 이 전자책은 삭제되지 않은 원본이요 이른바 감독판으로, 입술을 도톰하게 부풀리고 디젤 청바지 지퍼를 반쯤 내린 여자들의 야한 사진 따위에 방해받지 않는 언어적으로 완벽한 판

---

1   여기서 토넬리 씨라는 이 〈RS〉 편집자가 길이와 지면에 대한 평결을 동정심과 명랑함을 담아 전달했고 뒤이은 지독한 처내기식 편집 과정 내내 아주 호인이었음을 언급해야겠는데, 그 과정 자체가 이례적으로 급하고 긴박했던 이유는 딱 중간에 슈퍼 화요일[미국의 대통령 선거 후보를 결정하는 예비 선거가 가장 많은 지역에서 열리는 날.(옮긴이)]의 피바다가 찾아왔고 매케인은 정말로 탈락했으며—사실 토넬리 씨는 우리가 전화로 처내기 1회전을 하는 동안 사무실 텔레비전에서 매케인의 발표를 시청하고 있었다—〈롤링 스톤〉 수뇌부는 바보처럼 보일지도 모른다는 공포가 다시 변연계로 밀려들어 가련한 토넬리 씨에게 이 기사를 바로 다음 호 〈RS〉에 당장 욱여넣어야 한다고 말했기 때문이지만, 다음 호는 48시간 안에 '완성'하여 인쇄기에 걸어야 하는데, 여러분이 잡지의 통상적인 끝없는 편집과 사실 확인과 교열과 조판과 교정과 재조판과 레이아웃과 인쇄 과정에 대해 조금이라도 안다면 토넬리 씨가 이 과정 내내 보여준 명랑함이 왜 인상적인지 이해할 것이다.

본이다.

　바뀐 곳은 두어 군데뿐이다. 그리고 오타와 사실 관계 오류는 모두 고쳤(기를 바란)다. 원래 기사에는 이 글이 〈롤링 스톤〉지에 실렸다는 사실과 이 글을 읽는 사람이 〈롤링 스톤〉지를 실제로 가지고 앉아 있다는 사실을 언급하는 부분이 몇 곳 있었는데, 여러분이 25×30센티미터짜리 잡지를 읽고 있는 게 아닌데도 계속해서 그렇게 묘사하는 것이 너무 괴상해서 상당 부분을 수정했다. (이 또한 전자 편집자의 조언이었다.) 하지만 여러분은 저자가 이 글에서 스스로를 〈롤링 스톤〉이나 〈RS〉로 지칭하는 걸 보게 될 것이다. 어색하게 느껴진다면 유감이지만, 이건 내가 바꾸지 않기로 결정했다. 한 가지 이유는 내가 〈롤링 스톤〉 기자 출입증을 가지고 있다는 사실과 대부분의 기자와 선거 운동 스태프가 나를 '〈롤링 스톤〉에서 온 친구'로 부른다는 사실이 터무니없이 뿌듯했다는 것이다. 고백건대 나는 〈RS〉 기자라면 마땅히 풍겨야 할 것으로 상상되는 세련되고 막연하게 위험해 보이는 분위기를 풍기려고 트레일에서 입을 낡아 빠진 검은색 가죽 재킷을 친구에게 빌리기까지 했다. (내가 한동안 〈롤링 스톤〉을 읽지 않았음을 감안하시길.) 게다가 언론학적 측면에서 이 특정 진영의 선거 운동에 대한 나의 취재는 내가 무엇을 보게 될 것인가와 다양한 사람들이 내가 있을 때 어떻게 처신할 것인가에 지대한 영향을 미칠 터였다. 이를테면 McCain2000 수뇌부가 나와 얽히는 것을 한사코 거부한 반면에[2] 방송사 테크들이 나를 매우 다정하고 허심탄회하게 대하고 자기들과 어울리게 해준 데는(특히 음향 테크들은 오래전부터 〈롤링 스톤〉 애독자였다) 이런 이유가 컸다. 마지막으로, 기사 자체는 특정 연령대와 성향을 가진 유권자를 (수사적으로) 겨냥했으므로, 이따금 〈롤링 스톤〉을 들먹이면 이런 수사법을 쓴 이유가 조금은 분명해지지 않을까 싶기도 했다.

내가 밝혀두고 싶은 또 다른 사실은 이 기사가 무엇을 다루는가다. 이 글은 어떤 인상적인 인물의 선거 운동을 다룬다기보다는 밀레니얼 세대의 정치와 그 모든 포장과 홍보

---

2   특히 마이크 머피 씨와는 한 번도 이야기할 수 없었는데, 여러분이 본문을 읽는다면 왜 그가 매케인 스태프 중에서 여러분이 술잔을 기울이며 탐구해 보고 싶은 유일한 인물인지 이해할 것이다. 하지만 단 10분이라도 어떻게 해보려고 저 수석 언론 담당자를 계속 들볶고 소매를 잡아당기고 자존심을 죽여 간청했음에도—심지어 〈RS〉의 토넬리 씨 자신이 버지니아의 McCain2000 본부에 전화를 걸어 으르고 얼렀는데도—마이크 머피는 본 기자만 보면 구석에 몸을 숨길 정도로 피해 다녔다. 이 한 번의 인터뷰(결국 내 노트에는 '머피퀘스트 2000'이라고 명명되었다)를 집요하게 추진한 것은 이 주의 위대한 개인적 드라마 속 드라마 중 하나가 되었으며 여기에 대해서는 매우 길고 추잡한 이야기가 있는데, 그중 하나는 그 가련한 남자가 달아나기 힘들 것 같은 온갖 난감한 개인적 장소에서 그를 구석에 몰아붙이려는 당혹스럽지만 돌이켜 보면 웃긴 시도였다…… 그럼에도 여기서 요점은 머피에게 도무지 범접할 수 없었던 것은 내가 마침내 깨달았듯 결코 개인적인 이유에서가 아니라 내가 〈롤링 스톤〉 출신이라는 단순한 공식 때문이었으니, 이 잡지로 말할 것 같으면 (우리 솔직해지자) 정치적으로 경량급인 데다가 이 잡지의 독자는 사우스캐롤라이나에서나 미시간에서나 앞으로의 모든 죽느냐 사느냐 예비 선거에서 마이크 머피의 후보에게 도움이 될 공화당 지지층에 결코 속하지 않았기 때문이다. 사실 이 잡지는 제작 기간이 긴 격주간지여서 〈보스턴 글로브〉의 레바논 태생 호주 여인(본문을 보라)이 머피가 나와 엘리베이터를 타지 않으려고 짐짓 간질 발작을 일으키는 광경을 보고 나서 내게 전부 말해주었는데—매케인을 침 흘리며 지지하는 〈롤링 스톤〉 기사조차도 3월 7일 슈퍼 화요일 뒤에나 발행될 텐데, 그때쯤이면 후보 결정전이 사실상 끝나 있으리라는 것이 그녀의 (정확한) 예측이었다.

와 전략과 미디어와 여론 조작과 만연한 부패가 우리 미국인 유권자로 하여금 실제로 어떻게 느끼게 하는지에 대해, 또한 무엇에든 출마하는 누군가가 도대체 '진짜'일 수 있는가에 대해, 우리가 정말로 원하는 것이 진실한 무언가인가 다른 무언가인가에 대해 매케인의 출마와 그로 인해 발생한 잠깐의 괴상한 동요가 무엇을 밝혀줄 것인지를 다룬다. 이 글을 여러분이 컴퓨터 화면으로 보든 팜 PDA로 보든 그 밖의 무엇으로 보든 나에게 이 모든 사건은 어떤 한 사람이나 일개 잡지를 훌쩍 뛰어넘는 의미를 가지게 되었다. 만일 동의하지 못하겠다면, 내가 알기로 단추 한두 번만 누르면 글을 싹 사라지게 할 수 있을 것이다.

근데 아무도 신경 안 쓴다

그래, 그래, 언론의 관심이 점점 커지고 있긴 하다. 존 S. 매케인 3세, 미 해군, 전쟁 포로, 미 의회, 공화당, 2000.com. 정계의 로키. 매케인 반란. 진짜배기 매케인. 직설 특급.[3] 인터넷 모금. 언론의 총아. 해군 비행사. 가운데 이름은 시드니. 제독의 아들이자 손자. 그리고 골통. 미국에서 정치적으로

---

3   Straight Talk Express. 매케인이 공화당 경선에서 유세 활동을 할 때 타고 다니는 버스의 이름이다. (옮긴이)

가장 변방인 주 출신으로 확고한 우파 공화당 상원의원. 로대 웨이드 판결[4]과 총기 규제와 공영 방송국 PBS 지원에 반대하며 사형제와 방위비 증액과 (성조기 소각을 불법화하고 학내 기도를 허용하는) 헌법 개정에 찬성하는 인물. 클린턴 탄핵 심판에서 두 번 다 찬성표를 던진 인물. 그리고 지난해 가을 즈음부터 미국 정치판의 위대한 포퓰리스트적 희망이 된 인물. 여러분의 표를 원하지만 표를 위해 몸을 팔지는 않을 것이며 자신이 몸을 팔지 않으리라는 '이유로' 여러분이 자신에게 투표하기를 원하는 인물. 안티 후보. 근데 아무도 신경 안 쓴다.

팩트부터 정리해 보자. 1996년 대선의 청년 투표율은 미국 역사를 통틀어 가장 낮았으나 2000년 뉴햄프셔 공화당 예비 선거에서는 최고를 기록했다. 전문가들은 매케인이 청년 표의 대부분을 가져갔으리라는 데 동의한다. 그는 한 번도 투표한 적 없는 생애 첫 유권자들의 표를 얻었고 민주당 지지자와 무당파와 연성 사회주의자와 대학생과 사커 맘과 (정당보다는 세포 조직에 속한 것으로 보이는) 수상쩍은 자들의 표를 얻었으며 18포인트 차로 승리하여 부시 2세의 얼굴에서 웃음기를 싹 사라지게 했다. 매케인은 소프트 머니와 번들 머니를 거부하고서도 수백만 달러를 모금했는데, 그중 상당수는 인터넷에서 또한 이전에는 한 번도 선거 자금을

---

4   낙태 합법화.(옮긴이)

낸 적 없는 사람들에게서 얻었다. 2000년 2월 7일에 그는 주요 주간지 세 곳의 표지에 한꺼번에 실렸으며, 관목(151쪽을 보라─옮긴이)은 발등에 불이 떨어졌다. 다음 번 거대 선거구는 골수 근본주의 기독교 우파의 심장부 사우스캐롤라이나로, 이곳에서는 남부연합기[5]가 주의회 건물 위로 의기양양하게 펄럭이고 인기 스포츠는 비디오 포커이며 심지어 주州 공화당은 예비 선거일에 흑인 거주지에 투표소를 개설하지 않았다가 소송당한 신세다. 매케인이 뉴햄프셔에서 승리한 이튿날 새벽 세 시에 그의 전세기가 이곳에 착륙하자 500명은 족히 되어 보이는 사우스캐롤라이나 대학생들이 기다리고 있다가 그를 맞이하고 환호하고 팻말을 흔들고 춤을 추고 괴상한 공화당 레이브 파티[6]를 벌였다. 생각해 보라. 새벽 3시에 학생 500명이 모여 광란을 벌이는 대상이······ 정치인이라니. 〈타임〉에서는 "매케인이 마치 〈롤링 스톤〉 표지에 실린 것 같았"다며 레이브 파티에 지대한 관심을 나타냈다.

물론 홍보 담당자들이 이구동성으로 말하듯 관심은 관심을 낳는다. 그리하여 앞서 언급한 원조 리버럴 〈롤링 스톤〉─그곳 편집자들은 자기네가 찾을 수 있는 가장 덜 전문적인 연필을 파견하여 일주일 동안 매케인 선거 운동을 취재하도록 했다─과 〈타임〉과 〈타임스〉와 CNN과 MSNBC

---

5 남북 전쟁 당시 노예 제도에 찬성하던 남부연합이 사용하던 깃발을 통틀어 일컫는다.(옮긴이)

6 빠르고 현란한 음악에 맞춰 다같이 춤을 추면서 즐기는 파티.(옮긴이)

와 MTV와 대중적 야단법석을 일으키는 나머지 모든 거대한 디지털 엔진으로부터 더 많은 관심이 쏟아지고 있다. 존 매케인은 이 모든 관심을 받을 가치가 있을까? 이 관심은 진짜 관심일까, 그냥 호들갑일까? 차이가 있을까? 그가 당선되는 데 도움이 될까? 그래야 할까?

이렇게 묻는 게 낫겠다. 여러분은 매케인이 이길 수 있는지, 이겨야 하는지에 대해 조금이라도 관심이 있는가? 지금 〈롤링 스톤〉을 읽고 있는 당신은 인구학적으로 청년 유권자인 18세에서 35세 사이의 미국인일 가능성이 크다. 어떤 청년 유권자 세대도 정치와 정치인에 대해 당신 세대보다 무관심하지는 않았다. 이를 뒷받침하는 확고한 인구학적 데이터와 유권자 패턴 데이터가 있다. ……여러분이 데이터에 조금이라도 관심이 있다면 말이지만. 사실 여러분이 〈RS〉의 애독자이더라도, 만일 이 글의 정체를 알았다면 끝까지 읽을 가능성은 50대 50대밖에 안 될 것이다. 이것은 이 워터게이트이후이란콘트라이후화이트워터이후르윈스키이후 시대, 즉 원칙이나 신념 운운하는 정치인의 발언이 사익을 추구하는 홍보 문구로 치부되고, 진실성이나 사람들에게 영감을 주는 능력이 아니라 그 전술적 솜씨, 그 상품성에 따라 판단되는 그런 시대에 정치 과정이 만들어 낸 정치적 간극이 얼마나 어마어마한가를 보여준다. 어떤 세대도 오늘날의 인구학적 청년만큼 가차 없는 홍보와 조작과 설득의 대상이 된 적은 없다. 그래서 존 매케인 상원의원이 미시간이나 사우스캐롤라이나에서 "제가 대통령에 출마하는 것은 위대한 사람이 되기 위해서가 아니라 위대한 일을 하기 위해서입니다"라고 말할 때 이것이 한낱 홍보 전술로 들리지 않기란 힘든 일이다. 카메라와 기자와 환호하는 군중에 둘러싸여…… 말하자면 위대한 사람으로서 말할 때는 더더욱 그렇다.

존 매케인 상원의원이 모든 연설과 모든 주민 간담회의 첫머리와 마무리에서 끊임없이 강조하듯 자신이 대통령으로서 이루고자 하는 목표는 "미국의 청년들이 사익보다 위대한 대의에 헌신하도록 북돋우는 것"이라고 말할 때에도 이것을 대통령 후보들이 지구상에서 가장 힘 있고 중요하고 회자되는 인물이 된다는—물론 이것이야말로 그들의 진짜 '대의'요, 그들은 이 대의에 어찌나 헌신하는지 산처럼 쌓인 고귀한 개소리를 삼키고 내뱉고 심지어 그것이 자신의 진심이라고 확신한다—사익을 추구하면서 우리에게 건네는, 교묘하게 다듬은 또 한 줄의 개소리로 치부하지 않기란 힘든 일이다. 냉소적으로 들릴지도 모르겠지만, 여론 조사에 따르면 그렇게 생각하는 사람이 태반이다. 그리고 우리는 개소리에 넘어갈 만큼 어수룩하지 않다. 심지어 요즘은 귀를 기울이지조차 않으며 빌보드나 뮤잭[7]과 더불어 우리의 주의력이 미치지 못하는 머릿속 깊숙한 곳에 처박아 둔다.

하지만 존 매케인의 '사익보다 위대한 대의' 운운을 선

---

7   Muzak. 상점과 다중 이용 시설에 배경 음악 서비스를 제공하는 기업.(옮긴이)

불리 개소리로 치부할 수 없는 한 가지 이유는 이따금 이 사람이 분명히 진실이면서도 다른 어떤 주류 후보도 말하지 않을 법한 이야기를 한다는 것이다. 특수 이익을 추구하는 자금 수십억 달러가 워싱턴 정가를 쥐락펴락한다는 것, 소프트 머니와 번들 머니 같은 공공연한 선거 자금 야바위를 불법화하지 않고서는 모든 후보가 거론하는 이 모든 '정치 개혁'과 '워싱턴 대청소'가 불가능하리라는 것 같은 이야기 말이다. 매케인이 이를테면 의료 개혁과 환자 권리 장전에 대한 의회의 모든 논의를 순 개소리라고 공개적으로 비판한 이유는 공화당이 제약 회사와 의료 기관 로비스트의 호주머니 속에 들어 있고 민주당이 법정 변호사 로비스트에게 자금을 지원받으며 지금의 정신 나간 미국 의료 체계가 그대로 존속되도록 하는 것이 이 집단들의 이익에 부합하기 때문이다.

하지만 의료 개혁은 정치이고 한계 세율과 국방비와 사회 보장도 정치인데, 정치는 따분하다. 복잡하고 추상적이고 무미건조하고 정책 전문가와 러시 림보[8]와 좀스러운 PBS 너드들의 영역이요 기본적으로 아무도 신경 안 쓰는 것들이다.

하지만 여기 정치 아래에 무언가, 흥미롭고 확고하고 진실된 무언가가 있다. 그것은 매케인의 군대 배경과 베트남 전투와 북베트남 수용소에서 보낸—대부분 상자 크기의 독방에 갇힌 채 고문당하고 굶주리며—5년 여의 기간과 관계가

---

8   미국의 보수파 방송인.(옮긴이)

있다. 그가 그곳에서 발휘한 경이로운 고결함과 배짱도 빼놓을 수 없다. 전쟁 포로 문제는 대충 넘어가기 쉬운데, 한 가지 이유는 다들 지겹도록 들었기 때문이고 또 한 가지 이유는 한 사람의 진짜 삶이라기보다는 영화 같을 만큼 남달리 극적이기 때문이다. 하지만 이 문제는 잠시 시간을 내어 유심히 들여다볼 만하다. 그러면 매케인의 '사익보다 위대한 대의' 발언을 이해하기가 좀 더 쉬워질지도 모르기 때문이다.

사건의 전말은 이렇다. 1967년 10월, 아직 '청년 유권자'이던 매케인이 자신의 스물여섯 번째 베트남 전투 임무로 비행하던 중에 그의 A-4 스카이호크 함재기가 하노이 상공에서 격추되었다. 그는 비상 탈출을 해야 했는데, 기본적으로 이것은 폭발적인 힘을 가하여 당신의 좌석을 동체 밖으로 내동댕이친다는 뜻이며 이 때문에 매케인은 양팔과 한쪽 다리가 부러지고 뇌진탕을 일으킨 채 하노이 상공에서 추락하기 시작했다. 사지 중 세 개가 부러진 채 자신이 방금 폭격하려고 했던 적국 수도를 향해 떨어지는 것이 얼마나 고통스럽고 두려울지 잠시만 상상해 보라. 낙하산이 늦게 퍼지는 바람에 그는 하노이 시내 한복판에 있는 공원의 작은 연못에 세게 처박혔다(지금도 이 연못 가장자리에는 북베트남에서 세운 매케인 동상이 서 있다. 매케인은 무릎을 꿇고 팔을 쳐든 채 두려운 눈빛을 짓고 있으며 돌판에는 '매케인—악명 높은 하늘 해적'[직역]이라고 새겨져 있다). 부러진 팔로 물속을 허우적거리며 구명조끼 손잡이를 이빨로 당기려 안간힘을 쓰는데 북베트남 병사들이 당신을 향해 떼 지어 헤엄쳐 온다고 상상해 보라(누군가 가정용 캠코더로 찍어서 영상이 남아 있는데, 북베트남 정부가 영상을 공개했지만 화질이 좋지 않아서 매케인의 얼굴이 뚜렷이 보이지는 않는다). 병사들은 그를 끌어내어 죽이려 들었다. 폭격기 조종사는 유난히 증오받았는데, 그럴 만도 했다. 매케인은 사타구니를 총검에 찔렸으며 한 병사의 개머리판에 맞아 어깨가 부러졌다. 설상가상으로 이 즈음에 오른 무릎이 옆으로 90도 꺾어져 뼈가 삐져나왔다. 이것은 전부 공식 기록으로 남아 있다. 머릿속에 그려보라. 그는 마침내 지프에 내던져진 채 약 다섯 블록을 실려 가 악명 높은 호아로 수용소(하노이 힐튼으로도 불리며, 영화로 유명하다)에 갇혔다. 의사를 불러달라고 간청했으나 병사들은 부러진 뼈 두 곳을 마춰제 없이 접골했으며 다른 골절 부위 두 곳과 사타구니 부상(상상해 보라. '사타구니 부상'이다)은 방치했다. 그런 다음 그를 감방에 처넣었다. 잠시 이 상황을 실감해 보라. 언론의 후보 소개 글에서는 모두 매케인이 아직까지도 머리를 빗기 위해 팔을 머리 위로 들어올리지 못한다고 언급하는데, 그 말은 사실이다. 하지만 당시의 상황을 그의 입장이 되어 상상해 보라. 이것은 중요한 문제다. 불알을 총검에 찔리고 부러진 뼈를 의사 없이 접골받은 뒤에 감방에 처넣어져 부상당한 몸으로 누워 있는 것이 여러분 자신의 사익과 얼마나 '상반'될지 생각해 보라. 이것이 그가 겪은 일이다. 그는 몇 주간 통증으로 의식이 혼미했으며 몸무게가 45킬로그램까지 줄었다. 나머지 포로들은 그가 죽을 줄만 알았다. 그러던 그가 몇 달을 그 채로 지내다 뼈들이 대부분 붙어 간신히 일어설 수 있게 되었을 때 간수가 찾아와 그를 소장실로 데려가더니 문을 닫고는 난데없이 그를 석방해 주겠다고 제안했다. 그냥 나가도 좋다는 얘기였다. 알고 보니 미 해군 제독 존 S. 매케인 2세가 (베트남을 포함하는) 인도-태평양 사령부의 사령관으로 얼마 전에 임명된 것이었다. 북베트남은 그의 아들인 어린 살인마를 자비롭게 석방함으로써 홍보 효과를 얻고자 했다. 그리고 45킬로그램에 제대로 서지도 못하는 존 S. 매케인 3세는 제안을 거부했다. 미군 포로 행동 지침에는 포로가 사로잡힌 순서대로 석방되어야 한다고 명시되어 있다. 호아로 수용소에는 매케인보다 훨씬 오랫동안 수감된 포로들이 있었으며 그는 지침을 위반하기를 거부했다. 심기가 불편해진 수용소장은 간수들을 시켜 매케인의 갈비뼈를 부러뜨리고 부러진 팔을 다시 부러뜨렸으며 턱을 가격하여 이빨을 부러지게 했다. 그래도 매케인은 나머지 포로들을 석방하지 않으면 자신도 나가지 않겠다고 버텼다. 얼마나 많은 영화에서 이런 장면이 벌어지는가는 제쳐두고 이 상황을 진짜라고 상상해 보라. 이빨이 없는 사람이 석방을 거부하는 상황을. 매케인은 호아로에서 이런 식으로 4년을 더 보냈다. 대부분은 '징벌방'이라 불리는 옷장 크기의 캄캄한 특수 독방에서 홀로 지내야 했다. 아마도 여러분은 이 모든 이야기를 들어본 적이 있을 것이다. 올해 온갖 언론에서 소개되었으니까. 이 사건이 지나치게 많이 언급된 것은 사실이다. 하지만 1, 2초라도 창의적으로 머릿속에 이미지를 그려 존 매케인이 처음으로 조기 석방을 제안받고서 그것을 거절하기까지의 순간을 상상해 보라. 여러분이 그 자리에 있었다고 상상해 보라. 그 순간에 여러분의 가장 기본적이고 원초적인 이기심이 여러분에게 얼마나 크게 부르짖었을지 상상해 보라. 그 제안을 받아들이면서 자신을 합리화했을 온갖 논리를 상상해 보라. 포로 하나 줄어든다고 뭐가 달라지겠는가? 게다가 다른 포로들에게 희망을 주어 그들에게 버틸 힘을 줄 수도 있지 않은가. 지금 우리는 몸무게가 45킬로그램에 죽음을 앞둔 사람의 이야기를 하고 있다. 의사가 필요하고 치료를 못 받으면 죽게 생긴 사람에게는 포로 행동 지침이 적용될 리 없다. 게다가 여러분이 살아서 수용소를 나갈 수 있다면 여러분은 하느님에게 이제부터 착한 일만 하고 세상을 더 좋은 곳으로 바꾸겠노라 맹세할 수도 있는데, 그편이 석방 제안을 거부하는 것보다 세상에 이로울 것이다. 어쩌면 여러분이 수용소에 갇혀 베트남인들에게 보복당하리라는 우려에서 벗어날 수 있다면 여러분의 아버지는 전쟁을 더 공세적으로 펼쳐 종전을 앞당기고 많은 목숨을 구할 수 있을 것이다. 이곳 독방에 갇힌 채 죽지 않을 만큼 맞으며 추구하는 목표가 무엇이든 만일 석방 제안을 받아들여 나가면 실제로 '목숨을 구할' 수 있는 것이다. 어쨌거나, 오 예수님, 진짜 의사가 있고 진통제를 놔주는 진짜 수술이 있고 깨끗한 시트와 치유 기회가 있는 상황, 아이와 아내를 다시 못 볼까 봐, 아내의 머리카락 냄새를 맡지 못할까 봐 고통스럽지 않은 상황을 상상해 보라. 그 소리가 들리는가? 여러분의 머릿속에서는 어떤 일이 벌어질까? 여러분은 제안을 거부했을까? 그럴 수 있었을까? 여러분은 분명히 알 수 없다. 누구도 그럴 수 없다. 그 순간의 고통과 공포와 갈망이 어땠을지는 상상하기조차 힘들다. 우리가 어떻게 대응했을지는 더더욱 알 수 없다. 누구도 알 수 없다.

하지만 우리가 아는 것이 있다. 우리는 이 남자가 어떻게 대응했는지 안다. 그는 지침을 위반하기보다는 4년 더 그곳에 머물기를, 캄캄한 독방에 갇힌 채 벽을 두드리는 것이 유일한 소통 수단인 삶을 선택했다. 그는 멍청이였는지도 모른다. 하지만 요점은 매케인에 대해서는 그가 사익이 아닌 다른 무언가에 헌신할 수 있음을 우리가 입증된 사실로서 '안다'고 느낀다는 것이다. 그러므로 그가 연설에서 저 구절을 말할 때, 이제 여러분은 그것이 단지 후보들의 또 다른 개소리가 아닐 수도 있으며 이 남자에게는 그것이 진실일 수도 있음을 느낄 수 있다. 어쩌면 진실인 동시에 개소리인지도 모르겠지만. 어쨌거나 이 남자는 여러분의 표를 원하니까.

하지만 1968년 호아로 소장실에서의 그 순간은, 매케인이 자신의 모든 기본적이고 원초적인 인간적 이기심의 부르짖음을 들으면서도 제안을 거부하기 직전의 그 순간은 흘려 넘기기 힘들다. 일주일 내내, 내가 미시간과 사우스캐롤라이나와 선거 운동의 온갖 지루함과 냉소주의와 역설을 겪는 동안 그 순간은 매케인의 '사익보다 위대한' 구절을 강조하고, 뒷받침하고, 외면하기 힘든 깊은 울림을 부여한 듯하다. 엄연한 사실은 존 매케인이야말로 베트남에서 우리가 바랄 수 있는 유일한 종류의 진짜 영웅이라는 것이다. 그가 영웅인 것은 자신이 한 일 때문이 아니라 자신이 겪은, 지침을 지키기 위해 자발적으로 겪은 일 때문이다. 이는 그가 사익을 넘어서는 대의를 입에 올릴 수 있고 우리가 조작과 법률가적 협잡의 이 시대에도 그의 말을 진심이라고 믿을 수 있는 도덕적 근거를 그에게 부여한다. 그렇다. '도덕적 근거'라고 말한 것 맞다. '봉사'나 '명예'나 '의무'처럼 이젠 그냥 단어가 된 수많은 상투어, 우리에게서 뭔가를 바라는 근사한 양복 차림의 사람들이 내뱉는 구호와 다를 바 없는 낡은 상투어 말이다. 하지만 최근의 존 매케인에게는, 1998년 상원 플로어에 서서 좌절될 운명의 선거 자금 법안을 옹호하고, C-SPAN 방송에서 동료들을 그들의 면전에서 사기꾼이라 부르고, 1999년 7월 〈찰리 로즈〉 토크쇼에서 정부의 부패를 공개적으로 질타하고, 아이오와 토론회와 뉴햄프셔 THM에서 소탈하고 쾌활한 모습을 보여준 그 매케인에게는 이 남자가 우리에게 바라는 것은 다른 무언가라는, 표나 달러를 넘어선 무언가, 오래되고 어쩌면 진부할 수도 있지만 어릴 적 맡던 냄새나 혀끝에 맴도는 이름처럼 묘하게 따끔거리는 매력이 있는 무언가, 상투어를 단순한 상투어 이상의 것으로 듣게 만들고 우리로 하여금 단어가 실제로 무언가를 의미

하듯 '봉사'와 '희생'과 '명예' 같은 단어가 실제로 가리킬지
도 모르는 것에 대해 생각하도록 북돋우는 무언가라는 느낌
을 받게 하는 무언가가 있다. 미사여구로 포장된 사익을 넘
어서는 무언가가 진짜일 수도 있고 정말로 진짜였다고, 만일
그렇다면 무슨 일이 일어날지 생각해 보라. 이것은 우리 문
화가 청년 유권자에게 주입한 사고방식과는 거리가 멀다. 왜
아니겠는가?

짐 C.와 전국망 뉴스 테크들의 도움으로 작성한 선거 운동 트레일 용어집

22.5 = 매케인이 **THM**(THM을 보라)에서 꺼내는 첫마
디를 일컫는 기자단의 약어로, 그의 첫마디는 언제나 같으며
언제나 정확히 22½분이 소요된다.

B 필름B-film = 매케인이 악수를 하거나, 책에 사인하거
나, **스크럼**(스크럼을 보라)을 당하거나 하는 공식 활동을 찍
은 짧고 무난하고 음성 녹음이 없는 장면으로, 텔레비전에
서 그날 선거 운동을 보이스 오버로 보도할 때 쓴다. "보도
와 무관하고 반복되는 하루하루의 영상을 **테크**[테크를 보라]
가 **피드**[피드를 보라]해야 하는 이유는 방송사에서 **B 필름**에
쓰고 싶어 하는 영상이 무엇인지 전혀 모르기 때문이죠."

배기지 콜 Baggage Call = 익일 스케줄(주의: 하루를 마무

리하는 기자단의 필수 임무는 트래비스에게서 익일 스케줄을 받아내는 것이다)에 실린 괴이하게 이른 오전 시각으로, 반드시 그 전에 여행 가방을 버스 짐칸에 싣고 좌석을 차지하고 출발 준비를 마쳐야 한다. 안 그러면 버스가 떠나버려 첫 **THM**(THM을 보라)에 데려다 달라고 폭스뉴스를 구슬려야 하는데, 그건 이만저만 번거로운 일이 아니다.

번들 머니 Bundled Money = 개인 선거 기부 금액을 1000달러로 제한한 연방선거위원회의 조치를 무력화하는 방법. 부유한 기부자는 직접 1000달러를 기부할 수 있으며, 그런 다음 1000달러는 아내가 기부했고 1000달러는 자녀가 기부했고 1000달러는 에드나 고모가 기부했다고 둘러댈 수 있다. **관목**(관목을 보라)이 즐겨 쓰는 수법은 최고 경영자를 비롯한 기업 임원들을 '선도자'로 임명하는 것인데, 그들은 Bush2000를 위해 10만 달러씩을 모금하겠다고 서약한다. 1천 달러는 개인적으로 납부하고 나머지 99천 달러는 직원들이 '자발적으로' 납부한다. 이에 반해 매케인은 **번들 머니**도 **소프트 머니**(소프트 머니를 보라)도 받지 않는다.

캐비지하다Cabbage (동사) = 매케인의 청중은 모두 자리에 앉아 정찬을 먹는데 기자단은 강당 뒤쪽에서 음식 없이 서 있어야 하는 수많은 저녁 시간 선거 행사에서 음식을 구걸하거나 빼돌리거나 대놓고 훔치는 것[9].

---

9 본디 '재단사가 슬쩍 떼어먹는 자투리 천'을 뜻하나 '슬쩍 훔치다'의 의미로도

DT = '주행 시간Drive Time'의 약자로, 하루하루의 일정마다 한 선거 운동 행사에서 다른 선거 운동 행사로 이동하기 위해 떼어두는 시간.

　　F&F = 유세단에서 기자단이 **파일** 및 **피드**(**파일** 및 **피드**를 보라)할 수 있도록 휴식 시간과 **F&F** 공간을 제공하는 오후 한두 시간.

　　파일File 및 **피드**Feed = 인쇄 미디어 및 방송 미디어 기자단이 날마다 각각 해야 하는 일. 즉, 인쇄 미디어 기자는 하루하루 기사를 끝내고 팩스나 이메일로 신문사에 **파일**(송고)해야 하고 **테크**(**테크**를 보라)와 현장 프로듀서는 위성이나 **거너**(**거너**를 보라)를 찾아 영상, **B 필름**, **스탠드업**(**스탠드업**을 보라), 그 밖에 그들의 상사가 방송사 본부에 보내고 싶어 하는 것이면 무엇이든 **피드**(전송)해야 한다. (**피드**의 또 다른 의미로는 **풀**을 보라.)

　　거너Gunner = 전국망에서 선거 운동 행사를 현장에서 **피드**할 때 쓰는 휴대용 위성 전송 장비(실제로는 이 장비를 제작하고/거나 대여하는 회사의 이름). 눈이 부시도록 새하얀 밴에 보트 트레일러 같은 걸 달고 그 위에 2.5미터짜리 위성 접시 안테나를 남서쪽 하늘을 향해 40도 각도로 세워놓았다. '거너 뉴스, 네트워킹, 오락용 글로벌 전송'이라는 문구가 불타는 듯한 파란색 대문자로 차체를 장식하고 있다.

──────────

쓰인다.(옮긴이)

대가리Head = 지역 또는 전국망 텔레비전의 통신원(또한 **재능**을 보라).

ODT = '최적 주행 시간Optimistic Drive Time'의 약어로, 한 행사장에서 다음 행사장까지 가는 데 걸리는 시간을 낮잡은 탓에 직설 특급Straight Talk Express(STE) 운전수가 미친 듯이 속력을 내어 제이와 불싯 2 운전수를 향한 광견병적 증오를 불러일으키는 일정상의 끈질긴 습관을 일컫는다. (2월 9일 밤에 BS2 운전수 하나가 그린빌에서 클렘슨 대학교까지 머리카락이 쭈뼛 서도록 내달린 뒤에 현장에서 그만두는 바람에 응급 대체 운전수[챙에 전미총기협회 배지가 두 개 달린 갈색 카우보이 모자를 쓰고 연료 절약에 어찌나 집착하는지 BS2의 발전기를 통 켜지 않으려 들어 교류 콘센트가 필요한 BS2의 모든 기자들이 BS1에 몰려들어 BS2를 **OTC**에만 쓰이는 진정한 이동식 무덤으로 둔갑시킬 정도였다]가 신시내티에서 날아와야 했다[그곳에 버스 회사 본사가 있는 것이 틀림없다].)

OTC = '쪽잠을 잘 수 있는 짬Opportunity to Crash'의 약어로, 버스에서 눈 좀 붙일 기회를 뜻한다(위치와 자세는 상황에 따라 달라질 수 있다).

OTS = '담배를 피울 수 있는 짬Opportunity to Smoke'의 약어.

연필Pencil = 트레일의 인쇄 미디어 기자.

풀하다Pool (동사) = 공간 제약이나 McCain2000의 지시 때문에 한 방송사의 카메라 및 음향 팀만 행사에 참석할 수 있고 관례적으로 나머지 모든 방송사는 그 한 팀의 테이프를 공동으로 **피드**할 수밖에 없는 경우를 일컫는다.

프레스 어베일 Press-Avail(그냥 **어베일**Avail이라고 쓰기도 한다) = 유세 기자단이 한 몸이 된 것처럼 매케인이나 **대응(대응**을 보라)을 위해 파견된 수뇌부 인사와 접촉할 수 있는 잠깐의 사전 계획된 기회. **어베일**은 기자 회견보다 덜 격식을 차린다. 기자 회견은 대체로 유세 기자단 이외의 지역 **연필**과 **대가리**까지 부르며 취소할 수 없는 반면에 **어베일**은 **ODT** 및 관련 사정으로 인해 종종 무산된다.

대응React (명사)= 선거 운동에서의 갑작스러운 변화에 대한 매케인이나 McCain2000 수뇌부의 보도 전제 논평으로, 그러한 변화는 대개 전술적 조치나 **관목(관목**을 보라)으로부터의 공격이다.

스크럼Scrum (명사) = 후보가 직설 특급에서 행사장으로 가거나 행사장에서 직설 특급으로 갈 때 **테크(테크**를 보라)와 **대가리(대가리**를 보라)가 그를 둘러싼 채 움직이는 360도 고리, (동사) = 이동하는 후보를 이런 고리 모양으로 둘러싸다.

관목Shrub = 공화당 대통령 후보 조지 W. 부시('더브야 Dubya[10]'나 '부시2Bush2'로 불리기도 한다).

소프트 머니 Soft Money = 연방선거위원회의 선거 기부 금액 한도를 에두르는 가장 널리 알려진 방법. 막대한 금액을

---

10 조지 W. 부시를 아버지 조지 H. W. 부시와 구별하기 위해 가운데 이름으로 부르는 것.(옮긴이)

후보자 대신 후보자의 정당에 지급하는데, 다만 정당은 공교롭게도 기부자가 애초에 기부하고 싶어 한 바로 그 후보자를 위해 그 막대한 자금을 지출한다.

스탠드업Stand-up = 매케인이 참석한 행사에서 **대가리**가 현장 보도를 하는 것.

스틱Stick = 음향 **테크**(**테크**를 보라)의 검은색 망원 폴리머 막대(총 연장 = 290센티미터)로, 끝에 붐 마이크가 달렸고 주로 **스크럼**에 쓰이며 완전히 늘인 **스틱**을 음향 **테크**(역시 **테크**를 보라)가 가지고 다닐 때 낭창거리는 모습 때문에 가장 눈에 띈다.

재능Talent = 거물급 전국망 **대가리**로, 딱 하루만 비행기로 날아와 현장 프로듀서에게 브리핑을 받고 유세 현장에서 **스탠드업**을 한다. 이를테면 "내일 **재능**이 오기로 되었으니 이 모든 B 필름을 정리해야겠어." 이번 주에 눈에 띄는 **재능**으로는 CBS의 밥 시퍼, NBC의 데이비드 블룸, CNN의 주디 우드러프가 있다.

테크Tech = 텔레비전 뉴스의 카메라나 음향 기술자. (주의: 이번 주 매케인 군단은 모든 **테크**가 남성이며 현장 프로듀서의 80퍼센트 이상이 여성이다. 납득할 만한 설명은 얻을 수 없었다.)

THM = '타운 홀 미팅Town Hall Meeting'[11]의 약어로, Mc-

---

11   정책 결정권자나 선거 입후보자가 지역 주민을 초청하여 정책과 공약을 설명하고 이에 대한 의견을 듣는 공개회의로, 국립국어원 말다듬기위원회에서는 '주민 회의'로 순화했으나 이 책에서는 '주민 간담회'로 번역한다.(옮긴이)

Cain2000의 대표적인 선거 운동 행사다. 22.5에 이어 청중과의 즉석 문답이 한 시간 동안 이어진다.

원숭이 열두 마리 The Twelve Monkeys(또는 **12M**) = 매케인 기자단에서 가장 엘리트이고 가장 인기 없는 **연필**을 일컫는 **테크**의 내부 코드명. 이들은 DT에 언제나 직설 특급 맨 뒤의 붉은색 집약적 살롱에서 매케인 및 정치 컨설턴트 마이크 머피와 접촉하는 것이 허용된다. 12M은 여남은 명의 최상급 언론인과 정치 분석가로, 코플리, 〈워싱턴 포스트〉, 〈월 스트리트 저널〉, 〈뉴스위크〉, UPI, 〈시카고 트리뷴〉, 〈내셔널 리뷰〉, 〈애틀랜타 컨스티튜션〉 같은 주요 신문, 주간지, 뉴스 서비스 소속이며 복장과 행동거지가 초현실적일 만큼 완전히 똑같다. 티 없고 주름 없는 네이비블루 양복 상의, 하프윈저 매듭 넥타이, 주름 잡은 치노 바지, 재킷을 걸쳤을 때조차 칼라와 소매의 단추가 100퍼센트 채워져 있는 옥스퍼드 셔츠, 콜 한 Cole Haan 구두, 곧잘 벗어서 팔 긁을 때 쓰는 거북 등딱지 안경이 열두 개 있는 것이다. 게다가 한결같이 젠체하는 모습은 여러분이 학교에서 엉덩이를 걷어차 주고 싶었을 모든 좀생이 우등생을 떠올리게 한다. **원숭이 열두 마리**는 결코 흡연이나 음주를 하지 않고, 언제나 떼로 몰려다니며, 언제나 모든 **스크럼**과 **프레스 어베일**의 앞줄에 나서고, **배기지 콜** 전에 호텔 로비에서 컨티넨털 조식을 먹으려고 줄을 서며, 누구든 순환 근무차 불싯1으로 잠시 돌아가면 언제나 똑같이 부루퉁하게 안짱다리로 앉아 서류 가방을 무릎에 올린 채 똑같은 상류층 아이비리그 말투로 정치 이론과 공공 정책에 대한 난해한 책에 대해 **토론한다**. **테크**(낡은 청바지와 군용품 매장 파카를 입으며, 마찬가지로 언제나 떼로 몰려다닌다)는 **원숭이 열두 마리**를 외면하려고 무진장 애를 쓰며 **원숭이 열두 마리**는 임원 화장실에서 볼일 보는 사람이 청소부 대하듯 **테크**를 대한다. 여러분도 이미 감을 잡았는지 모르겠지만, 〈롤링 스톤〉은 12M을 극렬히 혐오하는데, 위의 모든 이유에 더해 누군가 좀 더 나은 기사를 쓰는 데 도움이 될 수도 있는 매우 기초적이고 상식적인 정치적 정보를 공유하는 것에서조차 나무껍질처럼 뻣뻣하다는 사실과 늦은 밤 호텔 체크인 때 **원숭이 열두 마리** 한두 명이 난데없이 나타나 자신의 바지를 다려줄 폴 스튜어트 휴대용 스팀다리미도 없는 〈롤링 스톤〉이 마치 자기네처럼 열심히 일하는 기자가 아니라 벨보이나 심부름꾼인 양 자신의 여행 가방을 건넨 사건 때문이다(그것도 두 번이나).

족제비Weasel = 음향 **테크**가 **스크럼**에서 거슬리는 바람 소리 잡음이 녹음되지 않도록 자기 **스틱**의 마이크에 씌우는 회색의 괴상하고 보송보송한 물건. 흔히들 신는 보송보송한 욕실 슬리퍼를 크고 헐렁헐렁하고 쥐색으로 만든 것처럼 생겼다. (주의: **족제비**는 날이 정말로 추울 때 음향 **테크**가 OTS 동안 모자처럼 쓰기도 하는데, 그래서 **테크** 가발tech toupee로 불리기도 한다.)

여러분이 알고 싶은 것보다 훨씬 깊숙한 내막

지금 이곳은 정확히 2000년 2월 8일 1330h, I-26 주간 고속도로에서 찰스턴(사우스캐롤라이나)을 향해 동남쪽으로 이동하는 불싯1의 차 안이다. 존 매케인과 McCain2000 현상을 취재하는 언론과 스태프와 테크와 통신원과 현장 프로듀서와 사진 기자와 대가리와 연필과 정치 칼럼니스트와 정치 라디오 프로그램 진행자와 지역 미디어가 하도 많아서 유세 버스 한 대로 모자란다. 이곳 사우스캐롤라이나에는 진정한 호송대인 직설 특급이 석 대 있고, 거기다 폭스뉴스의 초록색 SUV와 MTV 제작진의 새빨간 코벳, 안테나로 빼곡한 지역 텔레비전 밴 두 대(한 대는 소음기에 문제가 있다)가 있다. 지금 같은 DT에 매케인은 언제나 선두 버스이며 맨 앞에서 이미 멀어져 가는 저 유명한 직설 특급 후미의 작은 프레스 살롱(기자 간담회실)에 있는 정치 컨설턴트 마이크 머피의 붉은색 리클라이너 옆의 붉은색 개인용 리클라이너에 앉아 있다. 직설 특급 운전수는 스피드광이며 나머지 운전수들은 그를 미워한다. 불싯1은 카라반의 두 번째 버스로, 양호한 전력과 쓸 만한 이어폰 단자를 갖춘 고급 그러먼 버스이며 많은 전국지 연필이 노트북 키보드를 두들기며 원고를 쓰고 팩스를 보내고 편집자에게 이메일을 보내는 데 이용한다. 유세단의 동선은 아찔할 정도로 복잡한데, McCain2000 스태프가 해야 하는 일 중 하나는 새로운 주州에 갈 때마다 버스 여러 대를 빌려 그중에서 가장 좋은 것을 'STRAIGHT TALK EXPRESS(직설 특급)'과 'McCAIN2000.COM'으로 장식하는 것이다. 어제 미시간에서는 직설 특급 말고는 비非엘리트 기자단을 위한 버스 한 대가 전부였는데, 이 버스는 파우더그레이 인조 가죽 카우치[12]와 번쩍거리는 유광 철제 기구가 비치되었으며 앞에서 뒤까지 천장에 거울이 달려 있었다. 이 내장內裝은 모두를 오그라들게 했으며 핌프 모바일[13]로 명명되었다. 사우스캐롤라이나의 언론사용 버스 두 대는 불싯1과 불싯2로 알려졌는데, 극도로 서글서글하고 느긋한 NBC 뉴스 카메라맨 짐 C.가 늘 그렇듯 지은 이름이며—저작권은 그에게 있다—매케인의 젊은 언론 담당자들은 이 이름을 냉큼 채택하여 기회가 있을 때마다 신이 나서 사용한다. 그들은 어찌나 서글서글하고 수더분한지 마치 '직업상' 서글서글하고 수더분한 게 아닌지 의심스러울 정도다.

지금 불싯1의 언론 담당자인 트래비스—스물세 살이고 최근에 조지타운 대학교를 졸업하여 6개월간 동남아시아 배낭 여행을 하다가 벌레 튀김을 좋아하게 되었다고 한다—는 McCain2000 스태프 중에서 독보적으로 중요하고 인상적인 재능을 보유하고 있는데, 그것은 언제 어디서 어떤 자세로든 침착한 표정으로 불쾌한 소리나 액체는 전혀 방출하지 않

---

12   누워서 쉬거나 잘 수 있게 만든 기다란 소파.(옮긴이)
13   1960~1980년대 미국의 야하고 고급스러운 차량을 일컫는 말.(옮긴이)

는 채 10~15분의 쪽잠을 자다가 자신이 필요해지는 순간 즉시 말짱하게 깰 수 있는 능력이다. 자신이 자는지 안 자는지 사람들이 모를 거라고 그가 생각하는지는 분명치 않다. 두둑 사이가 넓은 와이드웨일 코듀로이 바지와 스트럭처 스웨터를 입으며 스타버스트 과일 젤리만 먹고 사는 것처럼 보이는 트래비스는 전체 스태프의 말투와 마찬가지로 변명조의 반어법을 구사하는데, 오늘은 뉴미디어에 자신을 '여러분 언론사의 종'이나 '불싯1의 에르베 빌셰즈[14]', 아니면 둘 다로 소개한다. 그가 최근에 개발한 수법은 버스 앞쪽으로 가서 운전수 머리 위의 작은 유광 철제 안전 가로대에 팔을 걸고 몸을 기대 마치 운전수와 주행 경로에 관한 대화를 나누는 것처럼 보이는 채로 꾸벅꾸벅 조는 것이다. 운전수는 키 2미터의 대머리 흑인 신사로, 이름은 제이이며 하루 일과가 끝나면 기자에게 "가서 여자를 품게나!"라고 작별 인사를 건네는데, 차 안의 사정을 정확히 알기에 차로를 바꾸거나 급제동하지 않으려고 더욱 신경을 쓰며, 나머지 모든 스태프처럼 0500에 하루를 시작하여 자정 이후에 끝내는 트래비스는 이렇게 살아간다.

매케인은 컬럼비아 사우스캐롤라이나 경찰 학교에서 범죄와 처벌에 대한 주요 정책 연설을 막 끝냈으며, 카라반은 이곳을 떠나 찰스턴으로 돌아가는 길이다. 연설은 구석구석

---

14 프랑스 태생의 미국인으로, 영화 〈007 황금총을 가진 사나이〉에서 난쟁이 악당 닉 낵 역을 맡았다.(옮긴이)

무시무시했으며, 철조망과 감시탑에 둘러싸인 채 하늘이 보이지 않는 넓은 콘크리트 강당(경찰 학교는 교도 시설과 바짝 붙어 있어서 어디까지가 경찰 학교이고 어디부터가 교도 시설인지 불분명했다)에서 열렸는데, 연사를 소개한 고속도로 순찰대 최고 위급 간부는 두툼하게 늘어진 뱃살과 레어 스테이크 색깔의 얼굴이 남부 노예 사냥꾼 배역을 맡은 사람을 연상시켰으며 매케인 상원의원의 군대 배경과, 범죄, 처벌, 총기, 마약과의 전쟁에 대한 매케인의 100퍼센트 보수적 투표 기록을 꽤 장황하게 호의적으로 언급했다. 주민 간담회의 문답 때와는 분위기가 사뭇 달랐다. 매케인이 정책에 대한 입장이 모호하고 실질보다 이미지를 앞세운다는 Bush2000의 비난에 대응하기 위해 이번 주에 열리는 세 차례의 주요 정책 연설 중 하나였기 때문이다. 연설의 공식 청중은 화살처럼 곧게 열을 맞춘 접이식 의자에 차려 자세로 앉은(이게 가능하다면) 350명의 목이 안 보이는 젊은 남녀였고, 그들 뒤에는 200명의 현직 경찰관이 고속도로 순찰대 모자와 미러 선글라스를 쓰고 열 중쉬어 자세로 서 있었으며, 그들 뒤와 둘레에는 NBC의 짐 C.와 그의 음향 담당자 프랭크 C.(친척 아님)와 어디서나 보이는 섬유판 발판에 올라서서 단상을 향한 채 매케인을 촬영하는 방송사 테크를 비롯한 미디어—연설의 진짜 청중—가 서 있었다. 매케인은 SOP[15]에 따라 낯선 이름의 여러 현지 인

---

15   표준운영지침. 작업을 수행하는 방법을 단계별로 정리해 놓은 문서.(옮긴이)

사에게 감사를 표한 뒤에 곧장 단연코 그 주의 가장 무시무시한 연설로 직행한다. 그의 뒤에는 여느 때처럼 76×127센티미터짜리 미국 국기가 걸려 있어서 여러분이 텔레비전에서 이 장면의 B 필름을 보면 매케인이 국기요 국기가 매케인인, 모든 후보가 유권자에게 각인하고 싶어 하는 시각적 결합을 연출한다. 착석한 간부 후보생들은 눈을 일제히 깜박이는 것 말고는 누구도 손을 꼼지락거리거나 몸을 긁거나 움직이지 않았는데, 하나같은 진갈색 카키색 바지와 상관들이 착용하는 둥글고 챙 넓은 모자의 주니어 모델을 착용한 탓에 열 줄로 완벽하게 늘어선 무정하고 극도로 집중하는 산림 순찰대처럼 보인다. 매케인은 땀을 전혀 흘리지 않는데, 검은 양복을 입고 넓은 넥타이를 맸으며 강당에서 유일하게 이마가 보송보송하다. 미 하원의원 린지 그레이엄(사우스캐롤라이나 지역구의 공화당 의원으로, 탄핵 심판 때 명성을 얻었다)과 마크 샌퍼드(사우스캐롤라이나 지역구의 공화당 의원으로, 1998~2000년 하원에서 재무적으로 단연코 가장 보수적인 의원으로 꼽혔다)가 단상에서 매케인 뒤에 서 있는데, 이 또한 SOP에 따른 것이다. 이번 주 이곳에서 두 사람은 매케인의 인간 소개장 역할을 하고 있다. 그레이엄은 여느 때처럼 양복을 입은 채 자고 일어난 것처럼 보이는 반면에 샌퍼드는 브이넥 스웨터와 구찌 바지 차림에 까무잡잡하고 세련된 품새가 글로만 읽어도 광채가 난다. 신디 매케인 여사도 단상에 선 채 불안정한 자세로 앞쪽의 허공을 향해 미소 짓고 있는데, 무슨 생각을 하고 있는지는 하느님만 아시리라. 버스의 기자단 중 절반은 연설을 듣지 않고 있다. 대부분은 강당 맨 뒤의 저마다 다른 지점에서 휴대폰을 든 채 작게 무의식적으로 원을 그리며 걷고 있다. (전국지 기자들이 휴대폰 통화를 하거나 휴대폰 벨이 울리기를 기다리는 데 어마어마한 시간을 쓴다는 사실을 명심하시길. 휴대폰이 고장 나면 진정제가 필요하다는 말은 과장이 아니다.) CBS, NBC, CNN, ABC, 폭스의 테크들은 연설 전체와 이후의 발언을 모조리 촬영할 것이며 그런 다음 카메라를 삼각대에서 분리하여 이동 채비를 갖추고는 매케인의 퇴장과 직설 특급 출입문에서의 짧은 프레스 어베일을 스크럼할 것이다. 그 뒤에 현장 프로듀서들이 방송사 본부에 전화하여 하이라이트를 요약 보고하고 본부에서는 5초나 10초짜리 토막 영상 중어느 것이 저녁 뉴스의 공화당 선거 운동 자료로 쓰일지 결정할 것이다.

선거 운동 주간에 벌어지는 사건들은 상자 안에 들어 있는 상자에 비유하면 이해하기 쉽다. 전국의 유권자 청중은 거대한 바깥쪽 상자이고 사우스캐롤라이나 지역구 청중이 각각 전국 언론과 지역 언론이라는 안쪽 상자에 의해 중개되며 바로 안쪽에 밀폐된 상자가 놓여 있는데, 거기에는 언론 상자가 청중 상자에게 해석해 줄 수 있도록 행사를 기획하고 연출하고 언론 플레이를 하는 매케인의 스태프 수뇌부가 있고, 연필과 대가리를 데리고 다니며 수뇌부와의 만남을 주선하고 어느 미디어가 교대로 직설 특급(그 자체로 이동하는 상자다)에 탑승할지 지정하고 선택된 미디어 중 어느 곳이 후방 살롱까지 들어가 매케인과 직접 접촉할 수 있는지 결정하는 언론 담당자가 있다. 매케인은 선거 운동의 내레이터이자 내러티브로, 그의 최대 장점은 물론 안티 후보라는, 즉 개방적이고 허물없고 고정 관념에 사로잡히지 않는 인물이면서도 실제로는 선거 운동의 중국 상자에서 맨 안쪽에 들어 있는 불가해한 핵심 상자이며, 이 모든 상자와 렌즈와 이 새로운 종류의 울타리가 호아로 수용소의 캄캄한 상자 크기의 독방과 조금이라도 닮았는가에 대한 그 자신의 두개골 속 생각은 각각의 미디어가 추측하는 수밖에 없는—그가 하는 말은 정치에 대한 것뿐이므로—인물이라는 것이다.

거기에다 물론 불싯1도 누군가 내보내 주기 전에는 벗어날 수 없는 것이 다 그렇듯 상자 중 하나다. 지금 이곳에는 전국 정치 미디어에 속한 27명이 탑승한 채 찰스턴까지 가는 길의 중간에 있다. 그중 몇몇은 굳이 여러분에게 소개할 필요가 없는데, 그 이유는 오늘 밤 트레일에서 교대하여 내일이면 영영 떠나고 딴 사람들로 대체될 것이기 때문이다. 딴 사람들도 교대하여 떠날 때에야 겨우 눈에 들어오기 시작할 테지만. 트레일, 이게 프로들이 부르는 이름이다. 트레일Trail은 음악인들이 로드Road라고 부르는 것과 같은 뜻이다. 트레일의 일정은 파시스트적이다. 0600h에 모닝콜과 예비용 알람, 신속 체크아웃, 0700에 가방과 테크의 장비를 버스에 던져 넣으라는 배기지 콜, 0800에 매케인의 첫 THM으로 부랴부랴 출발, 한 번 더 THM, 또 한 번 더 THM, 만일 ODT가 허락한다면 어딘가에서 F&F할 한 시간의 여유 시간, 그런 다음 대체로 두 건의 대규모 저녁 행사, 거기에다 일정 중간에 몇 시간 동안의 쥐 죽은 듯한 고속도로 DT, 마지막으로 룸서비스가 종료되는 바람에 아직까지 문을 연 식당에 데려다 달라고 폭스뉴스에 사정해야 하는 2300쯤에 그날의 매리엇이나 햄프턴 인에 투숙, 그런 다음 0130에 잠자리에 들었다가 0600에 일어나 이 모든 일을 되풀이할 수 있도록 호텔 바에서 머리를 비우는 한 시간까지. 평균적 연필은 대체로 나흘에서 엿새를 보낸 뒤에 들것에 실려 귀가하고 편집자는 새로운 피를 교체 투입한다. 트레일에서 잔뼈가 굵은 방송사 테크들은 한 번에 넉 달씩 머무른다. McCain2000 스태프는 모두 노동절 이후로 이 일을 풀타임으로 했으며, 그래서 젊은 친구들조차 좀비처럼 보인다. 매케인만 쌩쌩하다. 그는 63세이고 매일 아침 특급에 총알처럼 올라탄다. 이것은 인상적인 장면일 수도 있고 두려운 장면일 수도 있다.

1330h BS1에서 일어나고 있는 모든 일의 막후를 잠깐 들여다보자. 기자 몇 명은 톱코트를 베개 삼아 입을 벌리고 얼굴을 씰룩거리며 널브러져 잔다. CBS와 NBC의 테크들은 여느 때처럼 앞쪽 카우치에 앉아 카메라와 스틱과 붐 마이크와 테이트 상자와 커다란 듀라셀 건전지를 주위에 쌓아둔 채 1970년대 초의 무명 스탠드업 코미디언들을 논하고 뉴햄프셔와 아이오와와 델라웨어에서 받은 기자 출입증을 교환

한다(허가증은 코팅이 되어 있고 나일론 줄로 목에 걸도록 되어 있으며 수집할 만한 가치가 있는 것이 틀림없다). 짐 C.는 만성적 수면 부족에 시달리는 엘리엇 굴드[16]처럼 생겼는데, 트래비스가 안전 가로대에 기대 조는 동안 그의 가죽 책가방이 어깨끈에 매달린 채 규칙적으로 흔들리는 광경을 바라보고 있다. 카우치와 푹신한 좌석은 모두 여느 버스가 앞을 보는 것과 달리 BS1의 길이 방향과 수직으로 서로 마주보고 있다. 그래서 모든 사람의 다리가 언제나 통로 쪽으로 나와 있지만, 여느 사회생활에서는 자기 다리가 버스에 탄 누군가의 다리를 건드릴까 봐 걱정하는 것이 정상임에도 여기서는 다들 어쩔 수 없고 게다가 신경 쓰기에는 너무 지쳐서 아무도 개의치 않는다. 버스 뒤쪽으로 카우치 바로 옆에는 컵 홀더가 움푹 파여 있고 제리를 구슬려 발전기를 켜면—연료가 모자라지 않으면 켜준다—작동하는 교류 콘센트가 달린 작은 흰색 플라스틱 탁자가 있으며 왼쪽 탁자에는 연필 둘과 현장 프로듀서 둘이 있는데, 연필 중 하나는 앨리슨 미첼—바로 그 앨리슨 미첼—로 〈뉴욕 타임스〉의 매케인 전담 기자이며 최고위급이지만 (참신하게도) 원숭이 열두 마리에 속하지 않는, 나이는 마흔다섯쯤에 짙은색 타이츠, 뾰족구두, 집에서 뜨개질한 듯한 검은색 스웨터 차림으로 마치 삶이 하나의 기다란 명확성 요구인 듯 언제나 근심스럽게 어리둥절

---

16 미국의 영화배우.(옮긴이)

한 표정을 짓는 가녀리고 차분하며 다정한 여인이다. 앨리슨 미첼은 대개 직설 특급의 정규 멤버이지만 오늘은 1500h 마감이 빠듯해서 BS1의 양호한 전력을 이용하여 자신의 애플 파워북으로 기사를 뽑아내고 있다. (지금 누가 노트북을 두드려 대고 있는지는 버스 밖에서도 쉽게 알 수 있는데, 그것은 모든 노트북 기자의 숙적인 일광을 피하기 위해 창문 블라인드를 늘 내려두기 때문이다.) A. 미첼의 탁자 건너편에 있는 ABC 현장 프로듀서는 남다른 휴대폰으로 통화하며 신용 카드 분쟁을 해결하려 하고 있다. 그의 휴대폰은 일반적인 헤드셋 휴대폰이 아니라 귀마개에 작은 꼬투리 같은 게 매달려 있어서 두 손가락으로 입에 대고 말하는데, 그 때문에 귀먹은 동시에 조현병을 앓는 것처럼 보인다. 탁자 뒤의 양쪽 좌석에 앉은 사람들은 〈USA 투데이〉를 읽고 있다(언급해 둘 만한 사실은 전국지 선거 기자단의 모든 사람이 읽는 유일한 일간지가 믿거나 말거나 〈USA 투데이〉라는 것이다. 이 신문은 마치 흑마술에 의해 매일 아침 신속 체크아웃 계산서와 함께 모두의 호텔 객실문 밑에 나타나는 듯하며 무료인데, 교묘한 마케팅에 넘어가는 것은 언론 매체도 다를 바 없다). 뒤쪽으로 갈수록 지역 방송국 트럭 소음기의 소음이 점점 요란해진다. 통로 뒤쪽의 3분의 2가량은 작은 공간으로, 버스 냉장고와 주류 보관대(어제의 펌프 모바일은 믿기지 않을 만큼 넉넉히 채워져 있었는데, BS1은 텅 비다시피 했다)와 출입문이 위험천만한 화장실이 있다. 작은 조리대도 있는데, 크리스피크림 도넛 상자가 쌓여 있고 아무도 물을 틀지 않는 개

수대가 있다(나중에 설명하겠지만 그럴 만한 이유가 있다). 크리스
피크림은 디프사우스[17]판 던킨도넛으로, 흔하고 값싸고 아침
대신디저트를먹다니이게뭐하는짓이지라는 측면에서 대단하
며 짐 C.가 선거 운동 식단이라고 부르는 것의 주춧돌이다.

버스의 소화消化 구역 뒤에는 또 다른 작은 라운지가 있
는데, 특급에서는 매케인의 프레스 살롱 역할을 하지만 불싯
1에서는 타원형의 베이지색 플라스틱 탁자와 그 둘레로 탁
자에 비해 좀 낮은 카우치가 있으며 덤으로 팩스와 여러 개
의 잭과 콘센트가 있다. 언론 담당자들은 이 구역을 통틀어
ERPP(=맨 뒤의 기자단 궁전Extreme Rear Press Palace)라고 부른다. 바
로 지금 트레일에는 매케인 여사의 개인 비서 웬디―일렉트
릭블루 콘택트렌즈를 끼고 빳빳한 금발에 티 하나 없는 화
장과 액세서리, 프렌치 네일[18]을 했으며 매우 공화당원다워
보이는 젊은 여성이라는 묘사에 딱 들어맞는다―가 이 뒤쪽
의 베이지색 탁자에서 커다란 일회용 컵에 담긴 수프를 먹으
며 휴대폰을 이용하여 찰스턴 시내에서 매케인 여사가 손톱
을 손질받을 수 있는 가게를 물색하고 있다. ERPP의 벽은 어
제의 거울 천장 버스를 불안하게 상기시키듯 삼면에 거울이
달려 있어서―단, 이곳의 거울은 장식이 틀림없는 귀신 같은
기묘하고 작은 흰색 형체가 거울면에 박혀 있다―모든 사람

---

17   미국 남부의 여러 주를 통틀어 이르는 말. 주로 루이지애나, 미시시피, 앨라배
마, 조지아의 네 주를 이르며 남부다운 특징을 가장 많이 지닌 지역이다.(옮긴이)
18   손톱 끝에만 매니큐어를 바른 네일 아트.(옮긴이)

의 거울에 비친 모습을 볼 수 있을 뿐 아니라 그 모습이 여러 각도로 거울에 비친 온갖 모습까지 볼 수 있는데, (덜컹거리고 흔들리는 것 말고도) ERPP의 풍족한 설비를 외면하고 대다수 사람들이 앞쪽에 처박혀 있는 것은 이 때문이다. 웬디가 대체 왜 이곳 불싯1에서 여주인의 매니큐어를 정돈하고 있는지는 잘 모르겠지만, McC. 여사가 옷단장과 몸단장에 정성을 기울이는 것은 기자단 사이에서 이미 작은 전설이 되었으며 몇몇 테크는 그녀가 손톱과 머리를 손질하고 리사 그레이엄 키건 씨(애리조나의 교육 감독관이며 매케인의 '교육 문제 자문' 자격으로 함께 여행하는 것으로 되어 있지만, 실은 신디 매케인의 절친한 친구이자 함께 있어도 McC. 여사를 조명등에 놀란 사슴처럼 보이게 하지 않는 유일한 인물이기 때문임이 명백하다)에게 샴쌍둥이처럼 달라붙어 있는 것이 이 극도로 연약한 여인을 트레일에서 지탱해 주는 유일한 힘이라고 추측한다. 이곳에서 그녀는 연설과 THM과 프레스 어베일 때마다 매케인 옆에서 뜨거운 조명 아래 선 채 남편이 군중과 렌즈를 향해 말하는 동안 청중의 중간쯤을 쾌활하게 쳐다보아야 하니 말이다. 사실 케이블망 테크 중 몇 명은 신디 매케인이 단상에 선 채 시선을 받으면서도 결코 아무 말도 하지 않는 동안 실제로 무엇을 보고 있느냐를 놓고 논쟁을 벌이고 있다. …… 어쨌거나 McC. 여사가 무너지지 않도록 떠받치느라 웬디가 엄청난 압박에 시달리고 있음은 다들 이해하고 존중하는 바이며, 매니큐어를 가리키는 남동부 특유의 관용어 중에 웬디가 모르는 것이 있다는 사실이 점차 분명해지면서—그녀가 휴대폰으로 통화하는 사람 중에서 그녀가 말하는 '매니큐어'가 무슨 뜻인지 아는 사람이 아무도 없어 보이므로—그녀가 점점 더 스트레스를 받는다고 해도 누구 하나 그녀를 조롱하지 않는다. 또한 이곳 뒤쪽에는 웬디 바로 맞은편으로 초록색 면 터틀넥 스웨터 차림의 터무니없을 만큼 잘생긴 남자가 있는데, 그는 로이터 통신 사진 기자로, ERPP의 모든 잭에 꽂혀 있는 복잡한 전선 그물 속에서 의기소침한 채 앉아 있다. 그가 찍은 컬럼비아 연설의 디지털 사진이 도시바 노트북에 들어 있고 그의 휴대폰은 벽과 노트북에 연결되어 있는데—노트북도 벽에 연결되어 있다—괴상한 로이터 내부 이메일을 통해 사진을 파일하려고 하지만 그의 노트북이 그의 휴대폰을 더는 좋아하지 않기로 마음먹는 바람에("좋아하다" = 그의 표현) 그러지 못하고 있다.

   그나저나 이 모든 풍경이 정말로 정적이고 지루해 보인다면 여러분은 지금 트레일에서의 언론 매체가 살아가는 모습을 고스란히 목격하고 있음을 감안해야 한다. 이 삶의 대부분은 당신이 다음 번 정차 이후에 특급의 빅 리그로 승격하여 뒤쪽의 비좁은 붉은색 언론사 카우치에 끼여 옴짝달싹 못 한 채 존 S. 매케인과 마이크 머피가 원숭이 열두 마리의 질문에 대답하는 것을 듣고 매케인이 살롱 바닥에 다리를 뻗고 발목에 발목을 얹은 채 오른쪽 어금니를 무심히 빨고 McCain2000.com 머그잔에 담긴 커피를 흔드는 광경을 가까이서 두 눈으로 바라보고 그가 언론과 유권자 둘 다에서 불러일으키는 거대한 희망과 열정에 대해 스스로 어떻게 생각하는지 알아내기 위해 그의 가장 깊숙한 상자에 침투할 기회가 생길 것이라는 언질을 트래비스가 직속 상관 토드(스물여덟 살이며, 하버드 졸업생임이 명백해서 물어볼 필요도 없었다)에게서 받았음을 뜻하는 조금이라도 의미심장한 눈빛을 기다리면서 불싯1에서 왔다 갔다 시간을 때우는 것이지만…… 그 침투가 일어나지 않고 일어날 수도 없음을 솔직히 털어놓아야겠는데, 거기에는 두 가지 이유가 있다. 사소한 이유는 (1) 여러분이 마침내 직설의 살롱에 배치되고 나면 원숭이 열두 마리가 이곳 뒤쪽에서 묻는 질문이 대부분 지나치게 김 빠지고 뻔해서 매케인의 시간만 낭비할 뿐이라는 것이다. 그는 마이크 머피에게 질문을 넘기는데, 머피는 무척이나 웃기고 무뚝뚝하며 12M을 어찌나 보기 좋게 굴려먹는지—

원숭이   만일 이곳 사우스캐롤라이나에서 이긴다면 무엇을 하시겠습니까?

머피   그날 밤 미시간으로 날아가겠습니다.

원숭이   이건 가설인데, 만에 하나 사우스캐롤라이나에서 진다면요?

머피   이기든 지든 그날 밤 미시간으로 날아갈 겁니다.

원숭이   이유를 설명해 주실 수 있겠습니까?

머피   항공료를 이미 지불했으니까요.

원숭이   질문의 요지는 이것 같습니다. 왜 굳이 미시간으로
        가시려는지 설명해 주실 수 있겠습니까?

머피   다음 예비 선거 장소이니까요.

원숭이   괜찮으시다면 부연 설명을 부탁드리고 싶은데, 미시
        간에서의 목표는 무엇입니까?

머피   표를 많이 얻는 것입니다. 그것이 대선 후보로 지명
        되기 위한 우리의 비밀 전략입니다.

　—매케인이 거기 있다는 사실이나 그의 얼굴이나 발이
뭘 하는지조차 깜박하기 십상이다. 머피를 보면서, 또한 12M
이 모두 근엄하게 고개를 끄덕이며 똑같은 스테노 노트[19]에
그의 말을 모조리 받아 적는 것을 볼라치면 미친 사람처럼
웃음이 터져 나오는 것을 참기 위해 온 신경을 집중해야 하
기 때문이다. 더 거창하고 흥미로운 이유 (2)는 이 주週가 존
S. 매케인의 안티 후보 지위가 만인의 눈앞에서 허물어질 위
기를 맞았고 그가 점차 모호하고 역설적으로 변해 가며 어
떤 면에서 (그가 관목 및 기존 공화당 조직에 맞서 자신을 정의했
고 그 덕에 뉴햄프셔에서 찬란하게 빛났음에도) 독자적 인물로서
관목 및 공화당 주류와 점점 구별하기 힘들어지고 있는 바
로 그 주이기 때문이다(이것은 물론 그 자체로 하나의 이야깃거

---

19   본디 속기용 노트로, 기자 수첩으로 즐겨 쓴다.(옮긴이)

리다).

　불싯1의 화장실 문이 위험천만한 이유는 안쪽의 '도어' 단추를 살짝 누르면 〈스타 트렉〉에서처럼 쉭 하고 미끄러져 열리고 닫히는 미닫이문인데—즉, 화장실에 들어가 '도어' 단추를 살짝 눌러 문을 닫고 볼일을 본 뒤에 '도어' 단추를 살짝 눌러 문을 연다: 간단하다—'도어' 단추의 위치가 변기 위에 서서 볼일을 보는 남성 기자의 어깨에서 불과 몇 센티미터 거리에 있고 변기에는 난간이든 손잡이든 붙잡을 것이 아무것도 없어서 몸이 왼쪽으로 조금만 휘청하거나 기울어도 예의 어깨로 예의 단추를 누르게 되어—이곳이 운행 중인 버스 안임을 명심하라—여러분이 한창 볼일을 보고 있는데 문이 쉭 하고 열려 문을 다시 닫기 위해 순간적으로 단추를 누르려고 몸을 돌리는 순간 여러분은 '거두절미하고' 시시콜콜 묘사하기에는 너무 끔찍한 상황에 처하기 때문이다. 그래서 2월 9일이 되었을 때는 남성이 일어나 뒤쪽 3분의 2를 지나 화장실에 가면 그 뒤쪽에 있는 사람은 모두 자리를 비켜 화장실 문의 시야에 들어오지 않도록 하는 것이 불싯1 정규 멤버들 사이에 중대한 암묵적 규칙이 되었다. 어떤 기자가 여기 사람인지 아니면 트레일에 새로 배치되어 이것이 BS1에서의 첫 경험인지 알 수 있는 방법은 그가 화장실에 있다가 문이 예상치 못하게 쉭 하고 열릴 때 언제나 듣게 되는 작고 숨죽인 비명 소리인데, 그러면 대개 신참이 미친 듯 단추를 눌러대는 동안 반백의 늙은 〈찰스턴 포스트 앤드 쿠리어〉 연필이 미소를 띤 채 "전국 정치에 입문한 걸 환영하네!"라고 외치며, 운전대를 잡은 제이는 킥킥거리며 손꿈치로 경적을 가볍게 울려 이 길고 대체로 지루한 DT에서의 재밋거리를 놓치지 않는다.

불싯1의 우현으로 돌아와 보니 어떤 노트북도 켜져 있지 않고 내려진 블라인드도 거의 없으며 가장 깨끗한 창문은 냉장고 바로 옆에 있고 밖에서는 태양이 분명 어딘가에 떠 있을 테지만 2월의 풍경은 여전히 어둑어둑하다. 사우스캐롤라이나 중부 시골은 폭탄을 맞고 린치를 당한 것처럼 보이며 하늘은 저질의 쇳덩이 같은 색깔인 데다 땅은 죽은 잔디와 나도솔새로 덮이고 참나무 관목과 소나무가 기우뚱하게 서 있으며 모기 애벌레가 축 늘어진 알 속에서 봄을 기다리며 숨 쉬는 소리가 들리는 것만 같다. 이곳의 겨울은 쌀쌀한 동시에 후덥지근해서 이 사람이 덥다고 욕하고 저 사람이 춥다고 욕할 때마다 제이는 히터를 켰다 에어컨을 켰다 한다. 남쪽으로 갈수록 코르딜리네가 듬성듬성해지고 소나무가 섞여들기 시작하는데, 침엽수와 야자나무의 혼합은 악몽을 꾸는 듯 눈에 거슬린다. 창밖으로 스쳐 지나가는 나무의 일정 비율은 죽어 있으며 칡과 (지옥에서 온 건조기 먼지를 닮은) 특정 품종의 수염틸란드시아가 늘어져 있다. 열여덟 발 대형 트럭과 괴상하고 우뚝한 픽업트럭이 버스의 유일한 동행인데, 픽업트럭은 녹이 슬었고 하나같이 총걸이가 달렸으며 우파 범퍼 스티커를 붙였다. 몇 대는 지지 의사를 표명하는 듯 경적을 울린다. BSI은 창문이 높이 달려서 트레일러트럭 운전석이 훤히 들여다보인다. 고속도로 자체는 색깔이 없고 양옆은 씹힌 것처럼 보이며, 쓰레기가 널브러져 있다. 중앙 분리대는 시든 풀밭인데, 온갖 타이어 자국과 스키드 마크가 마치 모든 다목적 차량 충돌의 어머니가 I-26의 과거 언젠가 벌어지기라도 한듯 몇십 킬로미터에 걸쳐 풀밭에 줄무늬를 그렸다. 모든 것이 죽은 것처럼 보이고 그래서 불만인 것처럼 보인다. 새들은 원을 그리며 날지만 딱히 갈 데가 없어 보인다. 껍질이 매끈하고 빛이 나는 괴상한 나무도 있는데, 피칸나무인지도 모르겠지만 아무도 모르는 것 같다. 테크들은 노트북도 없으면서 블라인드를 내렸다. 여름의 이곳은 으스스하다고밖에 말할 수 없다. 온통 축축한 이끼가 깔려 있고 늪에서는 김이 올라오고 개는 갈비뼈가 드러나 있고 다들 모자를 통해 땀을 흘린다. 기자단 중에서 창밖을 바라보는 사람은 아무도 없다. 다들 언제나 이동 중인 삶에 익숙해졌다. 위치가 언급되는 것은 통화 중에서뿐이다. 기자와 프로듀서는 늘 휴대폰을 들고 다른 누군가의 휴대폰에 열심히 전화를 걸어 "여기 사우스캐롤라이나야! 거긴 어디야!"라고 말한다. 이동하는 버스에서 대다수 휴대폰의 또 다른 상수는 "안 들려. 내 말 들려? 다시 전화할게!"다. 현장 프로듀서의 한 가지 특징은 휴대폰 안테나를 이빨로 뽑는다는 것이다. 기자는 손가락을 이용하거나, 헤드셋 전화기를 쓴 채 말하면서 타이핑한다.

바로 지금, 실은 우현의 대부분은 휴대폰을 들고 있다. 검은색 아니면 무광 회색 휴대폰이다. MSNBC 여자 하나는 약혼자가 해머커 슐레머[20]에서 사준 분홍색 휴대폰을 가지고 있다. 몇몇 휴대폰은 하도 작아서 송화구를 귓불에 대고 있는 것처럼 보일 정도다. 저래서야 자기 목소리가 상대방에게 들리려나. 헤드셋 휴대폰은 제조사와 색상이 제각각이다. 안테나가 없는 것도 있고 앞에서 언급한 귀마개에꼬투리같은스피커가매달린 휴대폰도 있다. 호출기, 삐삐, 진동 삐삐, 칩을 거치면서 모든 음성이 왜곡되는 음성 메시지 호출기, CNN 헤드라인과 1-800 응답 서비스에 등록된 메시지 전문을 보여주는 팜 파일럿도 있다. BS1의 기자단 27명 전원이 1-800 응답 서비스를 이용하며, 종종 장점을 비교하거나 웃긴 일화를 이야기하며 시간을 죽인다. 많은 휴대폰은 특수 맞춤형 벨소리를 쓰는데, 이렇게 많은 휴대폰이 울려대는 제한된 공간에서는 그럴 만도 하다. 〈반짝 반짝 작은 별〉, 〈만세, 만세, 여기 모인 우리 패거리들Hail, Hail, the Gang's All Here〉도 있고 한 휴대폰에서는 〈베토벤 교향곡 5번 작품 번호 67〉 도입부를 괴상한 4분의 3박 업 템포로 연주한다. 옥에 티라면 〈US 뉴스 앤드 월드 리포트〉의 사진 기자, 코플리 뉴스 서비스의 연필, 늘 빨간색 바지와 곱창 헤어밴드 차림의 다리 긴 CNN 프로듀서가 모두 〈윌리엄 텔 서곡〉 벨소리여서 언제나

---

20 미국의 통신 판매 업체.(옮긴이)

혼동이 생기고 이동 중에 〈윌리엄 텔 서곡〉이 울리면 휴대폰 찾기 소동이 벌어진다는 것이다. 방송사 테크들은 모두 휴대폰 내장 벨소리를 쓴다.

불싯1 공식 운전수이자 휴대폰이 없는 단 두 명의 정규 멤버 중 한 명인 제이는—다른 버스 운전수와 통화해야 할 때는 트래비스의 커다란 회색 노키아를 빌리는데, 나중에 털어놓았듯 길눈이 좀 어두워서 자주 빌린다—시디로 가득한 작은 서류 가방을 가지고 다니며 긴 DT에서는 소니 디스크맨에 패드 달린 커다란 스튜디오급 헤드폰으로 음악을 듣지만(불법 같기도 하다), 무슨 음악을 듣는지 〈롤링 스톤〉에 보도 전제로 알려주는 것은 거부했다. 존 S. 매케인 자신은 1960년대 클래식을 좋아하며 팻보이 슬림까지는 참아줄 수 있다고 말하는데, 정말이지 관대해 보인다. 제이 이외에 헤드폰을 듣는 유일한 사람은 12M 중 한 명으로, 광둥어 회화를 공부하고 있는데 특급에 있지 않을 때는 BS1의 좌현에 편한 자세로 앉아 광둥어 회화 테이프를 들으며 알아들을 수 없는 끽끽 소리를 끝도 없이 반복한다. 헤드폰을 쓰고 있어서 음량 조절이 안 되는 탓에 이 사람은 넓은 공간을 독차지하는 경우가 많다. 다시 깨어 앞쪽의 특급에 있는 토드와 휴대폰으로 통화하고 있는 트래비스가 평상시처럼 아슬아슬한 자세로 좌석 끄트머리에 앉아 있는 옆에는 〈이코노미스트〉에서 온 봉두난발에 살짝 돈 나이 든 영국인이 있다. 그는 영국의 식자 대중이 존 매케인과 전적으로 포퓰리스트 토리적인 매케인 현상에 얼마나 열광하는지 장광설을 펴기를 좋아하여 모두를 질리게 하지만 그럼에도 식사 시간에 열리는 행사에서 더운 음식을 캐비지하는 솜씨가 남다르고 그 음식을 나눠주기 때문에 인기가 많다. 그들 옆 좌석에 앉은 〈마이애미 헤럴드〉 연필은 팜 파일럿의 작은 키를 작은 검은색 스위즐 스틱[21]처럼 생긴 것으로 눌러 주소록을 정리하고 있다. 호주에서 온 놀랍도록 신랄하고 웃긴 레바논 여인(누군지 묻지 마시라)에 의해 일화 하나가 만들어지고 있는데, 그녀는 〈보스턴 글로브〉 소속으로 바닐라 에덴소이 두유를 마시며 앨리슨 미첼과 통로 맞은편 귀마개 전화를 가진 ABC 현장 프로듀서에게 어젯밤 노스오거스타 래디슨 호텔에서 체크인하고 방을 배정받아 올라갔는데 웬 벌거벗은 남성이—"홀딱 벗었어요. 전부 말이에요. 홀라당"—은밀한 부위에 수건만 걸친 채 방에 있더라고 말한다—"장담컨대 크진 않았어요"(앨리슨 M이 나중에 해석한 바로는 수건을 가리킨 거라고 한다).

BS1 정규 멤버 중에서 지금까지 다루지 않은 유일한 인물들은 앞쪽의 테크 무리 뒤쪽으로 혼잡한 카우치 바로 옆 우현 작업용 탁자에 있다. 그들은 CNN 통신원 조녀선 칼과 CNN 현장 프로듀서 짐 맥매너스—둘 다 열한 살가량으로 보인다—그리고 그들의 음향 테크로, 무슨 재미있는 일을 하고 있는지 살짝 돈 〈이코노미스트〉 친구가 짜증스러운 듯 헛

---

21 커피를 저을 때 쓰는 막대.(옮긴이)

기침을 하는데도 아랑곳하지 않고 (세탁하지 않은) 엉덩이 부위를 통로에서 그의 머리 바로 옆에 대고 흔들며 엉거주춤한 자세로 균형을 잡고 있다. CNN 음향 테크(마크 A., 29세, 애틀랜타 출신, 트레일에서 제이 다음으로 장신이어서 대화하다 보면 현기증이 나고 아무리 빽빽한 스크럼 뒤에서도 스틱의 붐 마이크를 매케인의 머리 바로 위에 갖다 댈 수 있다)는 패드 칸막이를 복잡하게 댄 상자에서 소니 SX 시리즈 휴대용 디지털 편집기(소매가 32000달러)를 꺼내 헤드폰에 연결하고, 또 조너선 칼의 델 래티튜드 노트북과 휴대폰에도 연결했는데, 셋은 이날 오전 사우스캐롤라이나 경찰 학교 연설을 찍은 CNN 비디오테이프를 재생하면서 조너선 칼의 언급에 따르면 매케인이 "부시 주지사와 그의 대리인들이 사형제에 대한 저의 입장을 어떻게 왜곡했든……" 비슷하게 말한 지점을 찾고 있다. SX의 13인치 화면 아래에서는 디지털 타이머가 0.0001초 단위로 흘러가는데, 빨리 감기(FF)를 하면서 마크 A.가 상상도 안되는 FF 다람쥐 소리임에 틀림없는 것을 헤드폰으로 들으면서 칼이 (맥매너스의 말에 따르면) 연설의 '싸움 거는 말'을 찾았을 때 테이프를 멈추라고 지시하기를 기다리는 광경은 경이롭다. CNN 본부는 이 장면을 즉시 피드받아 관목이 이날 아침 미시간에서 매케인에 대해 했던 악의적 발언과 나란히 배치하여 오늘 선거 운동에서 온갖 네거티브 발언이 터져나오고 있다는 긴급 속보를 내보낼 작정이다.

CNN 제작진이 연설을 FF하고 짐 맥매너스가 그날의 다섯 번째 크리스피크림을 먹으며 마크 A.의 신호를 기다리고 조너선 칼이 넥타이로 안경을 닦고 마크 A.가 몸을 앞으로 숙이고 눈을 감은 채 소리에 집중하면서 미디어가 '싸움 거는 말'을 찾는 광경은 냉소하기에 좋은 기회다. 마크의 우람한 어깨 바로 뒤로 앞쪽 우현 카우치의 뒤쪽 끝에는 NBC 카메라 테크 짐 C.가 지독한 캠페인 독감에 걸려 핏빛 엘더베리 팅크를 물병에 붓고 있는데, 그의 표정이 신중하고도 엄숙한 것은 엘더베리 치료제가 아내에게 받은 것이며 공교롭게도 NBC 제작진의 현장 프로듀서인 그의 아내가 통로 맞은편 좌현 카우치에서 그가 약을 마시는지 유심히 지켜보고 있기 때문이다. 그녀가 없을 때 짐 C.가 엘더베리에 대해 뭐라고 하는지 들어보면 재미있을 것이다. 냉소적 관찰: 존 매케인이 이날 아침 연설에서 미국의 "도덕적 빈곤"과, "도덕의 나침반을 탐욕에 잃어버린 폭력 위주 연예와 오락"으로 인한(매케인은 흥분하면 은유가 뒤죽박죽이 되는 경향이 있다) "수치심 상실"을 여러 차례 언급하고 마치 미국의 모든 연예와 오락에 적용 가능한 연방 규제를 제안하는 것처럼 들리는— 이것은 헌법적으로 볼 때 최소한 심각한 문제가 있다—소음을 냈다는 사실이 CNN에 즉각적인 관심을 전혀 불러일으키지 못한다는 것. 연설 중에 매케인이 우리의 다음 대통령은 "마약과의 전쟁 총사령관" 격으로, 필요하다면 "우리 아이들을 위협하는 독극물의 수출을 통제하는 데 도움이 필요해 보이는 나라들"에 자금과 (내 귀에 들리기로는) "군대"를 보낼 권한을 부여받아야 한다는, 머리카락이 쭈뼛 서는 발언을 한 것 또한 그들이 찾는 장면이 아니다. 국가의 언론 통제야 말로 우리가 자유 민주주의를 억압적 정권과 구별할 때 들먹이는 거악 중 하나이고 주권국의 국내 문제를 '돕기' 위해 군대를 보내는 것이 지난 반 세기를 통들어 미국을 최악의 아수라장에 빠뜨렸음을 상기한다면, 매케인 연설의 이 부분들이야말로 성숙한 민주적 유권자가 뉴스에서 듣고 싶어 할 진짜 '싸움 거는 말'일 것이다. 하지만 명백하게도 우리는 개의치 않는다. 방송사도 마찬가지다. 사실 그 많은 젊은 무당파와 민주당 지지자가 매케인에 열광하는 중요한 이유는 선거 미디어가 매케인의 기운찬 솔직함에 지나치게 주목하고 이 솔직함으로 인해 그의 입에서 나오는 이따금 '극도로' 무시무시한 우익적 발언에는 거의 주목하지 않기 때문이다. …… 하지만 무슨 상관인가. 바로 지금 이곳 BS1 우현 탁자에서 정말로 흥미진진한 것은 연설의 따분한 구절들을 빨리 감기 할 때 소니 SX의 화면에서 매케인의 얼굴이 어떻게 변하는가다. 매케인은 백발에(호아로 사건으로 일찍 머리가 셌다) 눈썹이 검고, 단정하게 빗질한 것 같지는 않은 머리카락 아래로 두피가 분홍색이며, 볼이 토실토실하고, 일반적인 아날로그식 빨리 감기를 하면 매케인은 바보 같아 보일 거라 예상할 수 있다. 모든 영화 등장인물은 FF하면 뇌성마비에 바보 같아 보인다. 같은 식으로 바보 같아 보일 거라 예상할 수 있지만 CNN의 테이프와 편집기는 디지털이기에 FF를 한들 여덮 장의 거대한 성조기 앞에 선 매케인의 어깨 위 모습은 빨라져 바보처럼 변하지 않고 작고 다양한 디지털 상자와 네모로 일종의 '폭발'을 한다. 이 조각들은 격렬한 FF 속도로 뒤죽박죽 섞이고 부풀고 물러나고 무너지고 휘돌고 스스로를 재정돈하며 그 결과로 나타나는 이미지는 사상 최악의 마약 경험에서 볼 법한 것으로, 고속 화면에서는 루빅큐브 관상의 네모와 상자가 날아다니고 형태를 바꾸고 이따금 인간 얼굴이 되기 직전까지 가지만 결코 얼굴로 낙착되지는 않는다.

근데 아무도 신경 안 쓰지 않는다

청년 유권자가 정치에 무관심한 이유에 대해 정답을 찾기란 쉬운 일이 아니다. 그것은 아마도 누군가로 하여금 자신이 왜 무언가에 무관심한지 골똘히 생각하도록 하는 것이 불가능에 가깝기 때문일 것이다. 권태가 탐구를 가로막고, '내가 이렇게 느끼니까'가 충분한 근거로 대접받는다. 하지만 정치가 근사하지 않아서인 것만은 분명하다. 바꿔 말하자면 근사하고 흥미롭고 생기 넘치는 사람들은 정치에 끌리는 사람들과 다른 사람인 것 같다고 말할 수도 있겠다. 고등학교 때 학생회 선거에 출마한 아이들을 생각해 보라. 샌님인 데다 지나치게 단정히 차려입고 권위에 아첨하고 한심한 야심을 품은 아이들. 정치 게임을 하고 싶어서 안달이 난 아이들. 선거가 그토록 무의미하고 따분해 보이지 않았다면 나라도 나서서 물리치고 싶었을 그런 아이들. 이제 이 똑같은 아이들의 2000년 어른 버전을 생각해 보라. CNN 음향 테크 마크 A. 말마따나 "놀랍도록 실물 같은" 앨 고어, 이마가 축축하고 미친놈처럼 낄낄대는 스티브 포브스, 귀족적인 능글맞은 미소를 짓고 점잔 빼다 체면 구기는 G. W. 부시, 거기다 커다랗고 붉고 가짜 친구 같은 얼굴을 한 채 "당신의 고통을 느껴요"라고 말하는 듯한 클린턴까지. 인간 같지 않아서 혐오할 마음조차 안 드는 사람들. 그들이 시야에 들어올 때 우리가 느끼는 것은 압도적인 관심 결여요, 종종 통증에 대한 방어 작용인 일종의 철저한 초연함이다. 우리가 이러는 이유는 슬픔에 맞서기 위해서다. 사실 수많은 사람들이 정치에 대해 그토록 관심이 없는 가장 그럴듯한 이유는 현대 정치인들이 우리를 슬프게 하고, 언급하는 것은 고사하고 이름 붙이기조차 힘든 방식으로 우리에게 깊은 상처를 가하기 때문이다. 눈알을 부라리며 무시하는 게 훨씬 쉽다. 어쩌면 여러분은 이 모든 얘기조차 듣고 싶지 않을지도 모르겠다.

트레일의 미디어 중 상당수가 존 매케인을 좋아하는 한 가지 이유는 그가 근사한 인물이기 때문이다. 그는 샌님이 아니다. 클린턴은 재학 중에 학생회와 밴드부 활동을 했지만, 매케인은 운동부에 말썽꾸러기였으며 파티와 섹스에 대한 그의 재능은 예전 반 친구들이 지금까지도 경탄하며 증언하는 바다. 매케인은 아나폴리스(해군 사관학교)를 꼴찌에 가까운 성적으로 졸업했고 제트기를 너무 낮게 몰다가 전선을 끊어 먹었으며 늘 좌충우돌하고 대체로 근사했다. 그는 63세가 되었어도 재치 있고 똑똑하며 자신과 아내와 스태프와 다른 정치인과 트레일을 농담거리로 삼는다. 언론을 골리고 엿 먹여도 언론은 개의치 않는데, 그것은 이 매우 근사하고 중요한 사람이 여러분을, 엿 먹일 만큼 주목하고 좋아한다는 느낌을 받게 하는 그런 엿이기 때문이다. 이따금 그는 이유 없이 윙크를 하기도 한다. 이 모든 것이 대수롭지 않게 들린다면 이 프로 기자들이 정치인 주변에서 수많은 시간을 보내야 하며 대다수 정치인이란 주변에서 시간을 보내기가 고역인 위인이라는 사실을 명심하라. 한 전국지 연필은 〈롤링 스톤〉과 또 다른 비非프로에게 이렇게 말했다. "나머지 후보들이 어떻게 처신하는지 유심히 보셨다면 매케인에게 더욱 감동하실 겁니다. 그는 어느 정도 진짜 사람이 행동하는 것처럼 행동하니까요." 그리고 트레일의 감사하는 언론은 매케인의 인간성을 대중에게, 유권자들에게 전파한다(심지어 과장하는지도 모르겠다). 이 유권자들이 "어느 정도 진짜 사람처럼" 행동하는 대통령 후보에게 발작적으로 고마워하는 것을 보면, 자신들을 '인도'하고 '영감'을 주고 싶어 하는 사람들에게서 최소한의 진정성을 이들이 얼마나 갈망하는지 다시 한번 생각하게 된다.

물론 청년 유권자 중에는 현대 정치에 아주 깊이 몸담은 집단들도 있다. 시끄러운 랠프 리드를 지지하는 극우 기독교인이 있는가 하면 스펙트럼의 반대쪽에는 액트업[22]과 PC 좌파의 예민한 남성과 성난 여성womyn이 있다. 하지만 흥미롭게도 이 작은 주변부 집단이 자신에게 걸맞지 않은 힘을 부여받는 것은 가장 주류의 청년 유권자들이 떨쳐 일어나 투표하지 않는다는 단순한 이유 때문이다. 이것은 우리 모두가 중고등학교 사회 시간에 배운 것과 같다. 내가 투표하고 당신이 투표하지 않으면 내 표의 비중은 두 배가 된다. 주변부만 이런 이득을 보는 것이 아니다. 대다수 젊은이가 정치를 혐오하고 투표하지 않는 것은 실은 매우 힘 있는 주류 세력에도 유리하다. 이 또한 여러분이 견딜 수만 있다면 생각해 볼 가치가 있다.

존 매케인이 늘 하는 얘기는 또 있다. 그가 모든 연설과 THM을 이 말로 마무리하기 때문에 버스의 기자단이 이번 주에 100번가량 듣게 될 그 얘기 말이다. 그는 극적 효과를 거두기 위해 언제나 잠깐 뜸을 들였다가 이렇게 말한다. "드릴 말씀이 하나 있습니다. 제가 오늘 여기서 여러분이 동의하지 않을 얘기를 했을 수도 있습니다. 또한 바라건대 여러분이 동의할 얘기를 했을 수도 있습니다. 하지만 제가 언제나. 여러분에게 말씀드릴 것은. 오로지 진실입니다." 이것이 매케인의 마무리 발언이요, 말하자면 여섯 현을 울리는 그의 마지막 거대한 잔향이다. 그리고 청중은 언제나 열광적 기립 박수를

---

22   ACT UP. 미국의 에이즈 운동 단체.(옮긴이)

보낸다. 하지만 여러분은 이런 의문이 들 것이다. 디트로이트에서 찰스턴에 이르기까지 이 청중은 왜 거짓말하지 않겠다는 단순한 약속에 이토록 열광적으로 환호하는 것일까?

음, 이유는 명백하다. 매케인이 이 말을 할 때 사람들은 그에게 환호한다기보다는 그를 믿는 것이 얼마나 기분 좋은가에 환호하는 것이다. 묘하게 답답하던 명치끝이 시원해지는 것에 환호하는 것이다. 말하자면 매케인의 이력과 솔직함은 유권자의 고통에 공감하겠다고 약속하는 것이 아니라 그 고통을 덜어주겠다고 약속한다. 우리는 거짓말을 듣고 또 들었기에 거짓말을 들으면 상처를 입는다. 궁극적으로는 이렇게 복잡한 문제인 것이다. 상처받는다는 것. 우리는 거짓말하면 안 된다는 것을 네 살쯤에 배운다. 거짓말이 왜 나쁘냐고 물으면 어른들이 처음으로 해주는 설명은 이렇다. "만일 ~하면 '넌' 좋겠니?" 그 뒤로 우리는 거짓말하면 좆 된다는 것을 호된 경험을 통해 거듭거듭 배운다. 거짓말이 나의 가치를 깎아내린다는 것을, 나 자신에 대한, 거짓말쟁이에 대한, 세상에 대한 존경심을 잃게 된다는 것을 배운다. 거짓말이 만성적이고 조직적이라면, 내가 믿는 모든 것이 실은 거짓말에 근거한 게임에 불과하다는 것을 경험으로 배우게 된다면 더더욱 그렇다. 청년 유권자는 이 사실을 제대로, 속속들이 배웠다. 여러분이 베트남 전쟁이나 워터게이트 사건을 개인적으로 기억하지 못할지는 몰라도 "세금은 더 없습니다", "저는 모르는 일입니다", "지금으로서는 어떤 부적절한 행위도 직접적으로 알지 못합니다", "들이마시지는 않았습니다", "르윈스키 양과 성관계를 하지 않았습니다" 따위의 말들은 기억할 것이다. 여러분이 여럿 중 하나를 뽑을 수밖에 없는 예비 '공직자'들이 전부 거짓말쟁이이고 그들의 유일한 진짜 관심사는 자신의 안위와 생계이며 그들이 어찌나 노골적이고 얼굴색 하나 바꾸지 않고 거짓말을 하는지 여러분은 그들이 여러분 자신을 멍청하다고 믿고 있음을 알 수 있을 정도라고 생각하는 것은 고통스러운 일이다. 그러니 하품하고, 고개를 돌리고, 모욕적인 대우로 인한 상처를 받지 않으려고 무관심과 냉소를 내세우지 않을 사람이 누가 있겠는가? 또한 여러분을 한 '사람'이요 존중받을 가치가 있는 지적인 성인으로 대하며 진심으로 이야기하는 것처럼 보이는 거물급 정치인에게 홀딱 빠지지 않을 사람이 누가 있겠는가? 승산이 전무한 후보로서 난데없이 텔레비전에 나와 워싱턴 정가가 무능하고 그곳에 있는 모든 사람이 매수되었고 나머지 모든 후보 말마따나 진실로 "정부를 국민에게 돌려주"는 유일한 방법은 기업과 로비 단체와 PAC[23]에서 주는 막대하고 보고 의무도 없는 정치 헌금을 불법화하는 것이라고, 즉 누구나 알지만 요즘 정치인 중에서는 누구도 감히 말하지 못

---

23 '정치활동위원회political action committee'의 약어로, 기업, 노동조합, 동업자 조합 등이 구성하며, 개인에게 자발적으로 선거 운동 기금을 기부하도록 부탁하고 이렇게 해서 모은 기금을 선거로 뽑히는 정부 관직 후보자나 상하 양원의 후보자들에게 제공하는 일을 한다.(옮긴이)

한 명백한 진실을 이야기하는 정치인 말이다. 이런 말을 듣고 환호하지 않을 사람이 누가 있겠는가? 우리가 알기로 지침을 위반하지 않으려고 4년간 어두운 독방에 앉아 있는 것을 선택한 사람에게라면 더더욱 그렇지 않을까? 심지어 서기 2000년이 된 지금도 제아무리 냉소적인 사람이라도 심장 깊숙한 곳에는 유서 깊은 미국적 희망이 노처녀의 정열처럼—죽은 게 아니라 자신의 열정을 받아줄 천생연분을 기다리며—잠들어 있지 않겠는가? 존 S. 매케인 3세가 애리조나에서 마틴 루서 킹의 탄생일을 공휴일로 지정하는 데 반대했다는 것, 개벌^{伐}이 미국에 유익하다고 생각한다는 것, 현재의 총기 법률이 임상적으로 정신병적이지 않다고 생각한다는 것, 이런 사실은 이 주민 간담회에 모인 사람들, 다들 자리에서 일어나 이제야 진심으로 그놈의 '환호'를 할 수 있게 된 것을 환호하는 청중에게는 아무 의미도 없다.

이 청중은 모두 멍청이일까, 순진할 걸까, 아니면 전부 마흔이 넘었을까? 다시 살펴보라. 청년 유권자가 정치인을 신뢰할 능력을 잃은—또는 그럴 욕구를 초월한—세대라고 여러분이 생각한다면 〈타임〉지의 사우스캘리포니아 레이브 파티 사진이나 매케인이 이긴 날 밤 청년 뉴햄프셔 유권자들의 사진을 자세히 들여다보라.

그런 다음 그날 밤 매케인 자신의 얼굴 사진을 보라. 웃고 있지 않은 사람은 그가 유일하다. 왜일까? 짐작할 수 있겠는가? 그것은 이제 어쩌면 그가 승리할지도 모르기 때문이다. 처음에는, PBS와 C-SPAN에서는, 작고 초라한 선거 운동용 밴에 아내와 측근 두어 명과 함께 탄 매케인은 여론 조사에서 약 3퍼센트를 달리고 있었다. 잃을 게 하나도 없을 때 진실을 말하는 것은 쉬운, 적어도 상대적으로 쉬운 일이다. 그런데 뉴햄프셔가 모든 것을 바꿔놓았다. 2월 7일자 주요 시사 주간지 세 종 모두에는 뉴햄프셔 투표 결과가 발표되는 바로 그 순간 매케인의 얼굴 사진이 큼지막하게 실렸다. 이 사진들에서 그의 눈동자를 유심히 들여다보아야 한다. 이젠 뭔가 잃을 것, 아니 쟁취할 것이 생겼다. 이젠 선거운동과 기회와 전략 모두 복잡해지는데, 복잡해지는 것은 위험하다. 진실이 복잡한 경우는 드물기 때문이다. 복잡해진다는 것은 대체로 뒤섞인 동기, 회색 지대, 타협 쪽으로 기운다는 뜻이다. 뉴스를 보면 이렇게 상황이 복잡해지면서 처음 나타난 불길한 조짐은 매케인이 사우스캐롤라이나 남부연합기에 대한 질문을 요리조리 피해 간 것이다. 그때가 하루 이틀 전이었다. 하지만 이젠 모두가 지켜보고 있다. 트레일의 기자단이 여기에 이해관계가 없으리라 생각하지 말라. 이제, 다들 사우스캐롤라이나를 누비는 두 주간의 강행군을 시작하는 오늘, 매케인에 대한 중대한 질문이 두 가지 있다. 쉬운 질문은 모든 연필과 대가리가 달라붙어 있는 것으로, 그가 이길 것인가다. 하지만 또 다른 질문은, 저 사진들의 눈을 보면 떠오르는 질문은 말도 표현하는 것조차 힘들다.

네거티브

2월 7일부터 13일까지는 〈롤링 스톤〉에서 공화당 트레일의 진짜 '침체 주down week', 즉 정치적 비호감도 면에서 타의 추종을 불허하는 기간이다. 지난주에는 뉴햄프셔에서 이변이 벌어졌고 다음 주는 사우스캐롤라이나에서 2월 19일 예비 선거를 향해 전력 질주가 벌어진다. 원숭이 열두 마리 모두 이 예비 선거가 매케인과 관목 둘 다의 성패를 좌우할 수도 있다고 생각한다. 반면에 이번 주는 참호전이다. 미시간과 조지아와 뉴욕과 사우스캐롤라이나를 누비며 악수 공세, 모금, 순회, 여론 조사, 전략 수립으로 여드레를 꽉꽉 짜내야 한다. 기자단 일정표의 폰트는 12포인트에서 10포인트로 바뀐다. 우크라이나 문화 센터에서 워런(미시간) 주민 간담회. 새기노 카운티 공화당 링컨 기념일 만찬. 〈디트로이트 뉴스〉와의 편집 회의. 플린트의 괴상한 메타암페타민 제조실처럼 생긴 인터넷 회사에서 기자 회견. 꼬리에 '팬암' 스텐실이 희미하게 남아 있는 707 전세기를 타고 노스서배너로 야간 비행. 스파턴버그(사우스캐롤라이나) 주민 간담회. 3개 주의 매케인 지지자를 위한 찰스턴 폐쇄회로 티브이사社 리셉션. 미국은퇴자협회 회원 간담회. 노스오거스타 THM. 클렘슨 대학교에서 MSNBC 〈하드볼〉의 크리스 매슈스와 함께하는 생방송 주민 간담회. 구스크리크 THM. 그린빌에서 기자 회견. 플로런스(사우스캐롤라이나)에서 린지 그레이엄과 마크 샌퍼드 하원의원, 프레드 톰프슨 상원의원(테네시주, 공화당), 기자단 약 300명과 함께 호별 방문 선거 운동. 달링턴 경주로에서 나스카 참관 및 시운전. 포트밀에서 주방위군 무기고 THM. 뉴욕 시티 지지자들과의 두 시간짜리 모금 행사를 위해 여섯 시간 비행. 세네카(사우스캐롤라이나)에서 눈빛이 매섭고 오리털 조끼와 트럭 운전수 모자 차림의 많은 사람들을 위해 린지 그레이엄 하원의원이 주최하는 괴상한 바비큐 파티. 애틀랜타 챕터일레븐북스에서 책 사인회. CNBC 〈팀 러서트 쇼〉녹화. 그리어 THM. 찰스턴에서 사이버 모금. 평소보다 더 거대 괴물 벌레처럼 보이는 래리 킹과 함께하는 〈래리 킹 라이브〉출연. 섬터에서 프레스 어베일. 월터버러 THM. 기타 등등. 조식은 크리스피크림, 중식은 사란 랩으로 포장한 샌드위치와 자체 브랜드 칩, 석식은 상상에 맡김. 매케인 말고는 다들 침울하고 피로하다. "우리는 흥분의 측면에서 약간 저점에 있는 듯하군요." 트래비스가 월요일 오전에 새 연필들에게 사전 교육을 하다가 이렇게 털어놓는가 싶더니……

……바로 그날 거대한 전술 변화가 일어난다. 매케인 기자단이 자기도 모르게 휘말리게 되는 이 변화는 진행 중인 모든 일정을 주중의 극적인 전술적 클라이맥스인 크리스 듀런 사건으로 몰아가는데, 이 모든 사연은 무척이나 정치적으로 섹시하고 흥미진진하기는 하다. 여러분이 환호할 만한 방식으로 섹시하고 흥미진진하지는 않지만.

거대한 전술적 변화는 거의 믿을 수 없을 만큼 황폐하

고 암울한 플린트(미시간)에 있는 리버프런트 호텔이라는 곳
의 F&F룸에서 시작된다. 특급과 핌프 모바일의 모든 미디어
가 이곳에 모여 있는 2월 7일 1500h, 매케인이 스태프 수뇌
부를 거느리고 위층 스위트룸으로 올라간다. 예비 선거 운동
을 통틀어 막후에서 가장 결정적인 사건들이 벌어지는 장소
는 단연 F&F룸이다. F&F룸은 오후 마감 미디어가 기사를
탈고하여 파일 및 피드할 수 있도록 McCain2000이 임차하
는 장소로, 대개 호텔 로비에서 떨어진 3등급 연회장이나 회
의실이다(임차 비용은 미디어에서 지불하는데, 버스와 비행기의 일
일 좌석 이용 및 배기지 콜 이전의 컨티넨털 조식과 심지어 F&F룸
의 '단체 주문 중식'과 마찬가지로 정확하게 할당 및 계산된다. 그나
저나 오늘의 중식은 괴상한 선홍색 햄을 얹은 원더브레드 빵, 프리토
스 콘칩, 뜨거운 물에 갈색 크레용을 녹인 맛이 나는 커피인데, 연필
들은 모두 McCain2000 식사에 대해 욕을 하며 Bush2000 기자단
중식은 팔에 흰 타월을 걸친 번드르르한 남자들이 진짜 접시에 담
아 나르는 다양한 메뉴의 데운 음식이더라는 소문을 되새기며 입맛
을 다신다). 플린트의 F&F룸은 18×15미터의 연회장으로, 형
광등 샹들리에가 늘어지고 무늬 입힌 양탄자가 깔려 있으며
기자단이 앉아서 수첩을 펴고 노트북과 소니 SX 및 DVS 시
리즈 디지털 편집기를 설치하여 작업할 수 있도록 기다란 탁
자 여덟 개에 팩스 기계, 콘센트, 잭, 접이식 의자가 비치되어
있다. 1515h 현재, 모든 의자에 프로듀서나 연필이 앉아 식사
와 타이핑과 전화 통화를 동시에 하고, 출신과 직책을 알 수

없는 우람한 안경잡이가 노글레어™ 컴퓨터 스크린 편광 필
터와 파워스트립™ 과전압 차단 8구 멀티탭을 가지고 돌아
다니면서 노트북이나 전화기가 말썽인 사람들에게 기술 지
원을 제공하고, 트래비스와 토드와 나머지 언론 담당자들
은 일일 보도 자료 뭉치를 배부하고 있으며, 윈도window가 부
팅되는 딩동댕동 소리, 모뎀 연결의 끽끽거리는 소리와 잡음,
곳곳에서 울리는 마흔여 대의 키보드 소리, 뉴욕과 애틀랜
타에 인사를 전하는 팩스의 급박한 비명, 헤드셋 휴대폰으로
똑같은 일을 하고 있는 사람들의 중얼거림 등으로 F&F룸은
온통 시끌벅적하고 활기가 넘친다. 원숭이 열두 마리는 별도
탁자가 있어서 자기네만 아는 매우 엄격한 서열에 따라 앉아
있는데, 의자 아래로 발목을 꼬고 스테노 노트와 우뚝 솟은
에비앙 생수병을 왼손에 든 똑같은 자세를 취하고 있다.

다들 자기가 뭘 하는지 남들이 어깨 너머로 엿볼까 봐
신경이 곤두서 있다.

일일 마감이 없는 McCain2000 미디어—말하자면 테
크, 디트로이드 슈퍼마켓에서 공짜로 주는 주간지 중 하나
에서 나온 아주 젊은 친구, 탁자들을 배회하며 사람들의 어
깨 너머를 엿보려 했으나 운이 따르지 않은 〈롤링 스톤〉—는
F&F룸 뒤쪽에서 코트와 짐과 전자 장비 소프트 케이스로
이루어진 아주 기다란 일종의 오토만[24]에 앉아 있다. 심지어

---

24   18세기말 투르크에서 유럽으로 도입된 의자.(옮긴이)

빈둥거리며 시간을 때우는 일에는 선배의 대가급인 방송사 테크마저도 오늘의 F&F에서는 지겨워 미칠 지경이다. 이 열악한 동네에서 동분서주하며 모든 장비를 버스에서 내려 여기 뒤쪽에 의자를 만든 뒤에는 아무 할 일이 없지만 그렇다고 어디 갈 수도 없다. 현장 프로듀서가 불시에 테이프 피드 좀 도와달라고 요청할지도 모르기 때문이다. 테크들이 지독한 지루함에 대처하는 방법은 극도로 굼뜨고 무기력해지는 것이다. 오토만에 줄지어 앉은 모습은 아직 충분히 데워지지 않은 진열장 속 도마뱀 같다. 무언가를 읽는 사람은 아무도 없다. 맥박 수는 약 40이다. ABC 카메라맨은 눈을 감다시피한 채 불편한 자세로 낮잠을 잔다. CBS와 CNN의 테크들은 카드놀이를 좋아하지만 오늘은 그럴 기운조차 없어서 예전에 했던 놀이 중에서 기억에 남는 것을 복기하고 있다. 〈롤링 스톤〉이 이곳 뒤쪽의 테크들에 합류하자 마감 기자들의 고충과 긴장에 대해, 타이핑하는 기자들의 어깨 너머를 엿보는 게 왜 결례인지에 대해 짧고도 썩 불쾌하지는 않은 토론이 벌어진다. 배분되지 않은 파워스트립 멀티탭 여러 개가 바닥에 널브러져 있어서, 한동안 테크들은 모든 파워스트립 멀티탭에 뭔가를 꽂은 채 (자기네 말로는) 데스 크리비지라 불리는 놀이를 하는 척하며—과거 F&F룸에서 했던 데스 크리비지의 규칙과 가짜 일화를 들먹이며—디트로이트공짜주간지 친구를 악의 없이 놀리고 있다. 그러다 짐 C.가 마침내 그들이 농담하는 거라며, 극도로 긴장하여 사람들의 심기를 건드리지 않으려고 전전긍긍하는 디트로이트공짜주간지 친구에게 파워스트립을 모두 회수해도 좋다고 말한다.

방송사 테크들—대부분은 외모와 옷차림이 늙어가는 로드 매니저를 당연하게도 닮았지만 THM을 스크럼하거나 촬영할 때는 100퍼센트 프로다—과 어울리고 그들에게 귀를 기울이는 것은 트레일에 있는 그 누구와 어울리고 귀를 기울이는 것에 비해서도 월등하게 유익하다. 매케인의 젊은 스태프와 언론 담당자들이 모두 매우 서글서글하고 느긋하고 재미있고 아이비리그 동아리풍의 매우 호감 가는 동료애를 발휘하는 것은 사실이지만—이번 주에 유행하는 놀이는 서로에게 다가가 목에 가라테 촙 날리는 시늉을 하며 "히이이이얍!"이라는 기합 소리를 원숭이 열두 마리가 짜증 낼 정도로 시끄럽게 내는 것이다—그들의 동료애는 배타적이고 전투를 함께 겪은 부대원들의 전우애와 비슷하며, 그들은 연필을 매우 조심스럽고 서먹서먹하게 대하며 자신이나 선거 운동에 대해서는 비보도 전제로도 통 말하지 않으려 드는데, 후보에게 쏠려야 할 관심을 다른 데로 돌리거나 후보가 언론에서 타격을 입을 말실수를 하면 안 된다고 수뇌부로부터 입단속을 받은 것이 틀림없다.

심지어 테크들도, 너무 들이대면 방어 태세로 돌변할 수 있다. 이곳 플린트 F&F 음향 기사 중 하나가 믿기 힘든 미확인 사건을 들려준다. 1976년 2월 당시 대통령 후보이던 지미 카터의 유세 비행기 화장실에서 나이 많은 테크 친구 몇 명이 정말로 마리화나를 피웠다는 것이다("자네도 알다시피 그때는 지금의 트레일보다 훨씬 자유분방한 분위기였지"). 하지만 나이 많은 친구들의 이름과 전화번호를 묻자—나중에 짐 C.가 설명해 준 바로는 이 또한 심각한 결례라고 한다—음향 기사는 낯빛이 어두워지더니 이름을 대기를 거부할 뿐 아니라 '음향 기사 중 하나'보다 조금이라도 구체적인 묘사가 있을 경우 자신의 이야기가 〈RS〉에 실리는 것을 허용하지 않겠다고 으름장을 놓는 바람에 이 사건은 미확인 상태로 여기 언급될 수밖에 없으며 그 주 내내 이 음향 기사는 어디서든 〈롤링 스톤〉을 볼 때마다 입술을 굳게 다무는데, 그 광경은 서글프면서도 어딘지 으쓱하게 느껴진다.

'OTS'는 앞에서 언급했듯 '흡연 기회'를 일컫는 트레일 용어인데, 극소수의 예외를 제외하면 테크만이 흡연을, 그것도 '많이' 하는 것으로 보이며 버스에서는 연기를 매우 조심스럽게 창밖으로 내뿜겠다고 제안하더라도 흡연이 금지된다. 그러니 F&F의 유일한 좋은 점은 기본적으로 오랜 OTS라는 것이다. 비록 여기서 담배를 피우려면 쌀쌀한 실외로 나가 플린트를 바라보고 있어야 하지만 말이다. 게다가 테크들은 프로듀서에게 허락을 받아야 하며 어디 있을 건지 정확히 알려두어야 한다. 리버프런트 옆문 밖은 주차장으로, 하도 쌀쌀하고 바람이 세서 벙어리장갑을 낀 채 담배를 피워야 하는데(〈롤링 스톤〉은 결코 권장하지 않는 방법이다), 이곳에서 짐 C.와 그의 오랜 친구이자 파트너 프랭크 C.가 트레일의 여러 결례에 대해 자세히 설명하고 이 선거 운동 기자들이 겪는 지독한 고충을 동병상련의 심정으로 구구절절 읊는다. 그들은 여행 가방 인생이어서 옷을 다리느라 늘 애를 먹고, 그날 밤 호텔에 룸서비스가 있길 기도하며, 선거 운동 식단으로 연명하는데, 이것은 기본적으로 당과 카페인이다(당뇨병은 정치부 기자의 진폐증임이 틀림없다). 게다가 끊임없이 마감이 찾아오고, 트레일에서 연필의 유일한 친구는 자신의 경쟁자뿐이다. 경쟁자들의 기사를 늘 읽지만 얕보일까 봐 내색도 못 한다. 스웨터 위에 재킷을 걸치고 후드를 눌러쓴 청년네 명이 기자단의 핌프 모바일 버스 주위를 돌며 서로 창문열어보라고 부추긴다. 그러자 베테랑 테크 두 명이 눈알을 부라리며 손을 내두른다. 핌프 모바일의 운전수는 코빼기도안 보인다. F&F 동안 운전수들이 어디 가는지는 아무도 모른다(여러 설들이 있긴 하지만). 강풍이 부는데 제자리에서 껑충껑충 뛰며 굳이 담배를 피우는 것도 권장되진 않는다. 게다가 NBC 테크들이 말하길 선거 운동 때만 이런 게 아니다. 정치 미디어는 언제나 한 번에 몇 주씩 일종의 상자에 실려이동한다. 사랑하는 이는 이와 연락할 방법이라고는 휴대폰과 1-800 자동 응답 서비스밖에 없는 무척 고독한 신세다. 〈롤링 스톤〉의 추측에 따르면 테크에서 12M에 이르기까지 McCain2000 기자단의 모든 사람이 결혼반지를 끼고 있는것은 이 때문인지도 모르겠다. 집에서 나를 기다리는 사람이 있다고 느끼는 것은 이들에게 중요한 일이다. (짐 C.는 아내가 자신의 건강을 다소 강박적으로 사사건건 관리하려 드는 것만 빼면 자신이 최소한의 사리 분별을 잃지 않는 것은 아내가 트레일에 함께 있기 때문이라고 말한다. 이에 대해 프랭크 C.는 자신이 최소한의 사리 분별을 잃지 않는 것은 아내가 트레일에 함께 있지 않기 때문이라며 농을 건넨다.) 두 사람 다 필터 없는 담배를 피운다. 〈롤링 스톤〉은 매일 밤 호텔에서 지내는 고충을 언급하는데, 이것은 나의 결례로 인해 소식통의 역할을 거부하기 전에 익명의 음향 기사가 말해 준 바로는 매케인 선거 운동 미디어의 스트레스 원인 제1호였다. 관목은 골프장과 요정 분수와 상주 마사지사 부르는 단축 번호가 있는 오성급 호텔에서 묵는 것이 틀림없다. McCain2000은 그렇지 않다. 이들은 매리엇, 코트야드 바이 매리엇, 햄프턴 인, 시그니처 인, 래디슨, 홀리데이 인, 엠버시 스위트를 선호한다. 길 위의 기자로서의 자질이 전무한 〈롤링 스톤〉은 다음과 같은 것들을 들먹인다. 영혼을 좀먹는 체인 호텔의 익명성, 객실들의 끔찍한 일시적 같음, 침대보마다 똑같은 꽃무늬, 여러 개의 저조도 조명, 벽에 볼트로 고정된 빛 바랜 그림, 환풍기의 정신 분열적 속삭임, 슬픈 새기카펫, 낯선 세정제 냄새, 벽에서 뽑아 쓰는 클리넥스, 녹음된 모닝콜, 암막 커튼, 한 번도 열리지 않는 창문. 메뉴 채널을 여덟 칸 회전하면, 똑같은 텔레비전에 설치된 똑같은 케이블에서 "＿＿＿＿＿＿에 오신 것을 환영합니다"라고 말하는 똑같은 목소리. 객실의 모든 것에서 수천 번의 손길이 닿은 듯한 느낌. 다른 투숙객의 물 내리는 소리. 〈RS〉

는 미국의 전체 자살 건수 중 절반 이상이 체인 호텔에서 벌어진다는 게 놀랄 일이냐고 묻는다. 짐과 프랭크가 무슨 말인지 안다고 말한다. 버스 주위를 얼쩡거리던 젊은이들이 마침내 포기하고 물러나자 프랭크가 작별 인사로 스키 장갑을 쳐들어 보인다. 〈RS〉는 체인 호텔의 주된 역설을 언급한다. 그것은 어떤 느낌도 없는 환대 형식이다. 청결은 위생이 되고 직원의 공손함은 모호한 나무람이 된다. '호텔 "투숙객"'이라는 소름 끼치는 모순 어법. 지옥과 체인 호텔은 백지 한 장 차이이다. 매케인의 포로 수용소가 하노이 '힐튼'으로 불린 것이 우연일까? 짐이 어깨를 으쓱하고 프랭크는 익숙해지라고, 골머리 썩이지 않는 게 상책이라고 말한다. 방송사의 카메라 및 음향 테크들은 선거 운동 현장에서 장기간 근무하면서 어마어마한 초과 근무 수당을 받는다. 프랭크 C.는 1월 초 이후로 휴가 없이 McCain2000과 함께했으며 부활절까지 교대하지 않을 예정이다. 이 돈으로 먹고살 수 있는 석 달간 그는 인디 음반을 엔지니어링 하고, 11시까지 자고, 호텔이나 스크럼이나 하루 종일 버스에서 덜컹거리느라 앓게 되는 기묘한 신장 손상에 대해서는 한 번도 생각하지 않겠다고 한다.

월요일 오후, 미시간에서의 처음이자 유일한 F&F는 〈롤링 스톤〉이 트레일에서 가장 충격적인 자연적 조직화 현상인 셀룰러 왈츠를 처음으로 목격한 날이기도 하다. 리버프런트의 옆문에서 F&F와 화장실이 있는 장소로 돌아가려면 널찍하고 텅 빈 로비 같은 공간을 통과해야 한다. 이 공간을 횡단하는 데는 시간이 오래 걸린다. 판석 벽과 서글프게 허세 부리는 이름이 붙은 리버프런트 연회/회의실의 명판—오크룸, 윈저룸—말고는 90미터 내내 아무것도 없지만, OTS에서 돌아오는 지금 이곳에는 F&F룸 기자단 대여섯 명이 모여 있는데, 다들 프라이버시 보호를 위해 서로 15미터씩 떨어진 채 휴대폰을 귀에 대고 천천히 반시계 방향으로 걷고 있다. 이 작은 궤도들이 셀룰러 왈츠로, 평범한 유선 전화를 들고 낙서를 끄적이거나 몸을 긁는 것의 디지털 버전이라고 할 만하다. 이곳 왈츠의 다양한 원에는 묘하게 사랑스러운 구석이 있다. 지름과 보폭과 회전 속도는 저마다 다르지만 반시계 방향으로 회전하고 휴대폰을 들고 있는 것은 똑같다. 우리 세 사람은 구경하려고 걸음을 늦춘다. 여러분도 그러지 않을 수 없을 것이다. 만일 중이층中二層이 있어서 위에서 내려다보면 왈츠는 기묘한 헐거운 기계의 톱니바퀴들처럼 보일 것이다. 프랭크 C.는, 얼굴을 보건대 뭔가 심상치 않다고 말한다. 짐 C.는 한 손에 엘더베리를 들고 다른 손에 시럽 기침약을 든 채, 재미있는 사실은 적도 이남의 미디어도 똑같은 셀룰러 왈츠를 추는데 다만 회전 방향이 반대라고 말한다.

알고 보니 늘 그렇듯 프랭크 C. 말이 옳았다. 기자단이 잽싸게 나와 로비에서 바쁘게 왈츠를 춘 이유는 우리의 OTS 중 어느 땐가 McCain2000 수뇌부의 마이크 머피 씨가 신선한 두 페이지짜리 보도 자료를 가지고 깜짝 즉석 어베일을 하러 온다는 소식이 F&F룸에 퍼지기 시작했기 때문이다. 트래비스와 토드가 지금도 나눠주고 있는 보도 자료의 첫 페이지는 아래와 같다.

즉시 게재
2000년 2월 7일

연락처: XXXXXXXXXXXXXXXXXXXX
　　　　 XXXXXXXXXXXXXXXXXXX

부시 선거 본부의 네거티브 광고, 비윤리적 '푸시폴'이
현장에서 적발됨

격분한 사우스캐롤라이나 허위 광고 반대 연합은 네거티브 여론 조사 행위를 한목소리로 비판했으며 매케인 자원봉사단은 부시 진영을 현장에서 잡으려고 테이프 리코더를 가지고 대기 중

컬럼비아, SC — 조지 W. 부시 텍사스 주지사 선거대책본부의 기만적 텔레비전 광고와 부시 선대본에 고용된 한 여론 조사 회사가 지난밤 사우스캐롤라이나에서 전화로 실시한 네거티브 '푸시폴'이 전화를 받은 팰머토주 유권자들에게 공분을 일으켰음. 이 시민 중 한 명은 사우스캐롤라이나주 하원의원 린지 그레이엄, 하원 다수당 원내 대표 릭 퀸, 주 하원의원 맨 트립과 함께 오늘 컬럼비아에서 기자 회견을 열어 부시 주지사에게 포지티브 캠페인을 진행하겠다는 서약을 존중하라고 요구했음.

부시 텔레비전 광고에서 가장 뻔뻔한 왜곡 중 하나는 사회 보장 제도를 구하는 일에 2조 달러를 투입하겠다는 공약임. 이 자금은 연금 계획에 전액 투입하도록 법률로 규정되어 있음에도. 다른 하나는 주요 매케인 지지자인 빈 웨버 전 하원의원이 부시의 계획을 호평했다는 허위 광고임.

퀸은 이렇게 말했음. "자신이 사회 보장 혹자를 마련했다는 조지 부시의 주장은 자신이 인터넷을 발명했다는 앨 고어의 주장만큼 진실입니다. 부시의 계획은 사회 보장 신탁 기금에 한 푼도 보태지 않습니다. 요점은 존 매케인의 계획은 옳고 조지 W. 부시의 계획과 그의 텔레비전 광고는 둘 다 완전히 틀렸다는 것입니다."

푸시폴은 여론 조사를 하는 척하면서 실은 거짓이나 오해의 소지가 있는 비난으로 상대 후보를 공격하는 수법으로 양당 정치 전문가 모두에게 비난받고 있음.

전화를 받은 사우스캐롤라이나 주민 한 명은 질문을 꼼꼼히 받아 적었음. 유권자 소비자 리서치(부시의 여론 전문가 얀 밴 로하우젠의 회사로, 통화 시작 때마다 소속과 회사 전화번호를 밝혔음)에서 실시한 이 여론 조사는 아래와 같은 '사실'을 제시하여 여론을 호도했음.

■　　대학, 자선 단체, 교회 기부금에 대한 과세를 2000만 달러 증액하는 [매케인의] 조세 계획에 찬성하십니까?

매케인 조세 계획은 자선 단체 기부금에 과세하지 않음. 현행법에 따르면 부유한 납세자는 그림을 1만 달러에 사서 '친한' 감정인으로 하여금 그 가치를 10만 달러로 추산하게 한 다음 자선 기관에 기부하여 더 많은 소득 공제를 신청할 수 있음. 이 관행은 세금 부담을 중산층 납세자에 부당하게 전가하는 것임.

--다음 페이지에 계속--

XXXXXXXXXXXXXXXXXXXXXXXXXXXXXXXXXXXXXX

XXXXXXXXXXXXXXXXXXXXXXXXXXXXXXXXXXXXXXXXXX

XXXXXXXXXXXXXXXXXXXXXXXXXXXXXXXXXXXXXXXX

XXXXXXXXXXXXXXXX

McCain 2000 등기 법인에서 비용 지불

이 문서의 특이한 점은 McCain2000의 평상시 보도 자료가 무의미한 일정의 나열—"매케인이 오늘 미시간 선거 운동을 계속함", "매케인이 사우스캐롤라이나 VFW 야유회에서 감자 샐러드를 두 그릇 먹음"—이기 때문만이 아니라 마이크 머피 정도 되는 인물이 선거 운동 수사修辭의 어조를 이토록 재빨리 바꾸게 됐다는 점 때문이기도 하다. 나이가 37세에 불과하지만 더 들어 보이는 머피는 매케인 선거대책본부 수석 전략가로, 이미 열여덟 번의 상원의원 및 주지사 선거를 승리로 이끈 베테랑 정치 컨설턴트이며 앞에서 언급했듯 특급의 매케인 프레스 살롱에서 꾸준하고 신랄한 존재감을 과시한다. 그는 키가 작고 하체가 발달했는데, 피부색은 효모를 연상시킬 만큼 허옇고 커다란 머리의 머리카락은 아기처럼 고운 붉은색이며 많은 음악가와 대학생이 쓰고 다니는 국제적으로 너드 같은 뿔테 안경 뒤로 졸린 거북 눈이 보인다. 다리는 짧고 굵으며 손가락은 뭉툭하다. 언제나 의자에 파묻혀 있거나 무언가에 기대고 있다. 모순 어법인지도 모르겠지만 마이크 머피의 생김새는 거대한 난쟁이라고 할 만하다. 정계의 프로들 사이에서 그의 평판은 (1) 지독하게 똑똑하고 웃기다는 것, (2) 추잡함의 오페라라고 불리기에 손색 없는 선거판에서 올리버 노스, 뉴저지의 크리스틴 토드 휘트먼, 이곳 미시간의 존 엥글러 같은 고객을 위해 일하는 진짜 도사견이라는 것이며, 〈NY 타임스〉에서 고상하게 표현하길 "업계에서 저돌적이기로 손꼽히는 광고들"을 만든 것으로 유명하다. 그는 손을 허리에 대고 F&F룸의 벽에 기댄 채 앞뒤로 사뿐사뿐 뛰는 동작을 하고 있는데, 옷은 일주일 내내 입고 있을 것처럼 보이며—노란색 능직 바지와 갈색 왈라비 가죽 구두, 아주 오래됐고 매우 산뜻해 보이는 갈색 가죽 재킷 차림이다—180도 각도의 호를 그린 원숭이 열두 마리에게 둘러싸여 있다. 원숭이들은 모두 스테노 노트나 작은 전문가용 테이프 리코더를 꺼냈으며 흥분에 휩싸인 채 헛기침을 하고 안경을 밀어 올린다.

머피는 눈에 거슬리는 보도 자료에 대해 기자단에게 보충 설명을 하려고 "잠깐 들렀"다며, 매케인 선거대책본부에서 제작한 특별 '대응 광고'가 내일 사우스캐롤라이나에서 전파를 탈 것이라고 덧붙인다. 머피는 '대응'이나 '대응 광고'라는 단어를 2분 동안 아홉 번 사용하는데, 원숭이 열두 마리 중 하나가 그의 말을 끊고 이 새로운 광고를 네거티브로 규정해도 되겠느냐고 묻자 마치 상처라도 지혈하는 듯한 표정을 지어 보이며 아주 천천히 "아르-이-에스-피-오-엔-에스-이"(대응)라고 철자를 읊는다. 그는 F&F룸의 문과 작고 둥근 탁자(안 먹은 샌드위치가 쌓여 있는데 보아하니 시간이 꽤 흐른 듯하다.) 사이의 벽에 기댄 채 사뿐사뿐 뛰고 있는데, 원숭이 열두 마리와 현장 프로듀서 몇 명과 하급 연필이 그 주위로 반구 스크럼을 짜고 여러 기자들이 뒤에 합류하거나 떨어져 나와 이 새로운 사건 전개를 본부에 전화로 알린다.

마이크 머피는 반구 스크럼을 향해 보도 자료와 새로운

광고는 1월에 두 후보가 양자 간에 포지티브 선거 운동을 진행하겠다며 공개리에 악수로 맺은 합의를 G. W. 부시 주지사가 깨뜨린 것에 대응한다는 McCain2000 선거대책본부의 결정이 반영된 것이라고 말한다. 그의 말에 따르면 관목은 지난 닷새 동안 주로 뉴욕과 사우스캐롤라이나에서 매케인의 정책 제안을 (머피의 표현을 빌리자면) "고의로 왜곡하"는 광고를 내보냈다. 게다가 푸시폴도 있다(위의 보도 자료를 보라). 이것은 추잡한 선거 전술 중에서도 막장으로 간주되는 행위다(린지 그레이엄 하원의원은 이튿날 THM에서 매케인을 소개하며 사우스캐롤라이나 청중에게 푸시폴을 '현대 정치의 크랙 코카인'으로 묘사할 터였다). 하지만 절대로 용납할 수 없는 최악의 만행은 하루 이틀 전에 관목과 함께 단상에 오른 과격하고 틀림없이 악명 높은 '극단주의적 참전 군인'이 존 매케인이 베트남에서 돌아온 뒤에 "전우들을 저버렸"다고 공개리에 비난한 것이라고 머피는 강조한다. 이것은 매케인 상원의원의 상세한 개인적 이력과 20년 가까운 기간 동안 참전 군인을 위해 벌인 영웅적 입법 활동을 논외로 하더라도—여기서 머피의 목소리가 한 옥타브 올라가고 뺨 위쪽에 색색의 반점이 생기는 것을 보면 그가 개인적으로 상처를 입고 억울해하는 것이 분명한데, 이는 그가 존 S. 매케인 3세를 진정 개인적으로 좋아하고 믿거나, 아니면 명배우들이 큐 사인에 울음을 터뜨릴 수 있듯 뺨에 성난 반점을 자의로 생기게 하는 무시무시한 능력을 가졌다는 뜻이다—최소한의 개인적 품위와 명예의 선을 명백히 넘었으므로 모종의 대응이 불가피하다고 머피는 말한다.

이런 공방에는 잔뼈가 굵은 프로인 원숭이 열두 마리는 관목이 무슨 짓을 했느냐가 아니라 매케인이 직접 이 대응 광고를 내보내기로 결정한 이유에 대해 뭔가 인용할 만한 설명을 머피로부터 얻어내려 하고 있다. 트래비스와 토드가 새 복사기에서 꺼내어 배부하고 있는 이 광고를 여러 당사자의 허락하에 아래에 싣는다.

영상 녹취
라디오: **텔레비전: XX**
날짜: 2000년 2월 6일 **시간:** :30
프로듀서: 스티븐스 리드 커시오 앤드 컴퍼니

고객: McCain 2000
제목: "다급함"   **초안**
코드:
영상: **음성:**
                 매케인: "이런 일이 일어날 줄 알았습니다.

부시 주지사의 선거 운동이 저에 대해 네거티브 광고를 내보낼 정도로 다급해지고 있습니다.

사실 저는 흑자를 활용하여 사회 보장 제도를 바로잡고 여러분의 세금을 인하하고 부채를 상환할 것입니다.

부시 주지사는 모든 흑자를 조세 감면에 쓰며 사회 보장 제도나 부채 상황에는 한 푼도 더 투입하지 않습니다.

그의 광고는 클린턴처럼 진실을 왜곡합니다. 우리는 모두 그런 짓에 신물이 났습니다.

저는 대통령이 되면 보수적으로 행동할 것이며 무슨 일이 있어도 여러분에게 진실만을 말할 것입니다.

이 광고 녹취에 대해 12M은 '클린턴처럼 진실을 왜곡하다' 구절이 정말로 네거티브처럼 보인다고 지적한다. 2000년 선거 운동에서 공화당 후보를 빌 클린턴과 비교하는 것은 그가 사탄을 숭배한다고 주장하는 거라 마찬가지이기 때문이다. 하지만 마이크 머피는—수석 전략가로서 그의 임무 중 하나는 매케인 본인에 대한 어떤 전술적 비판에 대해서도 일종의 시선 돌리기용 피뢰침 역할을 하는 것이다—자신이 이 광고의 '강력한 대응' 배후의 실제 원동력이었으며 이 광고를 "아주 거세게 밀어붙여" "많은 고뇌" 끝에야 마침내 "선거대책본부"의 동의를 이끌어낸 것은 "매케인 상원의원은 우리 모두가 자랑스러워할 수 있는 선거 운동을 자신이 바란다는 사실을 여러분에게 매우 명확히 했기 때문"이라고 말한다. 하지만 정치부 기자가 정말로 잘하는 것 중 하나는 자신이 원하는 답이 나오지 않았을 때 문구를 아주 살짝만 바꿔가며 똑같은 원론적 질문을 던지고 또 던지는 것이다. 이렇게 몇 분이 지나자 머피가 마침내 팔을 내두르며 일종의 대체무슨짓을하려는거요식의 태도로 이렇게 말한다. "이봐요. 그자들이 우리 후보를 닷새 동안 비방하는데 아무런 보복을 하지 않을 수는 없다고요." 그러자 '대응'과 '보복'에 어떤 의미상 차이가 있는지 꼬투리 잡는 질문이 몇 분간 이어진 끝에 머피가 천천히 탁자 위로 손을 뻗어 샌드위치 하나를 임상적 호기심을 가지고 쿡쿡 찌르며 말한다. "부시가 네거티브 광고를 내리면 우리도 대응을 즉각 중단할 겁니다. 당장이요. 이 문구 그대로 써주세요." 그러고는 돌아서서 자리를 뜬다. "이 말씀 드리려고 들른 겁니다." 그의 가죽 재킷 등판에는 와이트아웃™(수정액) 아니면 새똥의 얼룩이 묻어 있다. 머피는 좋아하지 않기 힘든 인물이지만, 그것은 그의 후보와 전혀 다른 방식에서다. 매케인이 잔혹하리만치 솔직하고 직설적인 반면에 머피의 태도는 자신의 교활함을 조롱하는 것처럼 보일 만큼 해맑게 교활하고 음흉하다. 하지만 직설적일 때도 있다. 스크럼의 최연장자이자 최고 엘리트 12M 중 하나가 마지막으로 이렇게 외친다. 어쨌거나 이 경주에서 어느 후보도 총구로 위협받지는 않았으며 부시에게 "따옴표 열고 대응 따옴표 닫고"하기를 거부하고 "고결함을 유지하"는 것이야말로 매케인이 할 수 있었던 일임을 마이크 (원숭이들은 그를 마이크라고 부른다)가 인정해야 했던 것 아니냐고 말이다. 머피가 어깨 너머로 내뱉는 마지막 말은 이것이다. "평화주의자를 원하면 브래들리[25]를 지지하시든가."

존 매케인이 새기노로 향하기 위해 특급에 다시 올라탈 준비가 되기까지는 적어도 30분이 남았는데(주의: 나중에 밝혀진바 매케인은 오늘 목이 따가웠는데, 스태프는 기자단을 휩쓴 바로 그 캠페인 독감에 매케인도 걸린 게 아닌가 하는 발작적 공포에 휩싸였으며[짐 C.의 캠페인 독감은 기관지염을 거쳐 아마도 가벼운 폐렴으로 악화했으며, 그가 정말로 아팠기에 사우스캐롤라이나에서

---

25 2000년 대선에서 민주당 대통령 후보로 예비 선거에 참여한 빌 브래들리.(옮긴이)

의 사흘 동안 불싯1의 나머지 모든 정규 멤버는 그가 긴 DT 동안 카우치에서 수면을 취할 수 있도록 자리 배치를 바꿨고 짐은 금요일이 되어서야 항생제를 복용할 자유 시간을 얻을 터였으며 여전히 일주일 내내 일에 매달려 모든 연설과 스크럼을 촬영했고 〈RS〉의 의견으로는 무척이나 용감하고 원숭이 열두 마리와 달리 캠페인 독감에 대해 앓는 소리를 하지 않았는데, 상당수 원숭이는 끊임없이 체온을 재고 림프샘을 만져보고 휴대폰에 대고 교대시켜 달라고 징징거리는 통에 사우스캐롤라이나에서의 일주일 중 중반이 되자 원숭이는 아홉 마리, 이내 여덟 마리밖에 남지 않았으나 테크들은 전통을 존중하는 의미에서 그들을 여전히 원숭이 열두 마리라고 불렀다] 나중에 알고 보니 플린트 F&F가 그렇게 길게 연장된 것은 McC. 여사와 웬디와 McCain2000 정치부장 존 위버가 매케인으로 하여금 목을 헹구고 증기를 들이마시고 에키나세아[26]를 복용하게 하느라 그랬던 것이었다), 그동안 테크들은 장비를 점검하고 리버프런트 정문에서 스크럼 채비를 갖추면서 〈롤링 스톤〉의 보도 자료 요약과 머피의 논평에 귀를 기울이고 관목이 실제로 네거티브를 했다는 데 동의하고 나머지 시간은 플린트 F&F에서 조용히 부시2의 네거티브 전략과 매케인의 대응을 전술적 관점에서 분석한다.

　　앞에서 언급한 그들의 침착함과 단결심을 논외로 하더

26　오랫동안 미국 민간 요법에서 만병통치약으로 널리 알려졌으며, 지금도 감기 예방을 위해 매년 수백만 명이 사용하는 약초.(옮긴이)

라도 여러분은 이번 주 〈롤링 스톤〉의 언론인으로서의 유일무이한 성과가 이 카메라 및 음향 기사들과 어울려 시시덕거리게 된 것임을 알아야 한다. 이것은 방송사 뉴스 테크들—모두가 숱한 선거 운동에서 일했으며, 이들에게는 시야를 혼탁하게 하는 기자들의 맹렬한 에고도 McCain2000 스태프의 정치적 사익도 없다—이 우리가 신문·잡지에서 읽거나 텔레비전에서 보는 어떤 사람보다 더 예리하고 합리적인 정치 분석가이며 오늘의 네거티브 논란에 대한 이들의 평가가 어찌나 균형 잡히고 세련되었던지 발췌하여 여기에 요약할 수 있는 것은 그중에서 극히 일부에 불과할 정도이기 때문이다.

네거티브 전략은 위험하다. 여론 조사에 따르면 대다수 유권자는 네거티브를 무척 혐오하며, 추잡한 인물로 인식되는 후보는 대개 대가를 치른다. 그렇기에 '왜 Bush2000이 네거티브 카드를 꺼냈는가'야말로 가장 먼저 물어야 할 중대한 질문이라는 것에는 모든 테크가 동의하는 바다. 한 가지 가능한 설명은 관목이 매케인의 뉴햄프셔 승리에 개인적으로 엄청난 충격과 공포를 느낀 탓에 버릇없는 아이처럼 악담을 하고 최대한 매케인에게 해코지를 하려 든다는 것이다. 하지만 테크들은 이 설명을 거부한다. 버릇없는 아이이든 아니든 부시 주지사는 자신의 선거 참모들이 만든 피조물이고, 이들은 7000만 달러와 공화당 주류의 모든 믿음과 신용으로 살 수 있는 최고의 참모이며, 이들은 버릇없는 아이가 아니라 노회한 전술 전문가이므로, Bush2000이 네거티브로 갔다면 그 뒤에는 탄탄한 정치 논리가 있을 수밖에 없다는 것이다.

알고 보니 이 논리는 정말로 탄탄하고 심지어 영감을 받은 것이었으며, NBC, CBS, CNN의 테크들이 여기에 살을 붙이는 동안 ABC 카메라맨은 보급이 들쭉날쭉하기로 악명 높은 유세 비행기를 타고 오늘 밤 남쪽으로 날아갈 것을 대비하여 비상용 샌드위치 몇 개를 렌즈 가방에 챙긴다. 관목의 공격에 대해 매케인이 취할 수 있는 방안은 두 가지다. 매케인이 보복하지 않으면 일부 사우스캐롤라이나 유권자는 그가 고결함을 유지하는 것에 신뢰를 보낼 것이다. 하지만 이것이 소심하게 비쳐서, 워싱턴 도둑 정치[27]에 맞설 용기를 지닌 강인하고 얄짤없는 남자라는 매케인의 이미지가 훼손될 수도 있다. 대응하지 않는 것은 '도발 회피'처럼 보일 수도 있는데, 군 출신인 데다 군사력 재건과 단호한 외교 정책을 강조하는 후보에게는 유리할 리 없다. 재향 군인과 총기광 비율이 어느 주보다 높은 사우스캐롤라이나에서는 말할 것도 없다. 그러니 매케인이 반드시 받아쳐야 한다는 것이 테크들의 중론이다. 하지만 이것은 극히 위험하다. 보복한다는 것은 머피의 온갖 교묘한 회피에도 불구하고 매케인 자신이

---

27 kleptocracy. 보통 독재 국가에서 나타나는 통치 행태로, 좁은 의미로는 빈국에서 통치 계층이나 정부에 의해 이루어지는 부패 체제를, 넓은 의미로는 고질적 부정부패와 정경 유착을 뜻하는 도당 정치가 자행되는 체제를 이르는 말.(옮긴이)

네거티브를 시작한다는 뜻이므로, 야심에 사로잡혀 무슨 수를 써서라도 이기려 드는 한낱 정치인처럼 보일 위험을 무릅쓰는 것이기 때문이다. 그를 정반대 이미지로 빚기 위해 이미 수많은 시간과 노력과 돈이 들어간 상황에서 말이다. 게다가 관목이 매케인을 "자기 수준으로 끌어내리"(이것은 루이지애나 출신의 CBS 카메라맨이 쓴 표현이다. 그는 평균적 테크보다 키가 약간 작아서 나머지 모든 장비와 더불어 스크럼 때 카메라를 들고 올라설 작은 알루미늄 발판 사다리를 가지고 다녀야 하는데, 이 때문에 움직임에 제약이 있지만 나머지 테크들이 동의하는바 언제나 사다리를 놓을 완벽한 장소를 찾아내고 본부가 바라는 장면에 딱 맞는 각도에서 촬영하는 거의 비교秘敎적인 재능으로 이를 보완하여 짐 C.가 이 왜소한 남부인이 "기술적으로 누구에도 뒤지지 않는"다고 말하는 인물이다)는 것을 매케인이 감당할 수 없는 훨씬 커다란 이유는 부시가 이에 맞서 보복에 대해 보복하면 매케인이 부시의 보복에 대해 재보복해야 하는 악순환이 벌어지고 공화당 경선 전체가 금세 뻔하고 한심하고 냉소적인 공방으로 전락하여 유권자, 특히 냉소에 도가 튼 청년 유권자를 돌아서게 하고 예비 선거에서 소외시킬 수 있기 때문이라고 〈롤링 스톤〉과 공짜 디트로이트 주간지의 애송이 연필이 감히 지적하는바, 지금 둘 다 12M이 머피의 말을 받아적듯 테크의 말을 열심히 받아 적는 중이다. 테크들은 그거야 그렇지만 여기서 정말로 중요한 전술적 요점은 존 S. 매케인이 유권자의 외면을 감당할 수 없다는 것이며 그 이유는 사람들,

특히 온갖 네거티브와 추잡한 정치놀음에 신물이 나서 투표를 그만둔 사람들을 자극하고 격려하여 더 많은 유권자를 끌어들이는 것이야말로 그의 전략을 오롯이 떠받치는 토대이기 때문이라고 말한다. 그 말을 달리 표현하자면 공화당 경선을 추잡한 네거티브로 전락시켜 유권자들이 모든 것을 지겨워하고 냉소하고 혐오하여 아예 투표조차 하지 않도록 하는 것이야말로 실은 관목 자신의 정치적 이익에 부합할지도 모른다는 것이 〈RS〉와 디트로이트공짜주간지 애송이가 테크들에게 제시하는 의견이다. ABC 테크들의 대답은 한마디로 '두말하면 잔소리지 셜록 H.'인데, 우리의 오랜 말벗 프랭크 C.는 그 말이 맞다고, 투표율이 낮으면 엉덩이를 들어 투표하는 사람의 대다수는 골수 공화당 지지자, 즉 기독교 우파와 공화당 충성파일 것이며 이들은 공화당 주류가 시키는 대로 투표하는 집단인데, 앞서 언급했듯 주류는 모든 자금과 신용을 관목에게 투자한 상태라고 더 자상하게 설명한다. CNN의 마크 A.는 팔로 가는 혈류를 증가시키는 특수 스트레칭을 하다가(음향 테크들이 팔을 애지중지하는 이유는 스크럼에서 붐 마이크를 정확한 위치에 갖다 대려면 팔을 쭉 편 채 3미터짜리 스틱과 2킬로그램짜리 붐 마이크[족제비 무게는 별도]를 수평으로 오랫동안 들어 올리고 있어야 하기[이게 쉽다고 생각된다면 대걸레나 가지치기 장대를 들고 있어 보라] 때문인데, 거기에다 끝에 달린 무거운 마이크가 흔들리거나 카메라를 가리거나 [신이여 용서하소서, 여기에 대해서는 무시무시한 괴담들이 있는데] 후보의 정수리를 내리쳐서도 안 된다) 짬을 내어 놀랍도록 실물 같은 앨 고어가 민주당 경선에서 빌 브래들리를 상대로 그토록 무자비하고 실망스러운 네거티브 공세를 펴는 것 또한 같은 이유에서라고 한마디 거든다. 고어는 관목과 마찬가지로 자기 당 주류와 더불어 당의 모든 조직과 자금과 시키는 대로 일사불란하게 투표하는 골수 지지자를 등에 업었기 때문에, 민주당 예비 선거에 유권자를 최대한 '적게' 끌어들이는 것은 빅 앨(과 그의 정당의 보스들)의 이익에 부합한다. 전체 투표율이 낮을수록 주류 유권자의 표가 차지하는 비중이 실제로 커지기 때문이다. 단신이지만 매우 존경받는 CBS 카메라맨 말마따나 이 사실은 선출된 대표자들이 낮은 투표율을 늘 개탄하고 우려하면서도 정치를 덜 추하거나 덜 한심하거나 실제로 더 많은 사람의 투표를 유도하려는 실질적인 대책을 하나도 추진하지 않는 이유를 설명한다. 선출된 대표들은 현직인데, 소프트 머니가 현직에 유리하듯 낮은 투표율도 현직에 유리하기 때문이다.

여기서 잠시 〈롤링 스톤〉의 공익 광고를 하나 보고 가자. 여러분이 인구학적으로 청년 유권자라고 가정한다면, 여러분의 귀한 시간을 잠시 할애하여 테크들의 마지막 논지 두어 가지가 무슨 의미인지 생각해 보는 것은 가치 있는 일이다. 정치가 지겹고 신물 나서 투표하지 않는 것은 두 주요 정당의 굳건한 주류에 투표하는 것이나 마찬가지다. 그들은 (부디 믿어주시라) 바보가 아니며 여러분으로 하여금 혐오하

고 지겨워하고 냉소하게 하여 예비 선거일에 집에서 대마초
나 처빨고 MTV나 처볼 온갖 심리학적 이유를 대는 것이 자
기네에게 유리하다는 것을 예리하게 자각한다. 원한다면 집
에 처박혀 있는 거야 여러분 자유다. 하지만 자신이 투표하
지 않는 거라는 개소리는 하지 말라. 실제로도 그렇다. **투표
하지 않는다는 것은 불가능한 일이다.** 투표함으로써 투표하
거나 집에 처박혀 골수 지지자들 표의 비중을 암묵적으로
늘려줌으로써 투표하거나 둘 중 하나다.

어쨌거나 이제 플린트 F&F룸의 모든 기자들은 모뎀 연
결을 끊고 디스켓을 꺼내고 짐을 꾸려 새기노에서 열리는 공
화당 링컨 기념일 만찬에서 존 매케인의 1800h 연설을 취재
할 채비를 갖춘다. 새기노 만찬에서는 엉클 샘처럼 차려입은
공화당 지지자가 2.5미터짜리 죽마를 타고 등장하여 어둑어
둑한 만찬장을 비틀거리며 오만 물건 사이를 지나다니다 방
송국 제작진의 발판에 여러 번 부딪힐 뻔하고 모든 사람의
신경을 긁을 것이며 원숭이 열두 마리가 수석 웨이터를 구
워삶거나 공갈하여 자기네를 예약 불발 테이블에 앉히고 만
찬을 가져다주도록 하는 동안 나머지 기자단은 모두 만찬장
뒤쪽에 서서 살짝 돈 〈이코노미스트〉 친구가 아무도 안 볼
때 막대빵을 캐비지하는 일을 도울 것이다. 매케인이 직설
특급에 탑승할 때 테크들이 그의 주위로 스크럼하여 장비
를 설치하는 광경은 병사들이 군장을 꾸리는 것과 약간 비
슷하다. 스크럼의 테크들은 수많은 칸막이식 가방과 케이스

를 등과 가슴에 가로질러 메고 허리에 둘러 잠그고, 고가의 기계들에 필터와 테이프와 여분의 전지를 장착하여 복잡한 코드와 동축 케이블로 서로 연결하고, 고역 필터 붐 마이크를 족제비로 감싸고, 스틱을 골라 마치 괴물 곤충의 주둥이 모양으로—음향 기사들의 스틱과 마이크는 정말 이렇게 생겼다—조금씩 까딱거릴 때까지 조심스럽게 늘이면서 매케인과 보조를 맞추고 그가 뉴스 가치 있는 발언을 할 것에 대비하여 그의 머리를 화면 중앙에 고정하고 기다란 스틱의 마이크 바로 아래에 두려고 노력한다. 매케인은 새파란 핀 스트라이프 양복을 입었으며 안색은 캠페인 독감의 열 때문인지 전술적 아드레날린 때문인지 홍조를 띠고 있다. 그가 리버프런트 로비를 지나 스크럼을 향해 걸어간 자리에 고급 애프터셰이브의 잔향이 희미하게 남아 있다. 뒤에서 보니 신디 매케인은 손톱을 공들여 손질한 손으로 매케인의 어깨에 붙은 보이지 않는 보풀을 털어내고 있는데, 하긴 이런 순간에는 이 남자에게 열광하고 그를 정말로 좋아하고 자신이 생각할 수 있는 온갖 현실적인 방법으로 그를 지원하고 싶다고 느끼지 않기가 힘들다.

게다가 스크럼을 위해 장비를 설치할 때마다 최고의 장면이 펼쳐지는데, 그것은 카메라맨이 묵직한 4만 달러짜리 카메라를 로켓 발사기처럼 어깨에 메고 안전끈을 반대쪽 팔 아래로 팽팽히 당기고는 카메라 무게 때문에 몸이 기우뚱한 채 클립을 능숙하게 끼워 넣는 광경이다. 짐 C.는 카메라를 오른쪽 어깨 위로 들어올릴 때 일부러 목소리를 굵게 하여 "기운 내, 심바"라고 말하는 습관이 있다. 그와 프랭크 C.는 미식축구 선수들이 큰 경기를 앞두고 전의를 북돋우려고 헬 멧을 부딪치듯 곧잘 소소한 팬터마임을 한다. 물론 장비들이 닿거나 줄이 엉키지 않도록 조심하기는 하지만.

어쨌거나 테크들의 평가는 부시2의 네거티브 공세가 전 술적으로도 탄탄하고 정치적으로도 훌륭하며 매케인의 전 략가들이 위태로운 줄타기를 할 수밖에 없다는 것이다. 매 케인의 계획은 자신에게 뉴햄프셔를 안겨준 고결한 이미지 를 잃지 않으면서 보복하는 것이다. 마이크 머피가 후보 옆 에 있어야 할 귀한 시간을 떼어 F&F를 찾아서는 부시의 공 격이 선을 넘었기에 매케인으로서는 '대응'하는 것밖에 도리 가 없음을 원숭이 열두 마리에게 꼬치꼬치 숟가락으로 떠먹 여 준 것은 이 때문이다. McCain2000 선거대책본부는 각국 이 여론전을 벌이듯 오늘의 보복에 대한 언론 플레이를 전 개해야 했으니 말이다. 즉, 매케인은 자신이 실제로 공격적 인 것이 아니라 단지 공격을 격퇴할 뿐인 것처럼 보이게 해 야 하는 것이다. McCain2000이 이 목표를 달성하려면 아 귀가 딱딱 들어맞아야 하고 엄청나게 교묘해야 한다. 녹취 본이 배부될 때 테크들이 제시한 의견에 따르면 내일의 '대 응 광고'는 유망한 출발점이 아니다. 아귀가 맞는 교묘한 수 법도 아니다. 12M이 머피를 물고 늘어진 '클린턴처럼 진실을 왜곡하다' 구절은 더더욱 그렇다. 이 구절은 너무 비열하다.

McCain2000은 부시의 광고에서 몇몇 "안타까운 오류"를 끈기 있게 "바로잡"고 푸시폴 중단을 "정중하게 요청하"(따옴표 안에 있는 구절은 모두 짐 C.가 제안한 용어다)고 고결한 논조를 유지하는 훨씬 점잖고 지혜로운 광고를 만들어 낼 수도 있었다. 실제 광고의 '클린턴처럼 왜곡하다'는 고결하게 들리지 않는다. 화가 나고 공격적인 것처럼 들린다. 그러면 부시가 반격에 나서 악수 합의를 깨고 제11계명(="공화당 동지를 험담하지 말지어다". 골수 공화당 지지자들이 무척 중요시하는 계명이다)을 어기고 선을 넘은 것은 '매케인'이라고 말할 수 있을 것이다. ……물론 테크들은 이 또한 개소리라고 말하겠지만, 아마도 효과적인 개소리일 것이다. 그리고 관목에게 그럴 여지를 주는 것은 매케인의 공격적 광고다.

이것이 실수라면 왜 매케인은 이렇게 하고 있는 걸까? 이제 테크들은 버스에 타고 있다. 호텔 퇴장 스크럼은 끝났지만 새기노 입장 스크럼은 아직이다. 10분만 가면 되기 때문에, 카메라를 내려놓고 스틱을 접기는 했어도 여전히 모든 장비를 메고 있어서 불편한 자세로 꼿꼿이 앉아 과속 방지턱이 나올 때마다 얼굴을 찡그린다. 핌프 모바일의 거울 천장으로 보니 더더욱 외계 해안 교두보를 향하는 SF 전투 부대처럼 보인다. '클린턴처럼 진실을 왜곡하다' 배후의 동기에 대한 테크들의 기본적 분석은 매케인이 순전히, 개인적으로 관목에게 열받아서 마이크 머피의 재갈을 풀어주어 머피의 최고 장기인 진흙탕 싸움을 벌이게 했다는 것이다. 어쨌거나

매케인은 성깔 있는 사람으로 알려져 있으며(지금까지의 선거
운동에서는 성깔을 극도로 절제하여 한 번도 공공연히 드러낸 적은
없지만) 짐 C.의 생각에 따르면 관목의 전략가들이 써먹은 정
말 기발한 수법은 매케인을 순전히, 개인적으로 열받게 하
여 존 위버와 수뇌부가 Bush2000의 장단에 놀아나지 말라
고 경고했음에도 매케인이 네거티브 전략을 쓰고 싶어 하게
만드는 방법을 찾은 것이었다. 이 분석을 들으니 〈롤링 스톤〉
의 머릿속에는 〈대부〉의 한 장면이 불현듯 떠오른다. 소니 코
를레오네의 치명적 약점은 그의 성깔인데, 바르지니와 타탈
리아는 이를 이용하여 카를로에게 코니를 두들겨 패게 한다.
소니는 미친 듯 격분하여 카를로를 죽이려고 나서지만 리치
먼드 공원 도로 요금소에 매복한 바르지니에게 도리어 암살
당하고 만다. 짐 C.는 18킬로그램짜리 장비를 짊어진 채 땀
을 비오듯 흘리고 기침하지 않으려 애쓰면서 둘 사이에 비슷
한 점이 있는 것 같다고 말한다. 랜디 밴 R.(과묵하지만 영화
애호가인 CNN 카메라맨)는 관목의 수뇌부가 정말로 〈대부〉에
서 바르지니가 쓴 기발한 수법을 전략의 토대로 삼았을지도
모른다고 추측하는데, 이에 대해 프랭크 C.는 코니 코를레오
네의 뺨을 후려친 사건을 부시2에 빗대자면 매케인이 전우
를 버렸다고 주장한 미친 베트남 참전 군인에 비유할 수 있
다고 주장한다. 언뜻 보기에는 부시 쪽에서 멍청하고 불필요
하게 추잡한 짓을 저지른 것처럼 보이지만 다른 관점에서는
만일 매케인이 격분하여 정치적 판단력을 잃을 정도로 복수

심에 사로잡혔다면 신의 한 수였는지도 모른다는 것이다. 프랭크 C.는 이 보복과 부시의 대응, 그리고 부시의 대응에 대한 매케인의 대응—이 모든 악순환이야말로 원숭이 열두 마리와 나머지 프로 군단의 관심사이고 매케인이 일을 너무 추하게 처리하면 모든 사람이 이 네거티브 말고는 그 무엇에도 주의를 기울이지 않을 것이라고 경고한다.

물론 〈롤링 스톤〉의 입장에서는 존 매케인과 존 위버와 마이크 머피와 나머지 선거 수뇌부가 이 문제를 매듭짓고 보도 자료와 대응 광고를 결정한 최고위 회의를 구경했다면 어마어마하게 흥미진진했을 테지만, 이런 전략 회의는 언론사에게 금단의 영역이며 바로 그 이유 때문에 미디어야말로 이 회의에서 무엇이 도출되든 그것의 진정한 대상이자 관객이요 이 게임이 전체적으로 얼마나 훌륭히 전개되는지 판정하는 비평가다(플린트 F&F룸에 있던 모든 사람이 알았지만 아무도 소리 내어 이야기하지 않은 것은 머피의 특별하고 사소한 '사전 통보' 발언이야말로 그 전략의 오프닝 퍼포먼스였다는 것이다).

하지만 테크들이 시간을 때우려고 오늘의 대형 행보를 분석하는 것을 듣는 것만으로도 충분하다. 이후 며칠간 전개된 사건은 그들의 분석에 100퍼센트 들어맞았으니까. 화요일 오전 노스서배너(사우스캐롤라이나) 래디슨의 텔레비전에서는 〈투데이〉와 〈GMA〉[28] 둘 다 "공화당 선거 운동이 추

---

28 〈굿 모닝 아메리카〉. ABC의 아침 텔레비전 프로그램.(옮긴이)

하게 변질되다"라는 문장으로 시작하여 "클린턴처럼 진실을 왜곡하다"라고 말하는 매케인의 새 광고 일부를 보여주고, 한낮이 되자 노회한 관목은 이에 대응하여 존 S. 매케인이 악수 합의를 어기고 네거티브로 돌아섰다고 비난하며 자신이 빌 클린턴과 비교된 것에 "개인적으로 모욕감과 분노를 느꼈"다고—정말로 이렇게—말하고, 사우스캐롤라이나 일대에서 잇따라 진행된 여섯 개의 THM 및 어베일에서 매케인은 푸시폴과 "부시 주지사의 대리인들이 그가 미국 참전 용사들을 버렸다고 공격하고 비난한 것"에 대해 불만을 토로하는데, 그때마다 목소리가 점점 가늘어지고 짜증이 묻어나고 그가 참전 용사 이야기를 시작할 때 왼쪽 관자놀이에서 전에는 누구도 보지 못한 혈관이 부풀어 맥이 뛰는 것이 보이고, 그 뒤에 힐튼 헤드에서 열린 프레스 어베일에서 관목은 이른바 푸시폴에 대해 자신은 눈곱만큼도 아는 게 없다며 이 모든 사태는 McCain2000 측에서 꾸며낸 추잡한 정치 모략일 수도 있다고 주장하다가 수요일 오전 찰스턴 엠버시 스위트의 텔레비전에서 머피가 매케인의 재가를 받아 제작한 더더욱 공격적인 광고가 흘러나오는데, 새 광고는 부시가 악수 합의를 일방적으로 위반하고 네거티브를 저지른다고 비난한 다음 1600년 펜실베이니아 애비뉴의 유명한 건물[29] 정면과 그 앞에서 거세게 뿜어져 나오는 분수를 찍은

---

29 백악관.(옮긴이)

야간 사진을 보여주면서 "신뢰할 수 없는 또 다른 정치인을 백악관에 들이는 것을 미국은 감당할 수 있을까요?"라고 묻는데, 문법 오류를 지적하는 사람은 아무도 없으나[30] 프랭크 C.가 백악관 사진은 진짜로 저질 공격이라며 매케인이 사우스캐롤라이나를 잃는다면 그것은 이 광고 때문일지도 모른다고 말하고, 수요일 밤이 되자 포커스 그룹 여론 조사에 따르면 당연하게도 사우스캐롤라이나 유권자들은 매케인의 새 광고가 네거티브이고 실망스럽다고 생각하며 관목이 기회를 놓칠세라 떠들어대는 동안 Bush2000의 전략가들은 부시 2를 W. J. 클린턴과 동일시하여 "부시의 성품을 깎아내리고 그를 심하게 모욕하"는 매케인의 만행에 "대응"하여 뉴햄프셔에서의 악수 영상에 이어 성나고 심술궂은 표정의 매케인 사진을 보여주면서 "존 매케인은 깨끗한 선거 운동을 약속하며 악수해 놓고 사실을 호도하는 광고로 조지 부시를 공격했습니다"라고 말하고는 이걸로도 부족한지 "매케인이 상원 위원회에 출석하기 전에 단체들에 금품을 수수했으며 (……) 기부자들을 위해 기관들에 압력을 행사했습니다"라는 2월 4일 〈NBC 나이틀리 뉴스〉의 보도 내용을 곁들이는데, 이에 대해 짐 C.(기억하실지 모르겠지만, NBC 뉴스에서 일한다)는

---

30 원문은 "Can America afford another politician in the White House that we can't trust?"인데, 월리스는 주절의 주어인 'America'와 수식절의 주어인 'we'가 일치하지 않는다는 점, 사람을 수식하는 관계 대명사로 'whom'이 아니라 'that'을 썼다는 점—이 책에 실린 〈스물네 단어에 대한 해설〉 참고—을 지적하는 것으로 보인다.(옮긴이)

원래 〈NBC 나이틀리 뉴스〉 보도가 실은 매케인이 이런 짓을 저질렀다는 부시 지지자들의 '고발'을 인용한 것에 불과하며 광고에 삽입된 음성은 정말로 뻔뻔스럽게 추잡하고 사실을 호도하도록 맥락 없이 제시되었다고 말하지만, 물론 이즈음에는—2월 10일 목요일 0745h, 스파턴버그와 그린빌에서 열리는 이날의 첫 THM를 향해 호송 대형으로 전진하는 중이다—더는 중요한 문제가 아닌데, 그 이유는 저속하기 이를 데 없는 공격과 역공격이 수없이 저질러진 탓에 기만적인 NBC 영상에 대한 매케인의 한낱 역공격으로 치부되기 때문이며, 짐 C.의 말에 따르면 이것이야말로 Bush2000이 보도를 왜곡하고도 무사하리라 생각한 이유임에 틀림없으며 사우스캐롤라이나 여론 조사에서 매케인 지지율과 예비 선거 예상 투표율이 바윗돌 떨어지듯 떨어지는 걸 보면 실제로도 그런 것으로 보이며 테크들은 현장 프로듀서가 모든 연설의 테이프에서 '싸움 거는 말'을 찾는 일을 돕느라 모든 시간을 써야 하는데, 그것이야말로 모든 방송사가 원하는 것이기 때문이며 불싯1과 불싯2의 모든 사람은 지독히 낙심하고 지겨워지기 시작하고 있으며 심지어 12M에서조차 통통 튀는 안짱걸음이 사라졌으나…….

    ……그때 난데없이 위에서 언급한 극적인 전술적 클라이맥스가 등장하여 에피네프린[31] 주사처럼 미디어를 흥분

---

31 아드레날린.(옮긴이)

시켜 그날 밤 다섯 개 전국망 모두의 뉴스거리가 된다. 사건
의 현장은 아무도 이름을 알아내지 못한 작은 대학의 미술
관에 있는 작고 가파른 극장에서 열린 스파턴버그 THM으
로, McCain2000 기자단이 도착할 즈음에는 어찌나 북새통
이던지 통로까지 꽉 차서 테크와 그들의 프로듀서 말고는 모
두 로비로 나왔으나 로비는 자리를 얻지 못한 학생으로 이
미 바글바글한데, 그들은 여기저기 서서 '스피치 커뮤니케이
션 210'이라는 것을 위해 메모를 하며—매케인의 방문과 관
련한 수업 과제였을 것이다—12M의 어깨 너머로 그들이 뭘
쓰는지 끊임없이 엿봄으로써 〈롤링 스톤〉을 꽤 흡족하게 한
다. 공짜페이스트리드시고McCain2000자원봉사자로등록하
세요 탁자 옆에는 거대한 참나무 기둥인지 지지대인지 무엇
인지가 있는데, 사방으로 네 면에 부착된 24인치 컬러 모니
터에서 흘러나오는 CNN 보도 동영상에서는 커다란 국기를
배경으로 매케인의 얼굴을 대문짝만 하게 비추고 있으며(이
거대한 국기는 어디서 구하는 걸까? 선거 운동이 없을 땐 어떻게 될
까? 어디로 갈까? 저 크기의 깃발을 대체 어디에 보관할까? 국기는
하나만 있어서 행사가 끝날 때마다 McCain2000 선발대가 챙겨 쏜
살같이 다음 THM에 가서 매케인과 카메라가 도착하기 전에 달아놓
는 걸까? 고어와 관목과 나머지 모든 후보도 대형 국기가 하나씩 있
을까?), 경로를 신중히 고르면 매우 빠르게 기둥 주위를 돌며
매케인이 한꺼번에 나침반의 모든 방위를 향해 22.5를 하는
모습을 볼 수 있다. 로비 앞쪽 벽은 유리인데, 바깥의 자갈

마당에서 손에 땀을 쥐게 하는 20인조 셀룰러 왈츠의 한가운데로 지역 뉴스 차량 두 대가 부릉부릉 공회전하며 12미터짜리 마이크로파 송신기를 올리고 있고 잘 차려입은 지역 뉴스 남성 대가리 네 명이 핸드 마이크를 들고 자신의 테크와 선으로 연결된 채 스탠드업을 하고 있다. 시퍼와 블룸를 비롯한 직설 특급의 재능들과 비교하면 지역 남성 대가리들은 언제나 거의 외계인처럼 야한 차림으로, 화장 때문에 피부는 주황색에 입술은 보라색이며 머리카락에는 젤을 덕지덕지 발라서 주위 사방이 비쳐 보일 정도다. 지역 뉴스 차량의 송신기 접시 안테나는 늘어나는 장대에 달린 채 크고 섬뜩한 꽃처럼 솟아 있는데, 일제히 남쪽을 향한 채 그린빌 근처에 있는 남동부 지역 마이크로파 중계기 #434B 쪽으로 암술을 뻗고 있다.

솔직히 말하자면 극장이 만원이 아니었더라도 전국지 연필은 모두 로비에 나와 있었을 텐데, 며칠만 지나면 매케인의 22.5 THM 오프닝이 손목을 긋고 싶을 정도로 지루하고 반복적임을 알게 되기 때문이다. 성탄절 이후로 매케인을 취재한 기자들은 머피 등이 매케인을 더 '메시지 가지런'하게 만들려고 노력했다고 보도하는데, 이 표현의 정치 용어로서의 의미는 모든 것을 최대한 짧고 기억하기 쉬운 구호로 축약하여 그 구호를 강조하고 또 강조한다는 것이다. 그 결과로 매케인 기자단 연필들은 22.5의 온갖 메시지 가지런한 문구—자녀 학교에서 할아버지로 오해받았다는 도입부 농담을 시작으로 "격추당하는 데는 재능이 별로 필요하지 않습니다"라거나 "돈, 로비스트, 입법이라는 철의 삼각형"이라거나 "클린턴의 실속 없는 사진 촬영용 외교 정책"이라거나 "저는 대통령이 되었을 때 '직장 내 교육'을 전혀 받을 필요 없습니다"라거나 "엘 고어를 수수깡 꺾듯 꺾겠습니다"라거나 거기다 밤무대 공연과 동기 부여 세미나를 버무린 것처럼 들리는 이삼십 개의 구절들을 무수히 들어 더는 견딜 수 없을 지경이 되었으며, 중대하거나 네거티브한 일이 생길 경우를 대비하여 THM에 있어야 하는데도 22.5를 다시 듣지 않을 수 있다면, 거기다 그 구절을 처음 듣는 THM 청중의 폭소와 환호와 박수갈채를 듣지 않을 수만 있다면 어디라도 가서 무슨 짓이라도 할 작정인데, 연필들이 이곳 로비에 전부 나와 여학생들에게 추파를 던지고 가련한 지역 방송사 대가리의 아이섀도가 어느 무성 영화 여주인공을 가장 닮았는지 논쟁하는 것은 기본적으로 이 때문이다.

　　매케인에게 공정을 기하기 위해 첨언하자면 그는 웅변가가 아니며 그런 척하지도 않는다. 그가 정말로 잘하는 것은 주고받는 대화다. 이것은 그가 대다수 후보와 달리 민첩하고 유연한 측면에서 명석하기 때문이다. 또한 그는 사람과 질문과 논쟁에서 오히려 기운을 얻는 것처럼 보이는데—마지막 것은 다년간의 의회 토론 덕분인지도 모르겠다—그가 주민 간담회에서 문답을 주고받고 바퀴 달린 살롱에서 기자들과 끊임없이 담소 나누는 것을 좋아하는 것은 이 때문이다. 그러니 그의 수더분함에 놀라는 미디어는—이것은 그들이 수더분함을 나약함과 동일시하도록 훈련받았기 때문이다—매케인의 연설을 듣는 것이 아니라 그와 대화하는 것이야말로 그의 강점을 오롯이 맞닥뜨리는 것임을 깨닫지 못하는 듯하다. 대화를 나눌 때의 그는 명석하고 생기 있고 인간적이며 상대방을 인구학적 추상물로 대하는 게 아니라 상대방 본인에게 귀를 기울이고 맞장구치는 것처럼 보인다. 이에 반해 그의 연설과 22.5는 뻣뻣하고 부자연스럽고 이따금 끔찍하고 우익적이며 자세히 들어보면 마치 포근하고 상쾌한 안개가 갑자기 걷히고 이 사람이 과연 다음 임기에 환경보호청의 수장과 연방대법원에 올라갈 적어도 두 명의 새로운 법관을 선택하기를 내가 바라는 사람인지 결코 확신할 수 없겠다는 생각이 들며 이 사람이 왜 그토록 매력적인지 처음부터 의문이 들기 시작한다.

하지만 매케인이 THM에서 질문을 받기 시작하면 그런 의문이 다시 해소되는데, 바로 그 문답이 지금 스파턴버그에서 진행되고 있다. 매케인은 언제나 청중에게 "질문, 논평, 그리고 이따금씩은 오늘 이 자리에 왔을지도 모르는 미국 해병으로부터의 모욕(다시 말하지만, 이 표현은 거듭하여 들으면 재미가 급격히 감소한다[해군과 해병대가 서로를 별로 좋아하지 않는다는 것은 분명하다])"을 청한다는 말로 문답을 시작한다. 언제나 질문은 탈무드 수염을 기른 채 체첸 문제와 불법행위법 개혁에 대해 질문하는 남자에서 인쇄된 용지를 떨리는 손으로 든 채 질문을 읽는 고등학생까지, 아이의 미래 SSI(생활 보조)에 대해 걱정하는 엄마들에서 재향군인 모자를 쓴 채 매케인을 '소령님'이라고 부르며 경례를 올리고 싶게 하는 늙은 제대 군인까지, 덤으로 약방의 감초처럼 등장하여 눈을 동그랗게 뜬 채 예수가 정말로 동성애를 혐오스러운 짓이라고 불렀는지 여부(이에 대해 매케인은 아직 우리에게는 올바른 성서조차 없다며 보기 좋게 응수한다), 인덱스 펀드 규제와 우정郵政 민영화, 건강관리기구 괴담, 인터넷 포르노, 담배 소송 등에 대해 확답을 요구하는 근본주의자, 수정 헌법 제2조에 따르면 유탄 발사기 소지가 허용된다고 믿는 사람들에 이르기까지 위대한 민중의 소리를 아우른다. 질문은 무작위이고 사전에 조율되지 않으며 매케인은 모든 질문에 일일이 답하는데, 이렇게 문답을 주고받을 때, 특히 질문자가 격분했거나 골통일 때—그러면 매케인은 "저는 그 말씀을 존중하지만 찬성하진 않습니다"라거나 "우리에겐 견해차가 있습니다"라고 말하고는 점잖되 전혀 거들먹거리지 않고 명료한 영어로 자세히 반론한다—그는 어느 때보다 훌륭하고 인간적이다. 성깔 있고 바보에게 혹독한 사람 치고는 매케인이 THM에 모인 사람들에게 보이는 인내심과 품위는 믿을 수 없을 정도인데, 특히 63세의 고령에 수면이 박탈되고 만성 통증을 겪고 결코 말실수를 저지르거나 곤경에 빠지지 말아야 하는 엄청난 압박에 시달린다는 점을 감안하면 더더욱 그렇다. 그는 말실수를 저지르지도 곤경에 빠지지도 않는다. 첫머리의 22.5

가 아무리 식상하고 메시지 가지런하더라도 주민 간담회 문답에서 여러분은 이 남자에게는 자신이 진짜로 보는 진실을 사람들에게 말하려고 애쓰는 품위와 고결함이 있다는 느낌에 사로잡힌다. 이렇게 느끼는 것은 여러분만이 아니다.

테크와 비#원숭이 연필이 지금까지의 선거 운동을 통틀어 매케인의 가장 훌륭한 인간적 순간이라고 생각하는 때는 월요일 워런(미시간) 주민 간담회의 문답 시간에 스포츠코트와 베레모를 쓰고 어느 모로 봐도 특이하지 않지만 알고 보니 미친—'정신장애의 진단 및 통계 편람(DSM-IV)' 등급의 정신 분열병처럼 말 그대로 미친—중년 남자가 마이크 앞에 서서 미시간주 정부가 마인드 컨트롤 기계를 가지고 있고 뇌파를 통제하며 머리에 알루미늄 포일을 작은 눈 구멍과 숨 구멍만 빼고 칭칭 감아도 그들의 뇌파 통제를 막을 수 없다고 말했을 때인데, 그는 매케인에게 당신이 대통령이 된다면 미시간의 마인드 컨트롤 기계를 이용하여 살인자를 잡고 의회를 사면하고 정부의 마인드 컨트롤에 시달린 자신의 60년을 개인적으로 보상해 줄 것인지, 그리고 이것을 서면으로 보장할 수 있는지 알고 싶다고 말한다. 질문은 웃기지 않으며 강당의 침묵은 당혹스러운 침묵이다. 답변을 얼버무리거나 더듬거리거나, 아니면 매서운 보좌관들을 시켜 그를 내쫓거나, (최악의 경우는) 모든 사람의 공포와 당혹감을 가라앉히고 청중에게 유머 점수를 따려고 그를 조롱하는 것이 이런 상황에 처한 후보에게 얼마나 솔깃했을지 생각해 보라(그랬다면 대다수 젊은 연필은 냉소적 혐오로 어질어질했을 텐데, 그 가련한 남자가 여전히 마이크 앞에 선 채 답변을 기다리며 매케인을 간절한 눈빛으로 바라보고 있기 때문이다). 남자의 인간성과, 이 문제가 그에게 중요하다는 사실을 매케인은 놀랍게도 꿰뚫어 보고서 "이 마인드 컨트롤 기계에 대해서는 우리 두 사람의 의견이 다르다고 생각한"다면서도 그에게 그러겠노라고, 문제를 들여다볼 것을 약속하겠노라고, 서면으로 보장하겠노라고 말하는데, 한마디로 미친 남자의 뇌관을 제거하고 짐짓 그에게 선심을 쓰거나 자신도 정신 분열병인 척하지 않고서도 그를 존중하는 마음으로 대하며, 이 모든 일을 어찌나 민첩하고 우아하고 기본적 품위를 발휘하며 해내는지 만일 이것이 일종의 연기였다면 매케인은 악마가 틀림없다. 나중에 THM 이후 프레스 어베일과 스크럼이 끝나고 지긋지긋한 펌프 모바일에 장비를 부리면서 테크들은 그렇지 않다—악마가 아니다—며 답변에 담긴 진실한 인간성으로 인해 한 사람에게 감명받았고 그와 동시에 그 남자를 무장 해제시키는 매케인의 솜씨에 깊은 인상을 받았다고 말하며, 짐 C.는 그 둘—인간적 순수함과 정치적 솜씨—이 공존할 수 있다는 가능성을 배제할 만큼 냉소적으로 굴지 말라고 〈롤링 스톤〉에게 당부하는데, 이것이야말로 McCain2000 선거 운동의 위대한 음과 양 역설이기 때문이라며 이것이 짐 자신에게 익숙한 로봇 같고 비인간적인 전문가적 선거 운동보다 훨씬 흥미진진하기에 이번에는 삐걱거리는 소리를 신경 쓰

기운 내, 심바
안티후보의 트레일에서 보낸 일주일

227

지 않는다고 말한다.

어쩌면 인간성과 정치, 교활함과 품위는 공존할 수 있는지도 모른다. 하지만 내막은 이렇게 단순하지 않다. 스파턴버그 문답 시간에 중국에 대한 질문 두 개와 인터넷 상거래 과세에 대한 질문 한 개가 끝나고 로비의 대다수 연필이 여전히 컵을 든 채 지역 방송사 대가리들을 놀리고 있을 때 인구학적으로 완전히 평균적인 서른 즈음의 중산층 사커 맘이 녹색 슬랙스 바지와 완전히 평균적인 서른 즈음의 사커 맘이 언제나 쓰는 동그란 특대형 안경을 쓴 채 지목되어 일어서고 누군가 그녀에게 마이크를 가져다준다. 그녀의 이름은 도나 듀런이고 바로 이곳 스파턴버그(사우스캐롤라이나)에 살며 그녀가 말하길 크리스라는 열네 살짜리 아들이 있는데 자기 부부는 가족의 가치와 권위에 대한 존중, 미국과 정당하게 선출된 미국 지도자에 대한 비냉소적 이상주의를 심어주려고 애썼다고 한다. 그녀는 아들이 자기가 믿을 수 있는 영웅을 찾는 것이 자기네 부부의 바람이라고 말한다. 도나 듀런이 자신의 사연을 모조리 이야기하는 데는 긴 시간이 걸리지만 아무도 지루해하지 않고, 심지어 이곳 기둥의 모니터에서도 THM 극장의 분위기가 달라지는 것을 감지할 수 있으며, 전국지 연필들은 프런트의 컵을 내려놓고 모니터 화면을 가까이서 보려고 사람들을 팔꿈치로 밀치며 안쪽으로 파고든다(그들은 이 일에 놀라운 재능이 있다). 듀런 여사는 크리스—매우 예민한 아이가 분명하다—가 르윈스키 추문에, 제한 상영가 폭로에, 클린턴과 스타와 트립을 비롯하여 탄핵 과정에서 좌우를 막론한 모든 사람들의 막되먹은 행동에 "아주아주 당혹했"다며, 자기 부부가 대답하기 곤란한 매우 난처하고 불편한 질문을 쏟아내어 정말 힘들었지만 그래도 어찌어찌 수습했다고 말한다. 그러다 선출된 권위에 대한 이상주의와 존중이 다소간 바닥에 떨어진 작년에 크리스가 존 매케인과 McCain2000.com을 발견했고 이번 선거 운동에 흥미를 느꼈으며 부모는 아들에게 매케인의 《아버지들의 신념》에서서 전체 관람가 부분을 읽어줬는데 그 덕에 어린 크리스는 마침내 자기가 믿을 수 있는 국민 영웅을, 존 S. 매케인 3세를 발견했다고 그녀는 말한다. 이 사연이 흘러나오는 동안 매케인의 얼굴이 무슨 일을 하는지 아는 것이 불가능한 이유는 모니터가 CNN의 피드를 내보내고 있는데 CNN의 랜디 밴 R.는 도나 듀런에게 카메라를 단단히 고정했기 때문이며, 듀런은 어찌나 상징적으로 원형적으로 보이고 자신이 평균적임을 알고 자신과 가족이 품위 있고 냉소적이지 않은 삶을 살아갈 수 있기만을 바라는 평균적 미국인의 특별하고도 담담한 위엄을 어찌나 속속들이 발하는지 '가족의 가치'니 '영웅' 같은 말을 입에 올리는데도 누구 하나 눈알을 부라리지 않는다. 하지만 지난밤 자신들이 거실에서 전혀 폭력적이지 않은 텔레비전 방송을 모두 함께 보고 있는데 갑자기 전화벨이 울려 크리스가 일어나 전화를 받았다고 D. 여사는 말하고, 잠시 뒤에 크리스가 어쩔 줄 모르는 표정으로 울먹거리며 거실로 내려와 전화에서 어떤 사람이 2000년 선거 운동에 대해 말을 꺼내더니 크리스에게 존 매케인이 거짓말쟁이에 사기꾼인 것을 아느냐며 존 매케인에게 투표하는 사람은 모두 멍청하거나 미국인이 아니거나 둘 다 인 것을 아느냐고 물었다고 말했다고 D. 여사는 말한다. 전화 건 사람이 Bush2000의 푸시폴 담당자였다고 말하는 듀런 여사는 마이크를 쥔 손가락 마디가 하얘지고 목소리는 갈라지다시피 했으며 완전히 평균적이고 감동적인 부모의 심정으로 심란한 채 매케인 상원의원이 이것에 대해, 크리스에게 일어난 일에 대해 알기를 바랐을 뿐이라고, 순진한 어린아이에게 전화를 걸어 아이에게 환멸과 혼란을 주입하고 아이가 자신이 믿을 수 있는 영웅을 가지려고 애쓰는 것이 멍청한 일이라고 생각하게 만들지 못하도록 할 수 있는 일이 있는지 알고 싶다고 말한다.

이 시점(0853h)에 이곳 미술관 로비에서 두 가지 사건이 일어난다. 첫 번째 사건은 전국지 연필들이 방사상으로 흩어져 저마다 휴대폰 다이얼을 누르고 방송국 현장 프로듀서들이 모두 이빨로 휴대폰 안테나를 뽑으며 극장 문으로 빠져나오고 다들 왈츠를 출 작은 여유 공간을 찾아 헤매며 네거티브와 관련된 이 흥미진진한 사건 전개의 정수를 방송사와 편집부에 전달하고 듀런 여사의 사연에 대한 관목의 반응을 얻을 수 있는지 알아보려고 Bush2000 기자단의 동료를 호출하는데, 이 사연의 말미에 두 번째 사건이 일어나니, 이것은 CNN의 랜디 밴 R.가 마침내 매케인에게 카메라를 돌려 매케인의 표정을 볼 수 있게 되었다는 것으로, 그 표정은 고통스럽고 창백하며 듀런 여사의 얼굴에 나타난 것보다 실제로 더 심란해 보인다. 그리고 매케인이 몇 초 동안 바닥을 내려다본 뒤에 하는 일은…… 사과다. 그는 부시2나 푸시폴을 비난하지 않으며 이 일을 어떤 식으로든 정치적으로 활용하려는 것처럼 보이지도 않는다. 그는 슬프고 애틋하고 애석한 표정으로 자신이 애초에 이 경선에 뛰어든 유일한 이유는 젊은 미국인들이 무언가에 더 홀가분하게 헌신할 수 있도록 영감을 선사하는 것이었고 듀런 여사가 이날 아침 이곳 THM까지 와서 말해준 사연은 자신이 이제껏 들어본 것 중에서 최악의 행위이며 듀런 여사만 괜찮다면 그녀의 아들— 그는 아들의 이름을 다시 물어보고 랜디 밴 R.는 그녀가 "크리스예요"라고 말할 때 카메라를 도나 듀런 쪽으로 매끄럽게 돌렸다가 다시 매케인 쪽으로 매끄럽게 돌린다—크리스에게 연락하여 전화 건에 대해 개인적으로 사과하고 크리스에게 세상에는 안타깝게도 나쁜 사람들이 있고 크리스가 그런 이야기를 들어야 했던 것이 유감이며 무언가를 믿는 것은 결코 잘못이 아니고 정치는 여전히 참여할 가치가 있는 행위라고 말해주고 싶다고 말하는데, 정말로 속상한 표정으로 마치 뒤늦게 생각났다는 듯 어쩌면 도나 듀런을 비롯하여 이 사태가 우려스러운 부모와 시민이 할 수 있는 단 한 가지 일은 Bush2000 선거대책본부에 전화하여 이 푸시폴을 그만두라고 말하는 것이고, 부시 주지사는 자신도 가족이 있는 선한 사람이므로 그가 이 일을 사전에 알았다면 이런 선거 운동을 승인했으리라 믿기 힘들고, 자신(매케인)이 부시 주지사에게 몇 번째인지 모르겠지만 다시 개인적으로 전화를 걸어 네거티브 중단을 요청할 것이라고 말하는 매케인의 눈은 정말로 눈물이 맺힌 듯 젖어 있으며 이것은 단지 텔레비전 조명의 장난인지도 모르지만 그럼에도 심란하고 모든 것이 심란한데, 이는 매케인이 조금 너무…… 그러니까 거의 '극적'인 방식으로 속상해하는 것처럼 보이기 때문이다. 그는 THM 질문을 두어 개 더 받고 나서 갑자기 문답을 중단시키더니 죄송하지만 크리스 듀런 사건이 하도 속상해서 도무지 집중하기 힘들다고 말하며 THM 청중에게 용서를 구하고 감사를 표하는데, 메시지 가지런함을 깜박하고 "제가 언제나, 여러분에게 말씀드릴 것은, 오로지 진실입니다"로 마무리하지 않는데도 청중은 어쨌거나 미친 듯 박수갈채를 보내고, 매케인이 퇴장할 때 랜디와 짐 C. 등이 어깨에 카메라를 멘 채 스크럼에 합류하려고 나가느라 사면 기둥의 모니터 피드가 중단된다.

이제 이 사태는 그 무엇도 단순하지 않은데, 특히 크리스 듀런에 대한 매케인의 거의 과장되어 보이는 고뇌는 사실 좀 지나친 감이 있어 보였으며 서로 맞물린 거북하고 어쩌면 냉소적인 수많은 생각과 질문이 노회한 언론인적 머릿속에서 소용돌이치기 시작한다. 이를테면 도나 듀런의 사연은 관목의 선거 전술에 대해 매케인 본인의 입에서 나올 수 있었던 그 어떤 말보다 훨씬 훨씬 더 치명적인 고발이었다는 사실 말이다. 매케인이 극장의 무대 위에서 이 사실을 깨닫지 못했다는 것이 가능할까? 저 모든 텔레비전 현장 프로듀서들이 휴대폰을 들고서 통로의 군중을 어깨로 밀치며 빠져나가는 광경을 그가 보지 못하고 듀런 여사의 사연과 자신의 반응이 거대 방송사에서 보도되고 Bush2000의 이미지를 나쁘게 만들리라는 것을 그가 알지 못하는 것이 가능할까? 크리스 듀런에게 일어난 일이 자신에게 정치적으로 무척 유리하다는 사실을 매케인의 일부가 알아차릴 수 있었으면서도 그가 여전히 점잖고 타산적이지 않은 인물이어서 그가 느끼는 감정은 한 아이가 환멸을 느낀 것에 대한 경악과 안타까움이 전부인 것이 가능할까? 그가 관목을 비판하지 않고 사과부터 한 것은 인간적 공감 때문이었을까, 아니면 매케인은 D. 여사의 사연이 이미 부시를 벽에 못 박았고 자신이 사과하고 고뇌하는 모습을 보임으로써 자신의 인간적 품위와 부시의 무정한 네거티브를 더욱 대조적으로 보이게 할 수 있음을 알 만큼 교활한 것에 불과할까? 그의 눈에 정말로 눈물이 맺히는 것이 가능할까? 이 일이 그를 얼마나 점잖고 상냥하고 네거티브와 거리가 먼 사람으로 보이게 할지 알기 때문에 의도적으로 눈에 눈물이 맺히게 했다는 것이 (나는 여기서 침을 꿀꺽 삼키며) 가능할까? 그러고 보니 푸시폴 담당자가, 아직 어려서 투표하지 못하는 아이에게 푸시폴을 시도할 이유가 어디 있단 말인가? 크리스 듀런의 전화 목소리가 아주 굵거나 뭐 그런 걸까? 하지만 푸시폴 담당자가 정해진 질문을 시작하기 전에 상대방의 나이를 묻는다는 생각은 들지 않으시는지? 어떻게 아무도, 심지어 로비에 나와 있던 노회한 12M조차 이 질문을 던지지 않았을까? 대체 무슨 생각을 하고 있었기에?

불싯1에는 제이 말고는 아무도 없는데, 그는 ERPP 구석에서 OTC를 취하고 있으며 좌현 창밖으로는 자갈 마당에서 모든 테크와 대가리와 재능이 도나 듀런 여사 주위로 특대형 스크럼을 짜고 있는 광경이 보이는데, 이와 더불어 모험심 강한 방송국 제작진이 가련한 크리스 듀런의 중학교 앞에 틀림없이 진 치고 있으리라는 냉소적 생각이 든다(애석하게도 오늘 밤 텔레비전에서 보니 정말로 그랬다). 버스는 한참 동안 공회전을 했는데—행사 뒤에 진행된 스크럼과 스탠드업이 THM 자체보다 더 길었다—마침내 모여든 BS1 정규 멤버들은 타이핑하고 전화하고 파일하느라 눈코 뜰 새 없이 바쁘고, 테크들은 모두 SX 및 DVS 디지털 편집기를 꺼내(모든 탁자와 ERPP가 꽉 차는 바람에 CBS 기계는 복도에서 카메라맨의 작은 발판 사다리에 단단히 얹혀 있다) 듀런 여사의 사연과 매케인의 반응을 본부에 바로 피드할 수 있도록 프로듀서가 해당 장면을 검색하고 시간을 맞추는 일을 돕고 있으며, 원숭이 열두 마리가 한 몸처럼 쏟아져 들어간 직설 특급은 매케인의 후방 살롱 무게 때문에 고물이 푹 꺼진 채 우리 버스의 바로 앞에서 I-85 고속도로 위를 달리고 있다. 요점은 크리스 듀런 사건에 대해 〈롤링 스톤〉이 대화를 나눌 수 있는 여느 미디어 프로들, 무엇에 냉소해야 하고 무엇에 냉소하지 말아야 하는지, 이 사건 전체가 불러일으키는 여러 심란한 질문 가운데 무엇이 편집증적이거나 부적절하고 무엇이 인간적이고/거나 기삿거리로 타당한지…… 이를테면 크리스 듀런에게 전화하겠다는 매케인의 말은 진심인지 이해하는 데 도움을 청할 만한 그런 기자들이 한 명도 없다는 것이다. 매케인이 스태프와 함께 퇴장하는 내내 D. 여사가 단단한 스크럼 속에 갇혀 있었는데 어떻게 듀런네 전화번호를 얻을 수 있었을까? 전화번호부나 뭐 그런 데서 찾아볼 생각일까? THM 때마다 으슥한 곳에서 셀룰러 왈츠를 추던 마이크 머피와 존 위버는 이 모든 일이 벌어지는 동안 어디 갔기에 오늘은 코빼기도 안 보이는 걸까? 어쩌면 머피는 지금도 특급의 살롱에서 매케인 옆의 붉은색 의자에 앉아 후보의 귀에 얼굴을 갖다댄 채 방금 일어난 일의 정치적 이익에 대해, 또한 부시2가 애초에 그들을 몰아넣으려 한 빡빡한 전술적 난관에서 빠져나오기 위해 이 기회를 활용할 수 있는 여러 가지 고상하면서 효과적인 방법에 대해 매우 침착하고 냉철하게 귓속말을 하고 있으려나? 만일 머피가 이렇게 하고 있다면 매케인의 반응은 어떨까—귀를 기울이고 있을까, 여전히 심란하여 그의 말이 들리지 않을까, 둘 다일까? 자신에게 치명적 타격을 가하여 (짐과 프랭크가 말하길) 현 상황이 유지된다면 사우스캐롤라이나를 빼앗길지도 모르는 네거티브의 악순환에서 빠져나올 그럴듯하고 번듯한 구실을 만들기 위해 매케인이—비록 의식적이지는 않을지도 모르지만—듀런 여사의 사연에 대한 반응을 꾸며내고 짐짓 고뇌하는 표정을 지었다는 것이 가능할까? 이런 것을 상상하는 것조차 너무 냉소적일까?

이튿날 첫 프레스 어베일에서 존 S. 매케인 3세는 스크럼을 짠 기자단 전체를 향해 그럴듯하고 번듯하고 매우 격정적인 성명을 발표한다. 지금 이곳은 훈훈하고 아름다운 2월 11일 오전 배기지 콜 직후 찰스턴의 엠버시 스위트(햄프턴 인일 수도 있다) 바깥이다. 매케인은 어린 크리스 듀런의 사례가 너무나도 고통스럽기에 밤늦도록 고민한 끝에 모든 네거티브를 중단하고 관목이 네거티브 광고를 취소하느냐와 무관하게 사우스캐롤라이나에서의 모든 McCain2000 대응 광고를 취소할 것을 자신의 스태프에게 지시했다고 발표한다.

물론 지금처럼 크리스 듀런 사건 때문에 고뇌한다는 맥락을 내세우면 매케인의 결정은 결코 그를 나약하거나 타협적인 인물이 아니라 젊은이의 정치적 이상주의가 자신이 어쩔 수 '있는' 이유로 좌절되는 것을 바라지 않는 참으로 품위 있고 명예롭고 고결한 그런 인물로 비치게 한다. 이것은 감동적이고 강력한 성명이자 발군의 어베일로, 스크럼을 짠 모든 사람들은 감명받고 경우에 따라서는 깊이 개인적으로 감동을 받은 것처럼 보이며, 그 전화 통화가 듀런 가족에게 아무리 불운했더라도 존 S. 매케인과 McCain2000에게는 이번 주의 전술적 전투의 측면에서 더없이 운좋았으며 이번 사건에…… '대본'이 있었다면, 이를테면 듀런 여사가 훈련받은 배우이거나 심지어 재능 있는 아마추어 지지자여서 은밀하게 의뢰받고 리허설을 거치고 보수를 받고서 300여 명의 무작위 즉석 질문자 중 하나로 투입되어 평균적 유권자들이 든 손의 바다에서 그녀가 든 손이 눈에 띄고 선정되어 다섯 개 방송국 전부에 보도되고 부시2에게 크나큰 피해를 입히고 매케인을 이번 주의 전술적 난관에서 구해준 것이라면 모든 것이 McCain2000에 이보다 더 유리하게 전개될 수는 없다고 감히 소리 내어 지적하는 사람은 (《롤링 스톤》을 비롯하여) 아무도 없다. 어제의 사건과 THM을 어떤 식으로 바라보든(DT가 아주 길어서 생각할 시간은 충분했다) 매케인에게는 거의 믿을 수 없는 정치적 행운의 일격이었…… 거나 아마도 다른 무언가의 일격, 누구도—원숭이 열두 마리도 앨리슨 미첼도 경이롭도록 냉소적인 호주 출신 〈글로브〉 여자도 심지어 더없이 냉철한 짐 C.도—언급하거나 거론하지 못하는, 이것이 '가능'했을지 고려하는 것만으로도 어찌나 고통스러우냐면 나아가는 것, 그러니까 기자단과 스태프와 직설 카라반과 매케인 자신이 하루 종일, 다음 날도, 그다음 날도 해야 하는 것—나아가는 것—이 불가능해지는 다른 무언가의 일격이었는지도 모른다.

기운 내, 심바   237
안티후보의 트레일에서 보낸 일주일

삼키다

또 다른 역설: 눈이 게슴츠레해지고 심지어 듣기조차 힘들 만큼 지독한 클리셰가 되어버린 용어를 쓰지 않고서는 정치에서 정말로 중요한 것에 대해 이야기하는 것은 불가능에 가깝다. 그런 용어 중 하나가 '지도자'로, 모든 거물 후보가 늘 쓰는—'지도력을 발휘하다', '검증된 지도자', '새 세기에 걸맞은 새로운 지도자' 등에서처럼—이 말은 하도 진부해져서 '지도자'의 진짜 의미가 무엇이며 오늘날 청년 유권자들이 원하는 것이 정말로 지도자인지 따져보기가 힘들 정도다. 신기한 것은 '지도자'라는 단어 자체는 클리셰에다 따분하지만, 정말로 진정한 지도자인 사람을 여러분이 맞닥뜨리면 그 사람은 전혀 따분하지 않고 오히려 따분함의 반대라는 사실이다.

분명한 사실은 진정한 지도자란 단순히 여러분이 동의하는 의견을 가진 사람이 아니며 단순히 여러분이 좋은 사람이라고 믿게 되는 사람도 아니다. 진정한 지도자는 특별한 능력과 카리스마와 본보기가 있어서 사람들에게 영감을 줄 수 있는—여기서 '영감'은 진지하고 클리셰와 거리가 먼 의미로 쓰인다—사람이다. 진정한 지도자는 우리가 마음속 깊은 곳에서 좋다고 생각하고 할 수 있기를 바라지만 스스로의 힘으로는 좀처럼 해내지 못하는 일을 우리로 하여금 하게 만들 수 있다. 이것은 정의하기 힘든 신비한 덕목이지만,

보면 언제나 알 수 있다(심지어 어린아이조차도). 여러분은 정말로 훌륭해서 '우러러보'고(이것은 흥미로운 문구다) 닮고 싶던 코치나 교사, 더없이 근사한 선배에게서 이 덕목을 본 기억이 날 것이다. 어릴 적 목사나 랍비, 스카우트 단장, 부모, 친구 부모, 여름 아르바이트 가게 사장에게서 이 덕목을 본 기억이 나는 사람도 있을 것이다. 물론 이들은 모두 '권위를 가진 인물'이지만, 이 권위는 특별한 종류의 권위다. 군 생활을 해본 사람이라면 누구나 상관 중에서 누가 진정한 지도자이고 누가 아닌지 알아보기가 얼마나 쉬우며 그것이 계급과는 얼마나 무관한지 안다. 지도자의 참된 권위는 여러분이 자발적으로 그에게 넘겨주는 힘으로, 여러분은 체념하거나 분노한 채로가 아니라 기꺼이 넘겨주며 그게 옳다고 느낀다. 마음속 깊은 곳에서 여러분은 진정한 지도자가 여러분에게 선사하는 느낌, 더 열심히 일하고 자신을 밀어붙일 때와 여러분이 존경하고 믿고 기쁘게 해주고 싶은 이 사람이 아니었다면 하지 못했을 방식으로 생각할 때의 느낌을 거의 언제나 좋아한다.

말하자면 진정한 지도자는 우리가 개인적 게으름과 이기심과 약점과 두려움이라는 한계를 이겨내고 우리가 스스로 할 수 있는 것보다 더 훌륭하고 고된 일을 하도록 도와줄 수 있는 사람이다. 링컨은 알려진 모든 증거로 보건대 진정한 지도자이며 처칠, 간디, 킹도 그렇다. 테디 루스벨트와 프랭클린 루스벨트, 아마도 드골, 틀림없이 마셜, 어쩌면 아이젠하워도 마찬가지다. (물론 히틀러도 진정한 지도자, 매우 강력한 지도자였지만, 그래서 조심해야 하는데, 히틀러의 지도력은 오로지 기묘한 종류의 개인적 힘에서 나오기 때문이다.)

최후의 진정한 지도자는 40년 전 미국 대통령 JFK였을 것이다. 케네디가 이후의 일곱 대통령보다 더 나은 인간이었다는 말은 아닌 것이, 우리는 그가 제2차 세계 대전 기록에 대해 거짓말을 했고 폭력배와 섬뜩한 유착 관계였으며 가련한 클린턴이 꿈꾼 것보다 더 난잡하게 백악관에서 놀아났음을 안다. 하지만 JFK에게는 지도자에 걸맞은 특별한 마력이 있었고 그가 "국가가 여러분을 위해 무엇을 해줄 수 있느냐고 묻지 말고 여러분이 국가를 위해 무엇을 할 수 있느냐고 물으십시오" 같은 말을 했을 때 눈알을 부라리며 그것이 단지 재치 있는 문구에 불과하다고 생각한 사람은 아무도 없었다. 아니, 많은 사람들이 감명을 받았다. 이후의 10년은 다른 점들에서는 아무리 엉망이었어도 수백만 청년 유권자들이 근사한 일자리를 얻거나 값비싼 물건을 손에 넣거나 최고의 파티를 찾아다니는 것과 아무 상관없는 사회적, 정치적 대의에 헌신한 시기였으며 1960년대는 지금보다 전반적으로 정직하고 행복했다는 것이 대다수의 의견이다.

그 이유는 생각해 볼 만한 가치가 있다. 존 매케인이 젊은 미국인 세대로 하여금 사익보다 더 큰 대의에 헌신하도록 하기 위해 대통령이 되고 싶다고 말할 때(이것은 자신이 진정한 지도자가 되고 싶어 한다고 말하는 셈이다) 그 젊은 미국인

중 상당수가 케네디에게 감명받았던 것처럼 감명받는 게 아니라 하품을 하거나 눈알을 부라리거나 반어적 농담을 내뱉는 이유는 골똘히 생각해 볼 만한 가치가 있다. 물론 JFK의 청중이 어떤 면에서 우리보다 순진했던 것은 사실인데, 그때는 베트남 전쟁이나 워터게이트 추문이나 저축 대부 조합 추문 등이 일어나기 전이었기 때문이다. 하지만 그것만이 아니다. 케네디가 "국가가 여러분을 위해……"라고 말한 1961년에는 세일즈와 마케팅의 과학이 아직 침 흘리는 유아기였다. 케네디에게 감명받은 젊은이들은 평생 교묘한 마케팅을 당하며 살아오지 않았다. 그들은 여론 조작에 대해 전혀 몰랐다. 세일즈맨에 대해 철저하고 지독하게 친숙하지 않았다.

지금 여러분은 처음에는 명백해 보일 어떤 것에 주목해야 한다. 위대한 지도자와 위대한 세일즈맨 사이에는 차이점이 있다. 물론 비슷한 점도 있지만. 위대한 세일즈맨은 대체로 카리스마가 있고 호감이 들며 종종 우리로 하여금 우리 스스로는 하지 않을 일(물건을 사고 의견에 동의하는 것)을 하고 그것에 대해 만족하도록 할 수 있다. 여기에다 많은 세일즈맨은 기본적으로 존경할 구석이 아주 많은 점잖은 사람들이다. 하지만 진정으로 위대한 세일즈맨조차도 지도자는 아니다. 이것은 세일즈맨의 궁극적이고 최우선적인 동기가 사익이기 때문이다—세일즈맨이 파는 것을 여러분이 사면 그는 이익을 얻는다. 따라서 세일즈맨이 매우 힘 있고 카리스마 있고 존경할 만한 성격이고 심지어 어떤 물건을 사는 것이 '여러분'의 이익에 부합한다고(물론 실제로 그럴 수도 있다) 설득할 수 있을지라도, 그래도 여러분의 작은 일부는 언제나 세일즈맨이 궁극적으로 추구하는 것이 그 자신을 위한 무언가임을 안다. 그리고 이 자각은, 물론 따끔한 주사처럼 사소한 고통이고 의식되지 않을 때도 많지만…… 고통스럽다. 하지만 여러분이 위대한 세일즈맨과 세일즈 홍보와 마케팅 수법에 아주 오랫동안 노출되면—이를테면 토요일 아침에 맨먼저 보는 만화에서처럼—모든 것이 세일즈요 마케팅이며 어떤 사람이 여러분이나 어떤 숭고한 이념이나 대의에 관심이 있는 것처럼 보인다면 그 사람은 세일즈맨이고 사실 궁극적으로는 여러분이나 대의에 털끝만큼도 관심이 없고 실제로는 자신을 위해 무언가를 원한다는 사실을 여러분이 깊이 믿기 시작하는 것은 시간문제다.

어떤 사람들은 로널드 W. 레이건(1981~1989)이 최후의 진정한 지도자라고 믿는다. 하지만 그렇게 믿는 사람 중에 청년 유권자는 많지 않다. 심지어 1980년대에도 대다수 젊은 미국인은, 1킬로미터 밖에서도 마케터를 감지할 수 있는 능력으로 레이건이 실은 위대한 세일즈맨임을 간파했다. 그가 파는 것은 지도자로서의 자신이라는 이념이었다. 그리고 여러분이 (이를테면) 35세 미만이라면 여러분이 겪은 모든 미국 대통령이 그와 마찬가지일 텐데, 이 말은 그의 '캠페인'('광고 캠페인'에서처럼)을 관리하고 그에게 투표하는 것이 우리에게 유익하다는 생각을 우리에게 팔도록 도와주는 똑똑하고 몸값 비싼 정치 전략가와 미디어 컨설턴트와 여론 조작 전문가에게 둘러싸인 매우 유능한 세일즈맨이라는 뜻이다. 하지만 이 사람들을 움직인 진짜 이익은 자기네 자신의 이익이었다. 무엇보다 그들은 대통령이 되고 싶었고 어마어마한 권력과 명성, 역사적 불멸을 얻고 싶어 했으며 여러분은 그 사실을 냄새로 알 수 있었다. (청년 유권자들은 이런 냄새를 기막히게 잘 맡는다.) 이 사람들이 진정한 지도자가 아닌 것은 이 때문이니, 그들의 가장 깊숙하고 가장 원초적인 동기가 이기적이었고 그들이 우리로 하여금 우리 자신의 이기심을 초월하도록 영감을 불어넣을 가망은 전무했음이 명백하기 때문이다. 오히려 그들은 모두가 궁극적으로 스스로를 위할 뿐이고 그들의 삶은 판매와 이익이 전부이며 '봉사'와 '정의'와 '공동체'와 '애국'과 '의무'와 '정부를 국민에게 돌려주다'와 '당신의 고통을 느껴요'와 '온정적 보수주의' 같은 단어와 문구가 '치석 제거'와 '입안이 상쾌해져요'가 치약 업계의 홍보 문구인 것과 똑같이 정치 업계의 입증된 홍보 문구라는, 시장 조건화된 믿음을 대체로 강화했다. 우리가 그들에게 투표하는 것은 치약을 사는 것과 똑같은 건지도 모르겠다. 하지만 우리는 감명받지 않는다. 그들은 진짜가 아니다.

이것은 단순히 거짓말을 하느냐 하지 않느냐의 문제가 아니다. 최고의 마케팅이 진실을 이용하는 것임은, 즉 어떤 브랜드의 치약이 실제로 더 나을 때도 있음은 누구나 안다.

요점은 그게 아니다. 지도자라는 관점에서 볼 때 요점은 단순한 믿음과 신뢰의 차이다.

물론 조금 단순화하기는 했다. 모든 정치인은 무언가를 팔고, 언제나 그래왔다. 루스벨트와 케네디와 마틴 루서 킹과 간디는 위대한 세일즈맨이었다. 하지만 그것이 그들의 전부는 아니었다. 사람들은 냄새로 알 수 있었다. 기묘하고 사소한 여분의 무언가를. 그것은 '성품'과 관계가 있었다(물론 이것도 클리셰—그냥 삼키시길).

존 매케인이 기자 회견과 프레스 어베일과 주민 간담회를 주최하고(우리는 2월 9일 수요일 0820h인 바로 지금 캐롤라이나 얼음 궁전이라 불리는 장소의 끔찍한 로비에서 열리는 노스찰스턴 THM에 참석하고 있다) 남달리 정직하고 개방적이고 소탈하고 이상주의적이고 진지하고 환호하는 군중 앞에서 "제가 대통령에 출마하는 것은 위대한 사람이 되기 위해서가 아니라 위대한 일을 하기 위해서입니다"라거나 "우리는 정부를 국민에게 돌려주는 국가적 십자군 전쟁을 벌이고 있습니다"라고 말하는 광경을 지켜보는 것은 존 케네디의 연설을 오래된 흑백 영상으로 지켜보는 것보다 훨씬 빌어먹게 '복잡'해 보인다. 존 매케인이 진정한 지도자인지 단지 유능한 정치 세일즈맨, 즉 새로운 틈새시장을 발견하여 그곳에 파고들 방법을 고안한 사업가인지 알아내는 것은 2000년 2월에는 불가능하게 느껴진다.

그것은 여기에 또 다른 역설이 있기 때문이다. 2000년

봄—르윈스키와 탄핵 사태를 고스란히 겪고서 미국이 숙취에 시달리는 아침나절—은 국가적 정치에 대한 거의 전례 없는 냉소와 혐오의 순간, 직설적이고 네가나를선출하든말든 관심없어식의 정직이 엄청나게 매력적이고 팔릴 만하고 선출될 만한 성질이 되는 순간을 대표한다. 안티 후보가 진정한 후보가 될 수 있는 순간. 하지만 그가 진정한 후보가 된다면—물론 그러겠지만—그래도 그는 안티 후보일까? 판매되지 않겠다는 거부 의사를 팔 수 있을까?

유세 버스를 '직설 특급'으로 명명하고 《아버지들의 신념》을 때맞춰 출간하고 특급 미디어 살롱의 '개방성'과 '자발성'을 적극 홍보하고 매케인이 "제가 언제나. 여러분에게 말씀드릴 것은. 오로지 진실입니다"라고 메시지 가지런하게 역설하는 것에서 보듯 McCain2000 선거 운동에는 교묘하고 기발한 마케터들이 이 후보가 교묘하고 기발한 마케팅을 거부한다는 것을 마케팅하려는 것처럼 보이는 요소들이 많다. 이것은 나쁜 일일까? 그저 혼란스러울 뿐일까? 이를테면 어떤 후보가 여론 조사는 개수작이라며 선거 운동 방식을 여론 조사에 맞추는 것을 완전히 거부한다고 가정하고, 새 여론 조사에 따르면 사람들이 이 후보의 여론조사는개수작이다 입장을 무척 좋아하여 이 때문에 그에게 투표할 것을 고려한다고 가정하고, 그 후보가 이 여론 조사 결과를 보고서(누가 안 그러겠는가?) 여론 조사가 개수작이며 자신은 여론 조사에 따라 발언을 조절하지 않을 거라고 더 요란하고 빈번하게 말하기 시작하고 '여론 조사는 개수작이다'를 선거 구호로 채택하여 모든 연설에서 되풀이하고 심지어 유세 버스 옆구리에 **여론 조사는 개수작이다**라고 칠한다고…… 가정해 보라. 그는 위선자일까? 매케인의 사우스캐롤라이나 광고 문구 중 하나가 "정치적으로 자신에게 해로울 때에도 진실을 말합니다"인 것은 매케인이 정치적 이익에 대한 자신의 무관심으로부터 정치적 이익을 얻으려 한다는 뜻이므로 위선일까? 위선과 역설의 차이는 무엇일까?

　이제 충분히 안 단순해졌는가? 분명한 사실은 이것인데, 여러분이 보수적이고 시장에 **빠삭**한 청년 유권자라면 존 매케인 선거 운동에 대해 여러분이 느끼는 유일한 것은 매우 현대적이고 미국적인 양면성, 즉 믿고자 하는 여러분의 깊숙한 욕구와 믿음의 욕구가 개소리라는 여러분의 깊숙한 믿음 사이에 벌어지는 내전이라는 것이요, 세일즈와 세일즈맨 말고는 아무것도 남지 않았다는 것이다. 냉소주의가 승리하는 시대에 여러분은 매케인의 가장 매력적인 특징조차 한낱 마케팅 수법으로 치부할 수 있음을 알게 될 것이다. 나쁜 성적, 구질구질한 이혼, 키팅 파이브[32] 중 하나로 기소된 사건 같은 자신의 치부를 솔직히 드러내는 그의 유명한 습관은 진짜 솔직함과 투명함일 수도 있지만 남들이 자신을 비

32　Keating Five. 저축 대부 조합 추문을 일으킨 찰스 키팅의 뒷배를 봐준 다섯 명의 상원의원.(옮긴이)

판하기 전에 선수를 치는 교묘한 수법일 수도 있다. 포로 시절을 언급하는 그의 겸손함—"격추당하는 데는 재능이 별로 필요하지 않습니다", "저는 영웅이 아니라 운 좋게도 영웅들과 함께 복무했을 뿐입니다"—은 진짜 겸손일 수도 있지만 자신을 영웅인 '동시에' 겸손한 인물로 포장하는 교묘한 수법일 수도 있다.

여러분은 '~ 수도 있지만 ~ 수도 있다'식의 똑같은 분석을 이 후보의 거의 모든 것에 적용할 수 있다. 심지어 그가 트레일에서 매일매일 발휘하는 엄청난 정력조차 매케인의 타고난 에너지와 친화력 때문일 수도 있지만 거대한 야심이, 당선되려는 열망이 하도 커서 정상적인 인간 한계를 뛰어넘어 그를 밀어붙이는 것일 수도 있다. 여기서 결정적 단어는 '정상적'이다. 관목은 찰스턴 인 같은 고급 호텔에 숙박하고 개인 베개를 가지고 다니며 9시까지 자는 것을 좋아하는 반면에 매케인은 허름한 체인 호텔에서 묵고 캔 음료수를 마시며 정상인이라면 메테드린[33]을 투약해야만 가능할 만큼 활발하게 움직인다. 지난밤 직설 카라반은 2340이 되도록 엠버시 스위트에 돌아가지 않았고 보도에 따르면 매케인은 그 뒤로도 세 시간 동안 부시2의 새 네거티브에 대응하여 매케인이 내보낸 네거티브 광고에 대한 부시2의 대응에 대한 대응 방안을 머피와 위버와 함께 계획했으며 알다시피 여러분

---

33 메스암페타민.(옮긴이)

이 팔을 어깨 위로 들어 올리지 못하는 사람이라면 기상하여 샤워하고 면도하고 말쑥한 양복을 입는 데 시간이 걸리는 데다가 매케인은 아침까지 먹어야 했는데도 직설 특급은 이날 아침 0738h에 출발했으며 0822 현재 이곳에서 매케인은 하도 흉물스러워 기자단 중 누구도 공짜 크럴러 꽈배기 도넛을 먹을 생각을 하지 못하는 캐롤라이나 얼음 궁전 로비의 연단을 거의 뛰다시피 왔다 갔다 하고 있다. (로비에는 빨간색과 파란색의 고무—그렇다, 고무—가 깔렸고 6미터 위에 초록색 철제 나선 계단으로 연결된 중이층이 있는데, 겨자색 파이프 난간에 로컨트리 유스 하키 협회의 자주색 깃발이 길게 늘어져 있으며 안쪽 어디에선가 롤러스케이트장의 오르간 소리가 들리고[34] 연주 황색 홀 바로 아래의 거대한 오락실에서는 뽕뽕 소리가 울려 퍼지며 THM 무대의 양쪽에 있는 대형 모니터는 똑같은 스크린 아홉 개를 3×3으로 배치했는데, 왼쪽 모니터는 연설하는 매케인의 똑같은 얼굴 아홉 개를 보여주고 오른쪽 모니터는 아홉 개의 네모로 나뉜 하나의 커다란 매케인 얼굴을 보여주며 역겨운 로비의 가로세로 30센티미터마다 사우스캐롤라이나의 열성적 지지자가 한 명씩 서 있고 기온은 35도를 넘고 모든 것이 감각을 폭격하는 탓에 짐 C.와 테크를 제외한 모든 미디어가 고개를 돌려 외면한 채 연설을 들으며 대부분 커피를 한 번에 두 잔 이상 마시고 있다.) 심지어 넉넉잡아

---

34 예전에는 롤러스케이트장에서 음악을 틀지 않고 직접 오르간을 연주했다.(옮긴이)

네 시간만 자고도 지금 무대 위의 매케인은 청중이 호응하고 자신의 농담에 웃고 자신이 앨 고어를 수수깡 꺾듯 꺾겠다고 말할 때 커피와 아이를 내려놓고 박수갈채를 보낼 때마다 겪는 것과 똑같은 탈바꿈을 겪고 있다. 인물로 보면 매케인은 마크 샌퍼드 하원의원이나 관목처럼 맵시 있고 근사하고 화면발 잘 받는 위인은 아니다. 매케인은 키가 작고 가냘프고 조금 뒤틀린 채 뻣뻣하다. 그는 약간 양복에 파묻힌 듯 보인다. 그의 목소리는 여린 테너이며 그 자체만으로는 사람들에게 최면을 걸거나 흥분을 일으키지 않는다. 하지만 무대 위에서 질문을 받을 때나 우리에 갇힌 짐승처럼 걸어다닐 때 그의 몸은 팽창한 듯 보이고 그의 목소리는 낭랑하게 울려 퍼지며, 관목과 달리 경호원이 없고 무대는 훤히 트여 있고 질문은 사전에 조율되지 않았고 답변은 시원시원하고 최고의 주민 간담회 청중은 눈이 반짝거리며, 고어의 죽은 새 같은 눈이나 관목의 우쭐대듯 쏘아보는 눈과 달리 매케인의 눈은 동그랗고 솔직하고 매우 매력적인 영감의 빛으로 가득한데, 그 빛은 자신을 넘어선 대의에 대한 헌신이거나 군중에 대한 데마고그의 사랑이거나 지구상에서 가장 힘센 백인 남성이 되려는 한없는 굶주림이다. 어쩌면 셋 모두인지도.

최대한 단순하게 간추린 요점은 존 매케인의 매력 자체와 이 매력이 그의 당선을 위해 체계화되고 포장되어야 하는 방식 사이에 긴장이 있다는 것이다. 선거에서 당선된다는 것은 여러분으로 하여금 사게 만든다는 뜻이다. 그리고 미디어—어쨌거나 존 매케인은 미디어라는 상자에 든 채 우리에게 배달되고 우리는 대체로 미디어를 통해서만 매케인을 접할 수 있으며 미디어는 그 자체로 개개인과 유권자로 이루어졌는데, 그중 일부는 청년 유권자다—는, 특히 유세 버스의 McCain2000 기자단은 이 긴장을 보고 느낀다. 그러지 않으리라 생각지 말라. 그들 또한 인간이라는 사실, 그들이 이 긴장을 해소하고 매케인을 어떻게 바라볼지—그럼으로써 여러분이 어떻게 매케인을 바라보도록 할지—결정하는 방법은 정치 이념보다는 기자 한 사람 한 사람 내부에서 벌어지는 냉소주의와 이상주의, 마케팅과 지도력 사이의 소소한 전투에 좌우된다는 사실을 잊지 말라. 이를테면 극우 〈내셔널 리뷰〉는 매케인을 '사기꾼에 허풍쟁이'라고 부르는 반면에 구좌파 〈뉴욕 리뷰 오브 북스〉는 "매케인은 반反클린턴이 아니며 (……) 세븐업이 맛은 다르지만 설탕 함량이 같은 비非콜라이듯 매케인은 비非클린턴이다"라고 생각하며 정치에 무관심한 〈배니티 페어〉는 소속이 밝혀지지 않은 워싱턴 내부자를 인용하여 이렇게 말한다. "매케인의 약삭빠름을 결코 과소평가해서는 안 된다. 많은 경우에 그의 입장은 미디어에 어필하도록 고도로 계산되었다."

이건 결코 개소리가 아니다. 이곳 사우스캐롤라이나에서 일주일을 통틀어 단연 침울하고 냉소적인 사건은 약삭빠르고 계산된 매력에 관한 것이다. (적어도 분위기에 따라서는 정말 그렇게 보인다[아마도].) 2월 10일 스파턴버그에서 벌어진 크리스 듀런 사건과 매케인의 엄청난 고뇌와 정치에 환멸을 느낀 아이에게 직접 전화하여 사과하겠다는 그의 약속을 기억하는가? 그리하여 이튿날 오후 노스찰스턴에서 다시 열린 F&F 전前 프레스 어베일에서 새롭고 일방적으로 네거티브 중단을 선언한 매케인은 기자단에게 자신이 지금 호텔 방에 올라가 크리스 듀런에게 전화할 거라고 알려준다. 통화는 "이 청소년과 저 사이의 사적인 대화"가 될 것이라고 매케인은 말한다. 그런 다음 언론 담당자 토드가 매우 근엄한 얼굴로 들어와 방송사 테크만 방에 들어올 수 있으며 전체 통화를 촬영할 수는 있지만 음성은 첫 10초만 허용될 거라고 선언한다. 그는 프랭크 C.와 또 다른 음향 기사를 쏘아보며 말한다. "10초 지나면 스피커를 끌 겁니다. 이건 사적인 통화이지 미디어 이벤트가 아니니까요." 생각을 좀 해보자. 이것이 '사적인 통화'라면 텔레비전 카메라맨이 매케인의 통화 장면을 찍게 하는 건 왜일까? 음성은 왜 10초만 허용되는 것일까? 전체 음성을 내보내거나 하나도 안 내보내지 않는 건 왜일까?

정답은 현대적이고 미국적이며 마치 마케팅 개론 수업의 소재로 손색이 없다. 선거대책본부는 충격받은 아이에게 전화하겠다는 약속을 매케인이 지키는 모습을 홍보하고 싶어 하지만 그와 '더불어' 매케인이 아이와 '사적으로' 통화하는 것이지 엉뚱한 정치적 목적에 크리스 듀런을 이용하는 것이 아님을 홍보하고 싶어 한다. 10초 뒤에 음성을 차단하는 이유는 이것 말고는 있을 수가 없는 것이, 이렇게 차단하면 영상을 내보내는 방송국은 왜 첫인사를 나누고 나서 음성이 나오지 않는지 설명해야 하는데, 이런 설명을 통해 매케인은 배려하는 마음이 있으면서도 비정치적이라는, 이중으로 좋은 이미지로 비치게 된다. 여기서 미디어 어필에 대한 교묘한 계산은 매케인이 실은 크리스 듀런에게 관심이 없고 아이를 격려하여 정치에 대한 믿음을 회복시키고 싶지 않다는 뜻일까? 꼭 그렇지만은 않다. 하지만 McCain2000이 두 마리 토끼를 잡고 싶어 하는 것은 분명한데, 이것은 대기업이 자선 단체에 기부하면서 자사의 이타주의를 광고에서 떠벌려 홍보 효과를 거두려 드는 것과 비슷하다. 이 같은 논리는 선물과 전화 통화가 '선'하지 않음을 의미할까? 이 질문의 답은 진정성 대 마케팅, 또는 진정성 더하기 마케팅, 또는 지도력 더하기 포장과 판매에서의 회색 지대를 여러분이 얼마나 견딜 수 있는가에 달렸다.

하지만 가련한 〈롤링 스톤〉과 마찬가지로 여러분이 트레일에서 자신의 어수룩함과 여기에 기생하는 세일즈맨을 두려워하는 것 못지않게 자신의 냉소주의를 두려워하기에 이르렀다면 여러분은 세상의 절반만큼, 세 번의 복무 기간큼 떨어져 있는 어떤 힐튼의 어둡고 비좁은 감방으로, 고문과 공포와 석방 제안과 매케인이라는 어떤 청년 유권자의 지침 위반 거부로 여러분의 생각이 자꾸만 돌아가는 것을 보게 될 것이다. 그 감방에는 테크의 카메라도 보좌관도 컨설턴트도 역설도 회색 지대도, 팔 수 있는 것은 아무것도 없었다. 오로지 한 남자와 그를 지탱한 성품 만이―그게 무엇이든―있었다. 이것은 중대한 문제다. 여러분의 마음속에서 저호아로 상자는 문에 별이 붙은 일종의 특별 분장실로, '진짜 존 매케인'이 살고 있다고 사람들이 상상하는 무대 뒤 개인 공간으로 바뀐다. 그런데 여기서 역설은 매케인을 '진짜'로 만들어 주는 이 상자가 정의상 잠겨 있다는 것이다. 밀폐. 아무도 들어가거나 나오지 못한다. 이 또한 여러분이 꼭 명심해야 하는 중대한 문제다. 막후의 연필들이 아무리 많이 달려들더라도 존 매케인의 '프로필'이 달라지지 않는 것은 이 때문이다. 그것은 일방적이고 외면적이고 갈라졌으며 어찌나 많은 렌즈에 굴절되었던지 그곳에 보이는 것은 한 사람이 아니라 수많은 사람인 프로필이다. 세일즈맨이든 지도자이든 둘 다 아니든 둘 다이든, 최종적 역설은, 빙글빙글 돌며 매케인을 감싼 선거 운동 퍼즐의 모든 상자와 네모 안쪽 깊숙이 들어 있는 정말로 작은 핵심적 역설은 그가 진짜로 '진짜'인가를 결정하는 것이 그의 가슴속이 아니라 여러분 가슴속에 있을지도 모른다는 사실이다. 깨어 있도록 노력하라.

(2000)

톰프슨 여사의 집에서 본 광경
The View from Mrs. Thompson's

위치: 일리노이주 블루밍턴

날짜: 2001년 9월 11~13일

주제: 보다시피

요약   블루밍턴 사람들은 진짜배기 중서부내기여서, 불친절까진 아니더라도 내성적인 구석이 있다. 처음 보는 사람에게도 따스한 미소를 건네긴 하지만, 대기실이나 계산대에서 아무하고나 잡담을 나누는 일은 드물다. 하지만 지금은 '참사' 덕분에, 마치 다들 길거리에 서서 똑같은 교통사고를 목격했을 때처럼 수줍음을 떨치고 이야기할 거리가 생겼다. 예를 들어 버웰 주유소 계산대 줄에서 오스코 드러그스토어 계산원 복장의 여자와 무명천의 어깨 부분을 뜯어내어 만든 홈메이드 조끼 차림의 남자가 나누는 대화를 엿들었다. "우리 아이들은 그게 전부 그 〈인디펜던스 데이〉 같은 영화인 줄 알더라고요. 나중에 왜 모든 채널에서 같은 영화를 틀어주느냐고 물어보긴 했지만요." (여자는 자기 아이들이 몇

살인지는 말하지 않았다.)

9월 12일 수요일　　집이며 가게며 다들 국기를 내걸었
다. 신기하게도, 국기를 거는 광경은 한 번도 못 봤는데 수요
일 아침이 되니 집집마다 국기가 걸려 있다. 큰 것도 있고 작
은 것도 있고 중간 것도 있다. 많은 집주인들이 지지대에 필
립스 나사 네 개를 박아야 하는 특수 앵글 국기 꽂이를 현
관문에 달았다. 퍼레이드 할 때 길가에서 흔드는 작은 국기
도 수천 개나 된다. 어떤 집은 밤새 싹이라도 난 듯 이런 국
기 수십 개가 마당에 꽂혀 있다. 시골길 옆에 사는 사람들은
길가 우편함에 작은 국기를 달았다. 적잖은 차량이 그릴이
나 안테나에 국기를 부착했다. 어떤 부자들은 진짜 게양대
를 설치했는데, 그들의 국기는 게양대 가운데에 애도를 표하
는 반기半旗로 걸려 있다. 프랭클린 공원 근처나 동부의 몇몇
저택은 거대한 국기들을 건물 정면에 여러 층으로 늘어뜨렸
다. 저렇게 큰 국기를 어디서 샀는지, 언제 어떻게 저 위에 올
렸는지는 정말이지 귀신이 곡할 노릇이다.

　　우리 옆집은 은퇴한 회계원이자 공군 출신으로, 집과
잔디밭을 관리하는 그의 솜씨는 입이 벌어질 따름이다. 공
식 규격 알루미늄 아노다이징 게양대를 45센티미터 두께의
강화 시멘트로 고정했는데, 벼락을 맞을지도 몰라 어느 이웃
도 썩 좋아하지 않는다. 그가 말하길 국기를 반기로 걸 때는
아주 특별한 예법이 있다고 한다. 우선 깃발을 맨 위 깃봉까

지 올렸다가 '그다음에' 게양대 가운데로 내려야 한다는 것이다. 그러지 않는 것은 국기에 대한 모욕이라나. 그의 국기가 활짝 펼쳐져 바람에 나부낀다. 우리 동네에서 단연코 가장 큰 국기다. 정남방의 옥수수밭에서도 펄럭거리는 소리가 들릴 정도다. 해변에서 바닷물로부터 모래 언덕 두 개만큼 거리를 두고 섰을 때 은은하게 들리는 파도 소리와 대략 비슷하다. N— 씨의 게양대 밧줄은 금속 소재가 함유되어 있어서 바람이 불면 게양대에 부딪혀 철컹철컹 소리가 나는데, 이 또한 이웃들에게 썩 달갑지 않다. 그의 집 진입로와 우리 집 진입로는 맞붙어 있다시피 한데, 지금 그는 접이식 사다리에 올라선 채 (농담 아니고) 특수한 종류의 연고와 세무 천으로 게양대에 광을 내고 있다. 그의 금속제 게양대는 아침 해를 받아 신의 분노처럼 빛나고 있는데도 말이다.

"N— 씨, 국기와 게양대가 끝내주게 멋지네요."

"아무렴요. 돈을 얼마나 들였는데."

"오늘 아침 사방에 국기 걸려 있는 거 봤어요?"

그러자 그가 아래를 내려다보며 살짝 어둡게 미소 짓는다. "장관이죠. 안 그래요?" N— 씨는 친절하기 그지없는 옆집 이웃이라고 부를 만한 인물은 아니다. 내가 아는 거라곤 그의 교회와 우리 교회가 같은 소프트볼 리그에 속해 있고 그가 자기 팀의 통계 분석관으로서 대단히 진지하고 꼼꼼하게 봉사한다는 것뿐이다. 우리는 친하지 않다. 그럼에도 내가 이런 질문을 던진 것은 그가 처음이다.

"그런데 말이죠, N— 씨, 외국인이나 텔레비전 기자나 그런 사람이 찾아와서 (정확히 말하자면) 어제 사건 이후에 국기가 이렇게 내걸려 있는 이유를 묻는다면 뭐라고 하실 건가요?"

"그거야⋯⋯." 그는 평소에 우리 잔디밭을 쳐다볼 때와 같은 표정으로 잠시 나를 바라보더니 이렇게 말했다. "지금 벌어지고 있는 일에 대해 지지를 표명하는 거죠. 미국인으로서 말입니다."[1]

한마디로 수요일 이곳에서는 국기를 내걸어야 한다는 기이한 압력이 점차 커지고 있다. 국기를 거는 목적이 어떤 발언을 하기 위해서라면, 국기의 밀도가 일정 수준에 도달한 상황에서 국기를 내걸지 '않는' 것은 더 적극적인 발언을 하는 것처럼 느껴진다. 그것이 어떤 발언일지는 잘 모르겠지만. 그런데 어영부영하다 국기를 못 걸면 어떻게 될까? 다들 국기를 건 이곳에서, 특히 우편함에까지 작은 국기들이 달려 있는 곳에서 말이다. 저 국기들은 모두 독립 기념일에 썼던 것을 사람들이 성탄절 장식물처럼 보관한 것일까? 어떻

---

1   덧붙임: 그날의 국기 사냥 중에 사정이 허락하여 왕재수나 머저리 취급을 받지 않고 질문할 수 있었던 경우에서 몇 가지 답변을 뽑았다.
"우리가 미국인이고 누구에게도 굽히지 않겠다는 걸 보여주는 거죠."
"고전적 유사 원형이에요. 비판 기능을 선점하여 무효화하려는 반사적 기호semion 죠."(대학원생).
"자부심을 느끼기 위해서요."
"그들이 하는 일은 통합을 상징화하는 것, 우리 모두가 이 전쟁에서 피해자 편이고 놈들이 이번에는 사람을 잘못 골랐다는 걸 보여주는 것이에요, 아미고."

게 알고 국기를 걸었을까? 전화번호부를 찾아봐도 '국기' 아래에는 아무것도 없다. 그러다 어느 시점이 되자 정말로 분위기가 심상치 않다. 불쑥 찾아오거나 차를 세우고 "이봐요, 댁네 집에 국기 안 걸렸는데 어찌 된 거요?"라고 묻는 사람은 아무도 없지만 사람들이 그렇게 말하는 장면을 자꾸만 상상하게 된다. 심지어 저 아래 다 허물어져 다들 폐가인 줄 아는 집조차 진입로 옆 잡초 밭에 작은 국기가 걸린 깃대가 꽂혀 있다. 하지만 블루밍턴의 식료품점 중에서 국기를 가져다 놓은 곳은 아무 데도 없다. 시내의 대형 잡화점에 가봐도 핼러윈 용품뿐이다. 문 연 가게는 몇 곳 없는데, 문 닫은 곳들도 나름대로 국기를 걸었다. 거의 초현실적인 분위기다. 해외종군군인회 회관에 가면 국기를 구할 수 있겠지만, 그곳은 정오가 지나야 문을 연다(구내에 술집이 있다). 버웰 주유소 계산대의 여직원이 55번 주간州間고속도로 옆의 흉물스러운 퀵엔이지 편의점을 가리킨다. 반다나와 나스카 자동차 경주 대회 모자로 가득한 진열대에서 작은 비닐 국기를 몇 장 봤다는 것이다. 하지만 내가 갔을 때는 (누가 낚아챘는진 모르겠지만) 죄다 사라진 뒤였다. 이것이 냉혹한 현실이다. 이 동네에서는 국기를 구할 방법이 없다. 누군가의 마당에서 훔치는 것은 있을 수도 없는 일이다. 나는 퀵엔이지의 형광등 불빛 아래 선 채 이대로 어떻게 집에 가나 걱정하고 있다. 그 많은 사람들이 죽었는데 나는 비닐 국기 하나 때문에 전전긍긍하고 있다니. 지금까지는 약과다. 최악은 사람들이 다가와 괜찮으냐고 물었을 때 베나드릴[2] 때문이라고 둘러대야 한다는 것이다(어쩌면 진짜일 수도 있지만).

…… 그러다 '참사'로 인한 운명과 상황의 기이한 반전이 또 다시 일어나 퀵엔이지 주인이―여담이지만 파키스탄인이다―나를 위로하고 어깨를 빌려주고 말하지 않아도 다 안다는 듯한 표정을 지으며 나를 창고로 데려가 미국이 내놓으리라 상상할 수 있는 온갖 죄악과 탐닉의 가운데 앉혀 기운을 차리게 만든 뒤에 조금 있다가 향기 나는 괴상한 차를 일회용 컵에 따르고 우유를 듬뿍 부어 나와 함께 마시다 판지와 매직펜을 건넨다. 내가 사랑하고 자랑스럽게 내건 홈메이드 국기에 얽힌 사연은 이렇다.

하늘에서 본 풍경과 땅에서 본 풍경 여기서는 누구나 지역 신문 〈팬터그래프〉를 구독하는데, 내가 아는 현지인 대부분이 지독히 혐오하는 매체다. 빌 오라일리와 마사 스튜어트가 공동 편집하는 돈 많은 대학 신문을 떠올리면 감이 올 것이다. 수요일 머리기사 제목은 '피습!'이다. AP 기사로 두 페이지를 꼬박 채운 뒤에야 진짜 〈팬터그래프〉가 시작된다. 다음 문구는 '원문 그대로'다. 수요일 지역면에 실린 주요 기사의 제목은 〈망연자실한 시민들, 온갖 감정에 시달려〉, 〈사람들이 비극에 대처할 수 있도록 성직자들이 도움의 손길을

---

2   비염 치료제.(옮긴이)

내밀어〉, 〈일리노이 주립대학교 교수, 블루밍턴 노멀은 표적이
아닌 것 같다고〉, 〈휘발유 가격 폭등〉, 〈절단 환자의 감동적인
연설〉 등이다. 블루밍턴 중부가톨릭고등학교 학생이 '참사'를
맞아 묵주 기도를 드리는 사진이 신문 반절을 차지하고 있다.
사진 기자가 학교 안에 들어가 겁에 질린 채 기도하는 아이
의 얼굴에 플래시를 터뜨렸다는 뜻이다. 9월 12일자 기명 칼
럼란은 이렇게 시작한다. "뉴욕시와 워싱턴디시에서 렌즈의
눈을 통해 목격한 대학살은 할리우드에서조차 미성년자 관
람 불가일 것이다."

블루밍턴은 인구 6만 5000명의 도시로, 극도로 단연코
평평한 주써의 한가운데에 있어서 멀리서도 시내 중심부가
보인다. 주요 주간고속도로 세 곳과 철도 여러 곳이 이곳에
서 만난다. 위치는 시카고와 세인트루이스의 딱 중간이며 중
요한 기차역을 중심으로 도시가 형성되었다. 블루밍턴은 아
들라이 스티븐슨[3]의 고향이며 〈매시M*A*S*H〉 주인공 블레이크
중령의 고향으로 나온다. 쌍둥이 동생 도시 노멀은 공립 대
학교를 중심으로 건설되었으며 블루밍턴과는 전혀 다른 사
연을 품고 있다. 두 도시를 합치면 인구가 11만 명쯤 된다.

중서부 도시가 다 그렇듯 블루밍턴에서 유일하게 눈에
띄는 것은 번영이다. 이곳은 불황을 모른다. 한 가지 이유는
농지인데, 세계적으로 비옥하며 에이커당 가격이 하도 비싸

---

3 Adlai Stevenson II. 미국 대통령 후보를 지낸 민주당 정치인.(옮긴이)

서 일반인은 땅값을 가늠하지도 못한다. 하지만 블루밍턴은 미국 보험 업계의 거대한 암흑의 신이자 사실상 이 도시의 소유주인 스테이트팜의 전국 본부이기도 하다. 이 때문에 블루밍턴 동부는 온통 검은색 유리로 된 복합 단지와 맞춤형 건물이 들어서고 6차로 순환 도로에 늘어선 상가와 체인점이 구도심을 고사시키고 있으며 거기다 SUV와 픽업트럭으로 대표되는 도시의 기본적인 두 계급과 문화 사이에 갈등이 점차 커지고 있다.[4]

이곳의 겨울은 쌀쌀맞기 이를 데 없지만, 더운 계절의 블루밍턴은 바닷가 마을을 방불케 한다. 다만 이곳의 바다는 옥수수 바다인데, 불끈불끈 자라 사방으로 지평선 끝까지 펼쳐져 있다. 여름의 도시는 온통 짙은 초록색이다. 거리는 나무 그늘에 물들었고 주택의 무성한 정원과 수십 곳의 손질된 공원과 공놀이터와 골프장을 쳐다보려면 선글라스를 써야 할 정도이며 잡초를 싹 뽑고 거름을 준 넓은 잔디밭은 특수 연장으로 인도에 딱 맞춰 다듬었다.[5] 솔직히 사람이라고는 코빼기도 안 보이는 한여름에 이 모든 초록이 열기에 속절없이 당하고 있는 광경은 조금 섬뜩하다.

---

4 일부 사람들의 인상과 달리 이 근방의 원래 억양은 남부투라기보다는 그냥 시골투다. 이에 반해 도시의 기업 입주 지역은 억양이 전혀 없는데, 브라세로 여사의 말을 빌리자면 스테이트팜 사람들은 "텔레비전에 나오는 사람들처럼 말한"다.

5 이곳 사람들은 잔디밭 관리에 심히 심히 열심이어서, 우리 옆집들은 잔디를 수염만큼 자주 깎는다.

여느 중서부 도서와 마찬가지로 블루밍턴 노멀에도 교회가 바글바글하여 전화번호부의 네 페이지를 가득 채우고 있다. 유니테리언 교회가 있는가 하면 눈을 희번덕거리는 오순절 교회까지 없는 게 없다. 심지어 무신론자 교회도 있다. 하지만 교회를 제외하면, 거기다 추측건대 특별할 것 없는 퍼레이드와 불꽃놀이, 옥수수 축제 두어 건 말고는 공식 행사는 찾아보기 힘들다. 이곳 주민들은 누구나 가족과 이웃과 소수의 돈독한 지인이 있으며 외부인과는 교류하지 않는다('담소'를 일컫는 현지 용어는 '방문하다visit'다). 기본적으로 다들 소프트볼이나 골프를 치고 야외에서 고기를 굽고 아이들이 축구하는 모습을 구경하고 이따금 인기 영화를 보러 간다…….

……그리고 텔레비전을 엄청나게 본다. 애들만 그러는 게 아니다. 블루밍턴과 '참사'를 이해하고자 할 때 명심해야 할 분명한 사실은 이곳의 현실—바깥 세상에 대해 느끼는 모든 감각—이 주로 텔레비주얼televisual하다는 것이다. 이를테면 뉴욕의 스카이라인을 알아보는 건 여기 사람들도 마찬가지이지만, 그것은 텔레비전에서 본 스카이라인이다. 이곳에서는 텔레비전의 사교적 비중이 동부 연안에서보다 훨씬 크다. 내 경험상 동부 사람들은 줄기차게 집 밖으로 나와 공공장소에서 사람들을 직접 만나는 반면에 이곳에서는 파티나 사교 모임 자체가 별로 열리지 않는다. 블루밍턴에서 하는 일이라고는 누군가의 집에 모여 무언가를 시청하는 것이 전부다.

따라서 블루밍턴에 살면서 집에 텔레비전이 없는 사람은 크레이머[6]나 마찬가지다. 그것은 왜 여러분이 텔레비전을 들이려 하지 않는지 도무지 이해하지 못하면서도 여러분이 텔레비전을 시청해야 할 필요성을 전적으로 존중하고 여러분이 길에서 쓰러졌을 때 허리를 숙여 손을 내밀듯 본능적으로 자신의 텔레비전을 보게 해주는 사람들에게 영원히 신세를 져야 한다는 것이다. 2000년 대선이나 이번 주의 '참사'처럼 놓쳐서는 안 될 비상 상황은 말할 것도 없다. 자신이 아는 누군가에게 전화하여 텔레비전이 없다고 말하기만 하면 된다. "오, 저런. 우리 집에 오세요."

9월 11일 화요일 블루밍턴에는 근사한 날이 1년에 열흘쯤 되는데, 9월 11일도 그중 하나다. 누군가의 겨드랑이에서 사는 듯한 몇 주를 지나고 나면 공기는 맑고 온난하고 놀랍도록 보송보송하다. 수확이 본격적으로 시작되기 직전이어서 꽃가루가 최악의 상태이며 도시의 적잖은 부분이 베나드릴에 취해 있어 알다시피 이른 아침이면 물속처럼 몽롱한 분위기가 감돈다. 시간으로 따지면 우리는 동부 연안보다 한 시간 늦다. 8시가 되면 직장 다니는 사람은 전부 직장에 있으며 나머지는 전부 집에서 커피를 마시고 코를 풀며 〈투

---

6 시트콤 〈사인펠드〉의 등장인물 코스모 크레이머. 시도 때도 없이 제리의 집에 들이닥친다.(옮긴이)

데이〉 같은 전국망 아침 방송을 본다(모든 방송이 뉴욕에서 송출된다는 것은 말할 필요도 없다). 화요일 8시, 나는 샤워를 하며 시카고 WSCR 스포츠 라디오에서 흘러나오는 베어스 미식축구팀 경기 분석에 귀를 기울이고 있다.

내가 다니는 교회는 블루밍턴 남쪽, 우리 집 근처에 있다. 집에 가서 텔레비전 좀 봐도 되겠느냐고 물어도 될 만큼 친한 사람들은 대부분 우리 교회 교인이다. 걸핏하면 예수의 이름을 부르짖거나 종말 운운하는 교회는 아니어도 꽤 독실하며 교인끼리는 서로를 잘 알고 친분도 매우 두텁다. 내가 알기로 모든 교인이 이곳 토박이다. 대부분은 노동자 계급이거나 은퇴한 노동자 계급이다. 소규모 자영업자도 몇 명 있다. 상당수는 제대 군인이고/거나 자녀가 현역 군인 또는─특히─예비역인데, 군 복무는 이런 가족이 대학 학비를 마련하는 좋은 방법이기 때문이다.

내가 머리에 샴푸를 묻힌 채로 거실 바닥에 주저앉아 '참사'가 실제로 벌어지는 광경을 지켜보고 있는 곳은 톰프슨 여사의 집이다. 그녀는 온 세상 74세들 중에서 멋진 축에 들며 긴급 사태가 벌어졌을 때 설령 전화가 통화 중이더라도 무작정 찾아갈 수 있는 바로 그런 사람이다. 우리 집에서 트레일러하우스 주차장 건너편으로 일이 킬로미터가량 떨어진 곳에 산다. 혼잡한 주택가는 아니지만 휑하지도 않다. 톰프슨 여사의 집은 작고 깔끔한 1층짜리 주택으로, 서부 연안에서라면 방갈로라고 부를 텐데 블루밍턴 남부에서는 하우스라고 부른다. 톰프슨 여사는 오래된 교인에다 신도회장이며 그녀의 거실은 일종의 사랑방 격이다. 그녀의 아들 F—는 이곳에서 나의 가장 친한 친구 중 하나다. 베트남에서 수색대로 복무하다 무릎에 총상을 입었으며 지금은 상가에 다양한 체인점을 입주시키는 공사 업체에서 일한다. 이혼 수속 중이며—이야기하자면 길다—법원에서 주택 매각 여부를 심의하는 동안 T 여사와 함께 살고 있다. F—는 제대 군인이지만 전쟁 이야기를 꺼내지 않고 해외종군군인회에도 가입하지 않았다. 그러나 이따금 어두운 충동에 사로잡혀 전몰장병 기념일 주말에 살그머니 빠져나가 혼자 야영을 하는데, 여러분도 직접 보면 그의 머릿속에 심상치 않은 것이 들어 있음을 알 수 있을 것이다. 공사 일을 하는 여느 사람처럼 그도 매우 일찍 일어나며, 내가 그의 어머니 집에 갔을 때쯤에는 이미 나간 지 오래였다. 그때가 공교롭게도 두 번째 비행기가 남쪽 타워에 부딪힌 직후였다. 그러니까 8시 10분경이었을 것이다.

돌이켜 생각해 보니 내가 충격을 받았음을 암시하는 최초의 징후는 초인종을 누르지 않고 대뜸 들어왔다는 것이다. 평상시라면 이곳에서 누구도 하지 않을 행동이었으니까. T 여사는 아들의 거래처 관계도 있고 해서 필립스 40인치 평면 텔레비전을 가지고 있는데, 화면에 댄 래더[7]가 머리

---

7   CBS 이브닝 뉴스 앵커.(옮긴이)

카락이 살짝 헝클어진 채 와이셔츠 차림으로 비친다. (블루 밍턴 사람들은 CBS 뉴스를 압도적으로 선호하는데, 이유는 잘 모르겠다.) 여신도 몇 명이 이미 와 있지만, 내가 그들 중 누구와든 인사를 주고받은 것 같지는 않다. 내가 들어오는 순간 CBS가 다시는 틀어주지 않은 소수의 장면 중 하나에 다들 시선을 고정하고 있던 것으로 기억되기 때문이다. 그것은 북쪽 타워와 화염에 휩싸인 고층의 철골 노출부를, 건물에서 분리되어 연기 속 화면 아래로 이동하는 점들을 멀리서 광각으로 찍은 장면이었다. 갑자기 화각이 좁아지자 점들은 코트와 넥타이와 스커트 차림의 실제 사람들이 추락하면서 신발이 벗겨지는 광경인 것으로 드러났다. 몇몇은 난간이나 도리에 매달려 있다가 손을 놓쳐 물구나무서거나 몸을 뒤틀며 떨어졌고 한 커플은 서로 끌어안고 있는 것처럼 보이는 모습으로—확인할 수는 없었다—몇 층을 떨어지다 카메라가 갑자기 뒤로 물러나면서 다시 점으로 축소되었으며—영상이 얼마나 지속되었는지는 모르겠다—그 뒤에 댄 래더의 입이 어떤 소리도 내기 전에 1초간 씰룩거렸으며 방 안의 모든 사람이 의자에 깊숙이 앉은 채 어딘지 어린아이 같으면서도 지독히 늙어 보이는 표정으로 서로 쳐다보았다. 한두 사람은 무슨 소리를 낸 것 같기도 하다. 그 밖에 무슨 말을 할 수 있을지 모르겠다. 사람이 죽어가는 영상을 보면서 충격을 받는 것에 대해 이야기하는 것은 기괴하게 느껴진다. 신발도 함께 떨어지고 있다는 것에는 더 고약한 구석이 있었다. 노부인들이 나보다 잘 이해했을 것 같다. 그때 두 번째 비행기가 타워에 부딪히면서 작고 움직이는 점들이 더 떨어지는, 파란색과 은색과 검은색과 근사한 주황색의 흉측하게 아름다운 장면이 다시 재생되었다. 톰프슨 여사는 의자에 앉아 있었다. 꽃무늬 쿠션을 댄 흔들의자였다. 거실에는 의자가 두 개 더 있으며 F—와 내가 현관문을 경첩에서 분리하고서야 집에 들여놓을 수 있었던 커다란 코듀로이 소파가 있다. 빈자리가 하나도 없었던 걸 보면 모인 사람은 대여섯 명이었는데, 대부분 여성이었고 모두 쉰이 넘었으며 부엌에서 목소리가 더 들렸는데, 그중 하나는 매우 흥분해 있었고 심리적으로 예민한 R— 여사의 목소리였다. 나는 잘 모르는 사람이지만, 이 지역에서 명성이 자자한 미인이었다고 한다. 상당수는 T 여사의 이웃이고 몇몇은 아직 로브 차림이며 사람들은 시시때때로 집에 가서 전화를 하고 돌아오거나 아예 가버렸고—개중에 젊은 부인은 아이들을 하교시키려고 돌아갔다—딴 사람들이 왔다. 어느 시점엔가는, 남쪽 타워가 너무 완벽하게 무너져 내릴 즈음에—빌딩이 우아한 숙녀가 기절하는 것처럼 무너졌다고 생각했던 기억이 나지만, 브라세로 여사의 평상시에는 매우 쓸모없고 짜증스러운 아들 두에인은 실제로는 미항공우주국의 로켓 발사 장면을 거꾸로 돌린 것처럼 보인다고 지적했는데, 여러 번 돌려 보고 나니 꼭 그런 것만 같다—집 안에 적어도 여남은 명이 있었다. 거실은 어둑어둑했는데, 여기서는 여름에 다들 커튼을 쳐두

기 때문이다.[8]

며칠 지나지도 않았는데 사건들을, 어쨌거나 사건들의
순서를 제대로 기억하지 못하는 것은 정상일까? 내가 알기
로 어느 시점에 잠시 동안 밖에서 이웃 하나가 잔디를 깎는
소리가 들렸는데, 더없이 기이한 일이었지만 누가 그것에 대
해 뭐라고 한 기억은 없다. 때로는 아무도 말 한마디 안 하는
것 같았고 때로는 모두가 한꺼번에 말하는 것 같았다. 통화
행위도 많았다. 이 여인들 중에서 휴대폰을 가지고 다니는
사람은 아무도 없으므로—두에인 삐삐가 있는데, 용도는
불분명하다—부엌에 있는 T 여사의 오래된 벽걸이 전화기가
유일하다. 모든 통화가 합리적으로 일리가 있지는 않았다.
'참사'의 한 가지 부작용은 자신이 사랑하는 모든 사람에게
전화하려는 압도적 욕구였다. 뉴욕에 연결할 수 없다는 것
은 일찌감치 확인되었다(뉴욕 지역 번호 212를 돌리면 기묘한 웅
소리만 났다). 사람들이 번번이 T 여사에게 허락을 구하자 그
녀는 결국 닥치라며 제발 그냥 전화기를 쓰라고 말한다. 부

8　톰프슨 여사의 거실은 블루밍턴 노동자 계급의 전형으로, 다음과 같은 것들이
놓여 있다. 이중 유리 창문, 발랑스[커튼 위쪽에 다는 햇빛 가리개.(옮긴이)]가 달린
흰색 시어스 커튼, 청둥오리 배경의 통신 판매 시계, 〈크리스천 사이언스 모니터〉와
〈리더스 다이제스트〉가 꽂힌 나뭇결무늬 잡지꽂이, 작은 수집용 조각상과 가족·친
지의 사진 액자를 전시하는 용도의 매립형 책장. 〈진정 바라는 것Desiderata〉과 〈성
프란치스코의 기도Prayer of St. Francis〉가 새겨진 자수가 두 점, 좋은 의자마다 안티마
카사르[의자의 등받이나 소파의 쿠션을 보호하기 위해 씌우는 덮개.(옮긴이)], 발이
안 보일 정도로 두꺼운 장판형 카펫(사람들은 현관에서 신발을 벗는데, 이것은 기본
예절이다).

인들 중 몇몇은 남편에게 연락한다. 남편들도 각자의 직장에서 텔레비전이나 라디오 주위에 모여 있는 것이 틀림없다. 상사들은 하도 큰 충격을 받아서 한참이 지나도록 직원들을 퇴근시켜야겠다는 생각을 하지 못한다. T 여사는 커피를 준비해 뒀지만, 위기의 또 다른 징후는 무언가가 필요하면 직접 가지러 가야 한다는 것이다(평상시에는 저절로 얻게 되지만). 문에서 부엌까지 가는 동안 두 번째 타워가 무너지는 광경을 보면서 첫 번째 타워가 무너지는 장면을 다시 트는 건가 하고 어리둥절했던 기억이 난다. 건초열⁹의 또 다른 특징은 누가 울고 있는 건지 확실히 알 수 없다는 것이지만, 펜실베이니아에서 비행기가 추락했고 부시가 전략공군사령부 벙커로 이동했고 시카고에서 차량 폭탄이 폭발했다는 보도를 곁들여—마지막 뉴스는 나중에 오보로 드러났다—최초의 '참사'를 겪은 두 시간 동안 거의 모두가 자신의 상대적 능력에 따라 울거나 울먹거리고 있다. 톰프슨 여사는 어떤 사람보다도 말수가 적다. 우는 것 같지는 않지만, 여느 때와 달리 의자를 흔들거리지도 않는다. 첫 남편의 죽음은 난데없고 끔찍했으며, 내가 알기로 전쟁 기간에 F—가 전장에 투입되었을 때면 그녀는 몇 주씩 아들의 소식을 듣지 못하고 생사조차 알지 못했다. 두에인 브라세로가 주로 하는 일은 이 모든 사건이 얼마나 영화 같으냐며 끊임없이 지껄이는 것이다. 스물

---

9   꽃가루 알레르기.(옮긴이)

다섯이 넘었는데도 여전히 부모 집에 얹혀살면서 아마도 용접공이 되려고 공부하고 있는 두에인은 늘 위장색 티셔츠를 입고 낙하산병 군화를 신지만 실제로 입대하려는 생각은 털끝만큼도 없는 사람 중 하나다(솔직히 그건 나도 마찬가지다). 톰프슨 여사의 집 실내에 있으면서도 앞쪽에 슬립낫SLIPKNOT이라는 문구가 박힌 모자를 늘 쓰고 있다. 근처에 혐오할 사람을 적어도 한 명 두는 것은 언제나 중요한 일인 듯하다.

가련하고 깡마른 R— 여사가 부엌에서 혼절한 이유는 종손녀인지 재종손인지가 타임라이프 빌딩—또는 뭐라고 부르든—에서 타임사社 인턴으로 일하기 때문이다(R— 여사와, 누구든 그녀가 가까스로 통화한 사람이 아는 것이라고는 그 빌딩이 뉴욕 시 어딘가에 아찔하게 높이 솟은 마천루라는 것뿐이다). 그녀는 걱정으로 제정신이 아니며 다른 부인 두 명이 여기서 내내 그녀의 양손을 잡은 채 의사에게 전화할지 말지 갈팡질팡하고 있다(R— 여사에게는 모종의 사연이 있다). R— 여사에게 맨해튼 미드타운의 정확한 위치를 알려준 것이 내가 그날 유일하게 베푼 선행이다. 그러고 보니 여기서 나와 함께 '참사'를 보는 사람 중에서 누구도—심지어 1991년에 교회 단체 관광의 일환으로 〈캣츠〉를 보러 간 여자 두어 명도—뉴욕 지리에 대해 아무런 감이 없으며, 파이낸셜 디스트릭트와 자유의 여신상이 얼마나 남쪽 끝에 있는지도 모른다. 그들에게 알려주려면 텔레비전에서 봐서 다들 친숙한 스카이라인의 전경에 있는 바다를 가리키면서 보여주는 수밖에 없다.

얼렁뚱땅 약식 지리학 수업을 하다 보니 이 좋은 사람들에게서 소외감이 느껴지기 시작한다. 사람들이 참해로부터 달아나는 '참사'의 광경을 보는 내내 이 소외감이 내 안에서 쌓여간다. 이 여인들은 멍청하거나 무지하지 않다. 톰프슨 여사는 라틴어와 스페인어를 읽을 줄 알며 포크틀랜더 여사는 언어 치료사 자격증이 있는데 NBC 톰 브로코의 (그의 말에 집중하지 못하게 만드는) 기이한 꼴깍 소리가 '성문 폐쇄음 L'이라는 실제 언어 장애라고 내게 설명해 주었다. 부엌에서 R— 여사를 돌보는 여인 중 한 명은 9월 11일이 캠프 데이비드 협정 기념일이라고 내게 알려주었다(금시초문이었다).

이 블루밍턴 여인들을 표현하(는 듯 여겨지기 시작하)는 말은 '순진무구'다. 이 방 안에는 많은 미국인에게 특이하게 보일 만한 것이 하나 있는데, 그것은 냉소주의가 놀랄 만큼 결여되어 있다는 것이다. 이를테면 전국 방송 앵커들이 '셋다' 와이셔츠 차림이라는 게 좀 이상하다거나 댄 래더의 머리카락이 헝클어진 게 완전히 우연은 아닐 수 있다거나 끔찍한 영상을 끊임없이 틀어주는 게 방금 채널을 돌려서 아직 그 영상을 보지 못한 일부 시청자를 위해서가 아닐지도 모른다는 가능성을 떠올리는 사람은 아무도 없다. 사전 녹화된 연설에서 대통령의 특이하고 조그맣고 흐리멍텅한 눈이 점점 화면 가까이 다가온다는 사실이나 그의 연설 중 몇 구절이 몇 년 전 〈비상 계엄〉에서 브루스 윌리스(생각해 보니 우익 미치광이로 나왔다)가 했던 말과 표절일 정도로 똑같게 들린다는 사실을 눈치챈 사람은 이 여인 중에 아무도 없는 것 같다. '참사'가 전개되는 장면을 보면서 느껴지는 순전한 기묘함의 적어도 일부는 다양한 장면들이 〈다이 하드 1~3〉에서 〈에어 포스 원〉까지 온갖 영화의 줄거리와 판박이이기 때문이라는 사실도 누구 하나 알아차리지 못한다. '전에 본 거잖아'라는 역겹고 명백히 포스트모던적인 불만을 제기할 정도로 세상 물정에 밝다고 할 만한 사람은 이 중에 아무도 없다. 이들이 하는 일이라고는 모두 함께 앉아 진심으로 애통해하며 기도하는 것뿐이다. 톰프슨 여사 무리 중에서 다 함께 통성 기도를 하자거나 둥글게 모여 손 잡고 기도하자고 할 만큼 밥맛인 사람은 아무도 없겠지만, 그래도 그들이 뭘 하고 있는지는 뻔하다.

오해 마시라. 이것은 대체로 좋은 일이다. 이렇게 하면 혼자서는 생각하지 않을 법한 것을 생각하고 혼자서는 하지 않을 법한 일을 할 수 있다. 이를테면 연설과 눈을 보면서 대통령에 대한 나의 생각이 틀렸고, 그에 대한 나의 견해가 왜곡되었고, 그가 실은 내가 생각하는 것보다 훨씬 똑똑하고 실속 있고, 영혼 없는 골렘이나 양복을 차려입은 기업 이익의 핵심이 아니라 용감하고 청렴한 정치인이고 등등이라고 생각하며 조용하면서도 열렬하게 기도하는 것처럼 말이다. 그것은 좋다. 이런 식으로 기도하는 것은 좋은 일이다. 그래야만 한다는 게 조금 외로운 일이긴 하지만. 참으로 점잖고 순진무구한 사람들의 곁에 있는 것은 때로는 고역일 수도 있다. 내가 아는 블루밍턴 사람들이 전부 톰프슨 여사 같다고 말할 생각은 조금도 없다(이를테면 그녀의 아들 F—는 다르다. 좀 유별나긴 하지만). 내가 지금 설명하려 하고 있는 것은 이것이다. '참사'의 참사 중 어떤 측면은 그 비행기에 타고 있던 테러범들이 그토록 증오한 미국이 어떤 미국이든 그것은 이 여인들의 미국보다는 나와 F—와 한심하고 혐오스러운 두에인의 미국에 훨씬 가깝다는 사실을 아는 것임을.

(2001)

스물네 단어에 대한 해설

Twenty- Four Word Notes

Utilize   해로운 과시어. 'use(쓰다)'라는 버젓한 단어에 어떤 의미도 더하지 않으므로 거기에 글자와 음절을 덧붙인다고 해서 똑똑해 보이지 않으며, 오히려 'utilize'를 쓰면 거들먹거리는 멍청이나 세련되어 보이려고 무의미하게 거창한 단어를 쓸 정도로 소심한 사람처럼 보인다. 명사 'utilization(이용)'을 쓰는 것, 'car(차)' 대신 'vehicle(차량)'을 쓰는 것, 'house(집)' 대신 'residence(거주지)'를 쓰는 것, 'now(지금)' 대신 'presently(이하 '현재')', 'at present', 'at this time', 'at the present time'을 쓰는 것도 마찬가지다. 과시어와 관련하여 기억할 만한 사실은 좋은 글쓰기 선생이 학부생에게 뻔질나게 강조하는 것, 즉 '격식을 갖춘 글'이란 쓸데없이 화려한 글이 아니라 깔끔하고 명료하고 최대한 배려하는 글을

뜻한다는 것이다.

If 대다수 사전에서 'if'의 용법 해설이 길고 복잡한 것에서 보듯 영어에서 가장 까다로운 접속사인 듯하다. 개인적으로 창피를 당한 경험을 바탕으로 말하건대 'if'를 잘못 써서 글을 허약해 보이게 만드는 방법은 두 가지가 있다. 첫 번째는 'if'를 'whether' 대신에 쓰는 것이다. 둘은 동의어가 아니다. 'if'는 조건을 표현할 때 쓰고 'whether'는 대안적 가능성을 도입할 때 쓴다. 물론 작문하느라 여념이 없는 와중에 추상적인 문법적 구분을 지키기가 쉽지는 않지만, 이 경우에는 놀랍도록 간단한 테스트 방법이 있다. 해당 접속사나 접속사절 뒤에 '[or not]'을 넣어도 뜻이 달라지지 않으면 'whether'를 써야 한다. 예시: "He didn't know wheth- er [or not] it would rain(그는 비가 올지 [안 올지] 알지 못했 다)", "She asked me straight out whether I was a fetishist [or not](그녀는 내가 이성물애자인지 [아닌지] 단도직입적으로 물 었다)", "We told him to call if [or not? no] he needed a ride [or not? no](우리는 그에게 차를 얻어 타고 싶으면 전화하 라고 말했다)". 두 번째 혼동은 종속 접속사('if'는 종속 접속사 의 일종이다)에 쉼표를 쓰는 기본 규칙과 관계가 있다. 종속 접속사는 해당 절이 종속적임을 독자에게 알려준다(흔히 쓰 는 종속 접속사로는 'before', 'after', 'while', 'unless', 'if', 'as', 'be- cause' 등이 있다). 이에 해당하는 규칙은 간단하며 외워둘 가

치가 있다. 생각을 완성하는 주절 앞에 오는 종속절 뒤에만 쉼표를 붙이며 주절 뒤에 오는 종속절 앞에는 쉼표를 붙이지 않는다. 예시: "If I were you, I'd put down that hatchet" vs. "I'd put down that hatchet if I were you(내가 너라면 도끼를 내려놓겠어)".

Pulchritude 일종의 아름다움을 일컫지만 그 자신은 영어에서 가장 추한 단어 중 하나라는 점에서 역설적인 명사. 형용사형 'pulchritudinous(아름답다)'도 마찬가지다. 두 단어는 자신이 지칭하는 성질과 반대인 성질을 가진 소수의 엘리트 집단에 속한다. 'diminutive(작디작다)', 'big(크다)', 'foreign(외국의)', '(형용사)fancy(화려하다)', 'classy(세련되다)', 'colloquialism(구어체)', 'monosyllabic(단음절)' 이외에도 여남은 개가 더 있다. 학령기 자녀에게 역설적 단어를 최대한 많이 대보라고 하는 것은 영어와의 관계를 다지는 좋은 방법이며 단어가 실재의 기호이자 실재 자체임을 일깨울 수 있다.

Mucous 형용사로, 명사 'mucus'과 동의어가 아니다. 두 단어를 눈여겨볼 만한 이유는 재미있기 때문만이 아니라 많은 사람들이 둘의 차이를 모르기 때문이기도 하다. 'mucus'는 입에 담을 수 없는 그 물질 자체를 뜻한다. 'mucous'는 (1) "The next morning, his mucous membranes were in rocky shape indeed(이튿날 아침, 그의 점막은 정말로 바위

모양이었다)"에서처럼 점액을 만들거나 분비하는 것, (2) "The mucous consistency of its eggs kept the diner's break-fast trade minimal(그 식당은 달걀이 물컹물컹해서 아침 식사 손님이 매우 적었다)"에서처럼 'mucus'로 이루어졌거나 그와 비슷한 것을 가리킨다.

Toward 'toward'가 올바른 미국식 철자이고 'to-wards'가 올바른 영국식 철자라고 지적하면 잘난 체하는 것처럼 보일지도 모르겠다. 반면에 수준을 막론하고 이 차이를 모르는 작가들이 하도 많아서 'toward'를 쓰는 것은 돈 한 푼 들이지 않고 잘난 체하지도 않으면서 자신의 미국 영어 구사 능력을 보여주는 방법이 되고 있다. 'gray(미국식)'와 'grey(영국식)'도 마찬가지다. 하도 많은 미국인이 하도 오랫동안 두 단어를 섞어 쓰는 바람에 일부 미국 사전에는 'grey'가, 허용되는 이형으로 실려 있기도 하다. 하지만 'to-ward' 대 'towards'에 대해서는, 적어도 내가 살아 있는 동안에는 그럴 일이 없을 것 같다. 'as'를 'since'나 'because'의 뜻으로 쓰는 일도 일어나지 않을 텐데, 많은 미국 학생이 즐겨 이렇게 하는 이유는 그러면 자신의 문장이 세련되어 보인다고 생각하기 때문이다("As Dostoevsky is so firmly opposed to nihilism, it should come as no surprise that he so often presents his novels' protagonists with moral dilem-mas"[도스토옙스키는 허무주의를 확고하게 반대했기에 그가 자기

소설의 주인공을 종종 도덕적 딜레마에 빠뜨리는 것은 전혀 놀랄 일이 아니다]). 2003년 현재, 이유를 나타내는 'as'는 영국 영어에서만 허용되며, 심지어 영국에서도 'as' 종속절이 문장 맨 앞에 올 때만 가능하다. 'as'가 문장 중간에 오면 시간을 나타내는 것처럼 보여 혼동을 일으킬 수 있기 때문이다("I declined her offer as I was on my way to the bank already"[나는 이미 은행에 가는 길이었으므로 그녀의 제안을 거절했다]).

That 'that'을 관계 대명사로 쓰는 방법에 대한 무지가 널리 퍼져 있는데, 'that'과 관련한 잘못 두 가지가 어찌나 심각한지 여러분이 그런 잘못을 저지르면 교사, 편집자, 고급 독자는 여러분에 대해 매몰찬 판단을 내릴 것이다. 첫 번째 잘못은 'that'을 써야 할 자리에 'which'를 쓰는 것이다. 이 잘못을 저지르는 작가들은 두 관계 대명사가 대체 가능하지만 'which'를 쓰면 자신이 더 똑똑해 보일 거라 생각한다. 실은 그렇지 않고 그러지 않는다. 'that'이 제한적 관계절을 이끌고 'which'가 계속적 관계절을 이끈다는 추상적 규칙보다는 다음의 간단한 테스트가 더 요긴할 것이다. 관계 대명사 앞에 쉼표를 붙여야 하면 'which'를 쓰고 그렇지 않으면 'that'을 쓰라.[10] 예시: "We have a massive SUV

---

[10] 보너스 정보와 조언: 여러분이 총명한 아이에게 논리적인 한 문장에서 'that'을 다섯 번 연속으로 써보라고 시키면 아침나절을 고요하게 보낼 수 있는데, 이 문제의 해법이 바로 that/which 구분이다. "He said *that* that that that that writer used

that we purchased on credit last month(우리는 지난달에 할부로 산 초대형 SUV가 있다)", "The massive SUV, which we purchased on credit last month, seats us ten feet above any other driver on the road(이 초대형 SUV는 지난달에 할부로 샀는데 좌석 높이가 도로 위의 다른 운전자보다 3미터 높다)".

두 번째 잘못은 훨씬 흔하며 훨씬 악질이다. 그것은 'who'나 'whom'을 써야 할 자리에 'that'를 쓰는 것이다. (예시: "She is the girl that he's always dreamed of[그녀는 그가 늘 꿈꾸던 여자다]", "Daddy promised the air rifle to the first one of us that cleaned out the hog pen[아빠는 우리 중에서 돼지우리를 맨 먼저 청소하는 사람에게 공기총을 사주겠다고 약속했다]".) 여기에는 매우 기본적인 규칙이 있다. 'who'와 'whom'은 사람에 쓰는 관계 대명사이고 'that'과 'which'는 나머지 모든 것에 쓰는 관계 대명사다. 'that'을 사람에 쓰는 '잘못'이 실은 우리 언어가 'who/that' 구별에서 진화하는 첫 단계라는 논지, 'that'을 보편적으로 쓰는 것이 더 간단하며 영어가 주격 'who' 대 목적격 'whom'이라는 낡고 불편한 구별에서 벗어날 수 있는 방법이라는 논지를 뒷받침하는 진보적 언어학 논증이 있는 것은 사실이다. 하지만 이런 종류의 논증은 이론적으로는 흥미롭지만 현실에서는 무의미하다. 2003년 현

---

should really have been a *which*." (문장 안에 물음표를 넣는 수법을 알 만큼 나이가 많은 아이라면 여섯 번으로 난이도를 높여도 좋다. "He said that? that that that that that writer used should have been a which?")

재 글에서나 말에서 'that'을 'who'나 'whom' 자리에 잘못 쓰는 것은 일종의 계급 표시 역할을 하며 나스카[11] 용품을 착용하는 것과 프로 레슬링을 좋아하는 것의 차이가 문법적으로 나타나는 셈이다. 이 발언이 오만하거나 극단적이라고 생각된다면 흉측한 'PTL 클럽'[12]의 머리글자가 실은 'People That Love(사랑하는 사람들)'였음을 명심하라.

Effete 일부 사전과 어법 권위자는 이 단어에 대한 문학적 용법의 현실을 온전히 담아내지 못한다. 'effete'의 전통적 의미는 '생기가 바닥나다, 탈진하다, 기진맥진하다'이며, 나이 든 대학교수의 수업에 보고서를 제출하겠다면 이 의미로만 써야 할 것이다. 하지만 이제는 수많은 식자들이 'effete'를 'elite(엘리트적)'나 'elitist(엘리트주의적)'의 (나약함, 쪼잔함, 가식, 퇴폐 등의 뉘앙스가 덧붙은) 경멸적 동의어로 받아들이며, 필자의 견해에 따르면 'effete'를 이런 식으로 쓰는 것은 잘못이 아닌데, 다른 어떤 단어도 그 함축적 뉘앙스를 풍기지 못하기 때문이다. 확장된 정의를 잘못으로 여기는 전통주의자는 일부 자유주의 단체 등을 "effete corps of impudent snobs(뻔뻔한 속물의 나약한 무리)"로 규정한 스피로 애그

---

11 미국의 대표적인 자동차 경주 대회로, 팬의 85퍼센트 이상이 중산층이다.(옮긴이)
12 'Praise The Lord'(주를 찬양하라)라는 뜻으로, 1980년대 미국에서 인기를 끈 기독교 텔레비전 방송사.(옮긴이)

뉴[13]를 곧잘 비난하지만, 이런 의미 확장에는 더 심오한 이유가 있으니 이를테면 'effete'의 어원인 라틴어 'effētus'는 '아이를 낳아서 기진맥진하다'를 뜻하여 명백한 여성적 함의가 있었다. 역사적으로 보아도 'effete'는 기력이 소진된 미술 운동을 묘사하는 데 종종 쓰였으며 미술이 탈진했을 때의 주된 특징 중 하나는 지나친 세련미나 겉치레나 퇴폐로 전락하는 것이었다.

Dialogue 명사 'dialogue'의 흥미로운 점은 '둘 이상의 사람이 주고받는 대화'를 뜻하므로 "The council engaged in a long dialogue about the proposal(위원회는 그 제안을 놓고 오랜 대화를 나눴다)"처럼 말해도 틀리지 않는다는 것이다. 그럼에도 'dialogue'를 특정 형용사로 수식하는 것은 삼가야 하는데, 이를테면 'constructive dialogue(건설적 대화)'와 'meaningful dialogue(의미 있는 대화)'는 주로 정치적 위선 때문에 상투어가 되었기에 많은 독자에게 흥미를 반감시킬 것이다. 'dialogue'를 동사로 쓰는 것도 부디 삼가라. 물론 (1) 셰익스피어가 'dialogue'를 동사로 썼고 (2) '다이어트 diet를 하다'에서 'to diet'가 파생되고 '덫trap을 놓아 잡다'에서 'to trap'이 파생되었듯 영어에는 명사의 동사화로 인정되는 사례가 얼마든지 있다. 아마도 30년 안에 'to dialogue'

---

13   미국의 제37대 부통령.(옮긴이)

가 표준이 될지도 모르지만 아직은 대다수의 교양 있는 독자가 이를 어색하고 부자연스럽게 여긴다. 'to transition(이행하다)'와 'to parent(부모 노릇을 하다)'도 마찬가지다.

Privilege 일부 사전에서는 괜찮다지만, 아직까지는 동사 'to privilege'는 학술어로 불릴 법한 특정 영어 하위방언에서만 쓰인다. 예시: "The patriarchal Western canon privileges univocal discourse situated within established contexts over the polyphonic free play of decentered utterance(가부장적인 서구 정전들은 탈중심화된 발화의 다성부 즉흥 연주보다 확립된 맥락 안에 놓인 단성부 담화를 특권화한다)". 이 하위 방언의 현대적 형태는 문학 이론과 사회학 이론에서 비롯했지만 이제 인문학 전반에 스며들었다. 'to privilege(특권화하다)', 'to situate(위치시키다)', 'to interrogate(심문하다)' + 일부 추상 명사구, 또는 필요한 것보다 세 배 이상 긴 문장을 쓰고 싶은 상황이 딱 하나 있는데, 그것은 학술어가 좋은 지적 글쓰기라고 믿을 정도로 속속들이 격려되고 불안정하고 멍청한 교수가 가르치는 대학 수업에서다. 수강하지 않을 수 없는 필수 과목 말이다. 나머지 모든 상황에서는 잽싸게 반대쪽으로 달아나라.

Myriad 형용사 'myriad'는 (1) 무한히 큰 수("The Local Group comprises myriad galaxies[국부 은하군은 수많은 은하로

이루어진다]")나 (2) 수없이 다양한 요소로 이루어졌음("the myriad plant life of Amazonia[아마존의 다종다양한 식물상]")을 뜻한다. 명사로는 관사 및 'of'와 함께 쓰여 큰 수를 뜻한다("The new CFO faced a myriad of cash-flow problems[신임 최고재무책임자는 수많은 현금 유동성 문제에 직면했다]"). 의아한 것은 명사 용법의 역사가 훨씬 긴데도 일부 권위자들이 형용사 용법만 옳다고 생각한다는 것이다(임의의 편집자가 'a myriad of'에 이의를 제기할 가능성은 약 50대 50이다). 'myriad'가 형용사로 쓰인 것은 19세기 시에서가 처음이다. 그러니 조금 난감하다. 고개를 갸우뚱하는 독자가 없도록 명사 용법을 삼가라고 권하고 싶긴 하지만, 'a myriad of'에 고개를 갸우뚱하는 독자가 까탈스럽고 틀린 것 또한 사실이다(잘난 체하는 교사나 편집자의 코를 납작하게 하고 싶으면 콜리지의 "Myriad myriads of lives teemed forth[무수한 생명의 무수함이 쏟아져 나왔다]"를 인용하시길).

Dysphesia 이 명사는 의학 용어인데 시의적절하게도 의학 아닌 분야에 적용된다. 뇌 문제로 인해 언어를 구사하지 못하는 것을 우리는 종종 'aphasia(실어증)'이라고 하는데, 이것은 원래의 의학적 의미와 비슷하기는 하지만 같지는 않다. 'dysphesia'도 전문적 정의를 뛰어넘어 확장되어 일관된 문장을 만드는 데 심한 어려움을 겪는 것을 뜻한다. 우리의 현 대통령이 하는 말을 들어본 사람이라면 누구나 알겠

지만, 연설가 중에는 'clumsy(어설프다)'나 'inarticulate(어눌하다)'의 범주를 넘어설 정도로 언어 능력이 결여된 사람들이 있다. G. W. 부시가 공식 석상에서 쓰는 영어의 실상은 'dysphesiac'이다.

Unique '비교불가사uncomparable'로 불리기도 하는 형용사의 한 부류로, 조금 까다로울 수 있다. 다른 비교불가사로는 'precise', 'exact', 'correct', 'entire', 'accurate', 'preferable', 'inevitable', 'possible', 'false' 등 전부 해서 스무남은 개가 있다. 이 형용사들은 모두 절대적이고 절충 불가능한 상태를 묘사한다. 틀렸거나 아니거나, 불가피하거나 아니거나 둘 중 하나인 것이다. 많은 작가들이 무심코 'more'와 'less' 같은 비교 한정사, 'very' 같은 강의어로 비교불가사를 수식하려 한다. 하지만 잘 생각해보면 "War is becoming increasingly inevitable as Middle East tensions rise(중동의 긴장이 고조되면서 전쟁이 점차 불가피해지고 있다)", "Their cost estimate was more accurate than the other firms'(그들의 비용 산출은 다른 회사들보다 더 정확했다)", "As a mortician, he has a very unique attitude(그는 장의사로서의 태도가 매우 남다르다)" 같은 문장의 핵심 주장이 터무니없음을 알 수 있다. 불가피한 것은 반드시 일어나지 반드시 일어날 수도 있는 게 아니며 더 반드시 일어날 수도 없다. 'unique'는 이미 유일무이하다는 뜻이므로 형용사구 'very unique'

는 'audible to the ear(귀로 들을 수 있는)'나 'rectangular in shape(모양이 직사각형인)'처럼, 잘해야 쓸데없는 짓이요 못하면 바보짓이다. 비교불가사 관련 실수는 쉽게 바로잡을 수 있지만—"War is looking increasingly inevitable(전쟁이 점차 불가피해 보이고 있다)", "Their cost estimate was more nearly accurate(그들의 비용 산출은 더욱 거의 정확했다)", "he has a unique attitude(그는 태도가 남다르다)"—작가에게 힘든 부분은 애초에 그런 오류를 어떻게 알아차리느냐다. 여기에는 마케팅 문화의 탓도 있다. 미국 광고의 개수와 수사적 부피가 늘어 우리가 과장된 언어에 둔감해지면서 마케팅 업체들은 최상급과 비교불가사에 고옥탄 수식어를 주입할 수밖에 없게 되었다(special → very special → Super-special! → **Mega-Special!!**). 비교불가사 문제에 담긴 더 근본적인 문제는 표준 문어 영어Standard Written English(SWE)와 광고 영어의 불일치다. 광고 영어Advertising English(AE)는 일종의 방언으로서 연구할 만한 가치가 있을 듯한데, SWE와는 문법 규칙이 다르며 그 주된 이유는 AE의 목표와 전제가 다르기 때문이다. "We offer a totally unique dining experience(저희는 총체적으로 유일무이한 식사 경험을 제공합니다)", "Come on down and receive your free gift(왕림하셔서 저희의 공짜 선물을 받으세요)", "Save up to 50 percent… and more!(최대 50퍼센트 … 그 이상을 절약하세요!)" 같은 문장은 광고 영어로는 나무랄 데 없지만 그 이유는 광고 영어가 꼼꼼하게 주의를 기울이지 않는 사람들을 대상으로 삼기 때문이다. 대상이 정의상 비자발적이고 주의가 분산되고 숫자로 취급되면 'free gift'과 'totally unique'가 침투할 가능성이 커지는데, 침투야말로 AE의 유일한 목표다. 표준 문어 영어의 목표와 전제가 훨씬 복잡한 것은 분명하지만, SWE의 공리 중 하나는 독자가 꼼꼼하게 주의를 기울이고 필자에게도 같은 것을 기대한다는 것이다.

Beg 'to beg'의 주된 역할은 요즘은 매우 인위적으로 들리는 옛 단어 'crave'보다 개선된 현대적 동의어로 쓰이는 것이다. 두 동사는 낮은 위치에서 간절하게 부탁한다는 뜻으로, 우리는 은혜는 'beg(구걸)'하지만 권리는 'demand(요구)'한다. 'beseech(간청하다)'와 'implore(애원하다)'도 'beg'와 비슷하지만, 두 단어에는 조금의 추가적 불안과/또는 긴박감이 함축되어 있다. 이 단어로 저지를 수 있는 유일한 터무니없는 실수는 'beg the question'이라는 관용구를 오용하는 것이다. 이 관용구는 '~라는 명백한 질문을 던지게 하다'라는 의미가 결코 아니며 "This begs the question, why are our elected leaders silent on this issue?(이것은 우리의 선출된 지도자들이 왜 이 문제에 침묵하는가, 라는 질문을 던지게 한다)"라는 문장은 점점 흔해지고 있는 동시에 지독하게 틀렸다. 'beg the question'이라는 숙어는 라틴어 'petitio principii(선결 문제 요구의 오류)'를 영어로 압축한 것으로, 결

론의 근거인 전제가 결론 못지않게 논란거리인 논리 오류를 일컫는다. 선결 문제를 요구하는 대표적인 예로는 "The death penalty is the proper punishment for murder because those who kill forfeit their own right to life(살인자는 자신의 생명권을 상실하므로 사형은 정당한 처벌이다)"와 "True wisdom is speaking and acting judiciously(참된 지혜는 현명하게 말하고 행동하는 것이다)"가 있다. 'beg the question'은 어원과 의미가 극히 구체적이므로 '질문을 던지게 하다'라는 용법으로 아무리 널리 쓰이더라도 결코 이 의미를 가지지 않는다. 엄밀히 말하자면, 'beg'의 부수적 정의에 '비키거나 피하다'가 있더라도 '실제 문제를 회피하거나 무시하다'를 뜻하지도 않는다. 상대방이 논점을 놓치고 있다고 비판하고 싶으면 "You're begging the real issue(진짜 문제를 회피하고 계시네요)"라는 식으로 말할 수 있지만, 자신이 'petitio principii'의 사례를 언급한다는 확신이 없으면 이 의미의 'beg'조차도 'question'과 함께 써서는 안 된다.

Critique 나는 1980년대 중엽에 대학에 갔는데, 거기에서는 'to critique' 같은 동사는 없다고 가르쳤다. 내게 이 문법을 주입한 교수들(둘 다 쉰이 넘었었다)은 'to criticize'가 '장단점을 판단하다, 분석하다, 평가하다'를 뜻하며 'critique(명)'는 '특정한 비판적 논평이나 검토'를 일컫는다고 설명했다. 하지만 이제는 사전을 보면 'to criticize'의 1번 정

의는 주로 '흠잡다'다. 즉, 동사로 쓰일 때 부정적인 뉘앙스가 점차 커지고 있다. 그래서 이제 일부 어법 권위자들은 'to critique'를 써도 무방하다고 생각하는데, 그들은 'criticize'가 예전에 의미하던 중립적이고 학구적인 평가를 이 단어로 가리킴으로써 혼란을 최소화할 수 있다고 주장한다. 그런데 어법 전문가 중에서 'to critique'를 받아들이는 사람은 여전히 소수에 불과하다. 사전의 어법 위원회는 "After a run-through, the playwright and director both critiqued the actor's delivery(예행연습을 마치고 나서 극작가와 감독 둘 다 배우의 연기를 비평했다)" 같은 문장에 대해 의견이 대체로 약 50-50으로 엇갈린다. 권위자들만 그런 것이 아니다. 식자의 상당수도 'to critique'를 틀렸거나 거슬린다고 여긴다. 명석한 독자들을 뭐하러 불필요하게 소외한단 말인가? 'criticize'가 비난조로 들릴까봐 걱정된다면 'evaluate', 'explicate', 'analyze', 'judge' 등을 쓸 수도 있고 유서 깊은 본동사 파묻기 수법을 써서 'offer a critique of', 'submit a critique of' 등으로 표현할 수도 있다.

Focus 'focus'는 '집중력'의 뜻으로 쓰일 수도 있고 ("Sampras's on-court focus was phenomenal[샘프러스의 코트 위 집중력은 경이로웠다]") '우선순위'의 뜻으로 쓰일 수도 있다 ("Our focus is on serving the needs of our customers[우리의 초점은 고객의 필요에 부응하는 것이다]"). 형용사로는 "He's the most focused warehouse manager we've ever had(그는 내가 겪은 창고 관리자 중에서 가장 깐깐하다)"에서처럼 '강박적'이나 '편집증적'의 긍정적 동의어로 종종 쓰이는 듯하다. 동사로는 "Focus, people!(집중하세요, 여러분!)", "The Democrats hope that the campaign will focus on the economy(민주당은 선거 운동이 경제에 초점을 맞추길 바란다)", "We need to focus on finding solutions instead of blaming each other(서로를 비난하지 말고 해결책을 찾는 일에 집중해야 한다)"에서처럼 예전의 의미인 '집중하다'와 동일한 듯하다. 마지막 두 예문에서 'to focus on'이라는 동사구가 물칭物稱 명사('economy')와 동명사('finding')를 목적어로 가질 수 있으며 두 경우에 의미와 문법적 구조가 약간 다르다는 것에 유의하라. 명사와 함께 쓰일 때의 'to focus on'은 '~에 주의나 노력을 집중하다'를 뜻하여 직접 목적어가 동사구에 직접 포함되지만, 동명사와 함께 쓰일 때는 '특정 목표를 지향하다'를 뜻하며 'attention', 'efforts', 'energies' 같은 직접 목적어가 항상 은폐되거나 전제되어 대명사가 실제로는 간접 목적어 역할을 한다. 'to focus'가 'to concentrate'를 대체한 속도로 보건대 다소 은어적인 뉴에이지 분위기에 반발하는 사람이 아무도 없다는 건 좀 의아하지만, 정말로 아무도 없어 보인다. 어쩌면 이 단어가 지난 10년간 주류 용법에 진입한 여러 영화·드라마 용어—이를테면 'to foreground(= 주연으로 출연시키다, 최우선순위를 부여하다)', 'to background(= 조연으로 출연시키다, 하찮은 역을 주다)', 'scenario(= 가설적 사전 연쇄의 개요)'—중 하나에 불과하기 때문인지도 모르겠다.

Impossibly 형용사에서 파생했으며 형용사만 꾸밀 수 있고 결코 동사를 꾸밀 수 없는 형용사 중 하나다. 'impossibly fast', 'extraordinarily yummy', 'irreducibly complex', 'unbelievably obnoxious'처럼 이런 부사로 형용사를 꾸미는 것은 글쓰기에 잘 어울리는 매우 유식한 표현 습관이다. 부사를 여러분이 원하는 만큼 다채롭고/재미있고/근사하게 구사할 수 있을 뿐 아니라, 개성을 희생하지 않고도 문장의 격조를 높이는 손쉬운 방법이기도 하며 화자가 실제 사람이면서도 세련된 사람처럼 보이게 한다. 주의 사항은 이 특수한 부사-형용사 구조를 몇 문장 당 하나 이상으로 써서는 안 된다는 것이다. 안 그러면 문장이 너무 용쓰는 것처럼 보일 우려가 있다.

Individual 명사로서는 "One of the enduring oppositions of British literature is that between the individual and society(영국 문학의 오랜 대립 중 하나는 개인과 사회의 대립이다)", "She's a real individual(그녀는 참된 개인이다)"에서처럼 한 사람을 집단과 구별하는 정당한 용법으로 쓰인다. 무척 법률적이고 관료적이고 공식 발표적인 문장에서는 'person'의 동의어처럼 쓰기도 하지만 둘은 동의어가 아니다. 즉,

"Law-enforcement personnel apprehended the individual as he was attempting to exit the premises(법 집행관은 그 사람이 구내에서 빠져나가려 할 때 체포했다)" 같은 과장된 헛소리에서 두드러진다. 'person'을 대신하는 'Individual'과 'someone'을 대신하는 'an individual'은 잘난 체하고 분위기를 싸하게 만드는 과시어다. (과시어에 대한 자세한 설명은 'utilize'의 해설을 보라.)

Fervent 'verve(활기)'와 'fever(열병)'의 음운론적 매력을 버무린 아름답고 풍성한 단어. 하지만 많은 작가들은 'fervent'가 'fervid(열렬하다)'의 동의어라고 생각하며 대다수 사전의 정의에서는 오류를 바로잡을 생각이 별로 없어 보인다. 사실 열정을 묘사하는 형용사는 세 가지가 있고 정도가 각각 다르며 모두 라틴어 동사 'fervēre'(= 끓이다)에서 유래했다. 'fervent'는 "Fingering his ascot, Aubrey gazed abstractedly at the brazier's fervent coals(오브리는 애스컷 스카프를 만지작거리면서 화로의 활활 타는 석탄을 멍하니 바라보았다)"에서처럼 극도로 뜨겁고 빛나는 것을 뜻할 수도 있지만 기본적으로는 'ardent'(열렬하다)의 동의어다. 'fervid'는 한 단계 위로 올라가 'fervent'보다 더 큰 열정/헌신/열의를 함축한다. 꼭대기에는 'perfervid'가 있는데, 이 단어는 엄청나고 맹렬하고 걷잡을 수 없이 열광적이라는 뜻이다. 'perfervid'는 더 많이 쓰여야 마땅한데, 그것은 단어 자체의 두운

과 생기 있는 운율이 있을 뿐 아니라 작가가 'fervēre'에서 파생된 세 단어의 차이를 알고 있음을 보여주기 때문이다.

Loan 아주 비공식적인 대화 이외의 자리에서 'loan'을 동사로 쓰는 것은 자신의 무식함이나 부주의함을 드러내는 짓이다. 2004년 현재, 동사 'to lend'는 결코 까탈스럽거나 가식적으로 들리지 않는, 버젓한 옳은 표현이다.

Feckless 모든 면에서 대단한 형용사. 이 단어를 'ef-fete(무기력하다)'의 의미로 확장해서 써도 괜찮은 한 가지 이유는 'feckless'를 이용하여 'effete'의 예전 의미를 표현할 수 있기 때문이다. 'feckless'는 주로 효능의 결여, 즉 활력이나 결단력이 없고 연약한 것을 뜻하지만 무신경하고 무절제하고 무책임한 것을 뜻할 수도 있다. 지금은 방탕한 젊은이나 비대해진 관료 조직 등 자신의 불운에 책임이 있는 모든 사람에 주로 쓰이는 듯하다. 'feckless'를 쓸 때의 커다란 장점은 극도로 경멸적이고 비열한 표현이면서도 이 말을 쓰는 사람은 결코 옹졸해 보이지 않는다는 것이다. 그저 재치 있고 세련된 것처럼 보일 뿐이다. 이 단어는 'e([에])' 모음운과 'k' 발음 덕분에 읽는 재미도 있는데, 3중 모음운을 가진 명사형은 더욱 재미있다.

All of "no more than(단지 ~에 지나지 않다)"을 뜻하는

반어적 관용어(예시: "Sex with Edgar lasted all of a minute[에드거와의 섹스는 고작 1분 만에 끝났다]")로 쓰일 때를 제외하고 'all of'에 정당한 용법이 하나라도 있을까? 정답은 복잡하면서도 개인적으로 나를 기죽인다. 많은 학생들의 거슬리는 습관 중 하나는 형용사 'all'과 뒤따르는 명사 사이에 무조건 'of'를 넣는 것인데—"All of the firemen slid down the pole(모든 소방관이 봉을 타고 미끄러져 내려갔다)", "She sent cards to all of her friends(그녀는 모든 친구에게 카드를 보냈다)"—내가 학부생들에게 이 습관을 버리라고 10년째 말하는 데는 두 가지 이유가 있다. 첫째는 'of'의 남발이 맥없거나 졸렬한 글의 가장 확실한 표시 중 하나라는 것이며 둘째는 이 용법이 종종 틀렸다는 것이다. 나는 다음과 같은 규칙을 공표했다. 반어적 숙어일 때를 제외하고 'all of'를 쓰는 것이 옳은 유일한 경우는 형용사구 뒤에 대명사가 올때—"All of them got cards(그들 모두가 카드를 받았다)", "I wanted Edgar to have all of me(에드거가 나의 전부를 가지길 바랐다)"—이지만, 단 해당 대명사가 소유격일 때는 "All my friends despise Edgar(나의 모든 친구가 에드거를 경멸한다)"에서처럼 'of'를 생략해야 한다. 그런데 불과 몇 주 전에 규칙의 앞 부분이 사실은 간단한 문제가 아님을 깨달았다(이것을 알려준 사람은 한 총명한 학생으로, 그녀는 나의 으름장에 오기가 생겨서 내가 잘못 알고 있는 것을 찾으려고 어법 지침서를 샅샅이 뒤졌는데, 수업 중 절묘한 시점에 손을 들고 내게 창피를 줄 작정

이었다[그녀는 계획을 실천했고 나는 체면을 구겼으며 그래도 썄다
—틀린 현학자보다 우스꽝스러운 존재는 없으니까]). 'all'이 명사
와 함께 쓰일 경우, "All of Edgar's problems stem from his
childhood(에드거의 모든 문제는 어린 시절에서 비롯한다)", "All
of Dave's bombast came back to haunt him that day(데이
브의 모든 허풍이 그날 그를 다시 따라다니게 되었다)"에서처럼 명
사가 소유격이면 사이에 'of'가 들어가야 한다. 이 규칙은 영
영 잊지 못할 것이다.

Bland   여기 사전들이 미처 따라잡지 못한 형용사가
있다. 'bland'는 원래 사람에는 '상냥하다, 매끈하다, 침착하
다, 차분하게 유쾌하다'(참고: 'blandish[아첨하다]', 'blandish-
ment[감언]')라는 뜻으로, 사물에는 '부드럽다, 온화하다, 기
분 좋게 차분하다'라는 뜻으로 쓰였다. '칙칙하다, 재미없다,
무미건조하다'라는 뜻은 부수적으로만 쓰였다. 하지만 2004
년 현재, 'bland'에는 거의 언제나 경멸적 어조가 스며 있다.
반쯤 의학적인 특수 관용어("The ulcerous CEO was placed
on a bland diet[궤양을 앓는 그 최고 경영자는 담백한 식단을 처방
받았다]")일 때를 제외하면 'bland'는 흥미롭거나 짜릿하거
나 자극적이거나 강력하거나 매력적으로 되려고 노력하지만
실제로는 그에 미치지 못하는 것을 주로 의미한다.

Noma   이 의학 용어는 입안이나 생식기의 유난히 불쾌

한 궤양성 염증을 가리킨다. 극단적으로 빈곤하고 불결한 환경에서 사는 아이들이 가장 흔히 걸린다는 점에서 'scrofula(피부샘병)'와 비슷하다. 형용사 'scrofulous'의 의미가 '부패하다, 타락하다, 불쾌하다'로 점차 확장되었듯 'nomal'도 비슷하게 확장될 때가 무르익은 것 같다. '부패하다, 역겹다, 지독히 추잡스럽다, 추잡스럽게 지독하다'의 약간 모호하거나 유식한 동의어로 쓰일 수 있다……면 감이 올 것이다.

Hairy 다양한 털과 숱에 대한 묘사는 영어의 어떤 단어군보다 많을 텐데, 그중 일부는 무척이나 신기하고 재미있다. 'shaggy(텁수룩하다)', 'unshorn(다듬지 않았다)', 'bushy(북슬북슬하다)', 'coiffed(단정하다)' 같은 평범한 단어는 여러분도 알고 있을 것이다. 형용사 'barbigerous'는 'bearded(수염이 났다)'의 고급스러운 동의어다. 'cirrose'와 'cirrous'는 "cirrus cloud(새털구름)"에서처럼 '곱슬머리'와 '술'을 뜻하는 라틴어 'cirrus'에서 왔으며 둘 다 곱슬곱슬하거나 술이 많거나 듬성듬성하거나 솜털 같은 머리카락을 가리킨다―〈어댑테이션Adaptation〉에서 니컬러스 케이지의 머리카락이 cirrose하다. 'crinite'는 '털이 있거나 털 같은 부속지가 달렸다'를 뜻하지만, 대개 식물학 용어로 쓰이기 때문에 사람에 쓰면 좀 괴상할 것이다. 하지만 'crinose'는 사람에게 쓰는 형용사로, '털이 많다'라는 뜻이며, 특히 털이 아주 길다는 의미로 쓰인다. 이것과 관계가 있는 명사 'crinosity'는

구식이지만 폐어는 아니며 "Madonna's normally platinum crinosity is now a maternal brown(평소에 백금색이던 마돈나의 머리카락은 이제 어머니 쪽의 갈색이다)"에서처럼 머리카락을 학자풍으로 재미있게 묘사할 때 쓸 수 있다. 털 관련 형용사를 통틀어 가장 사랑스러운 'glabrous'는 털이 (해당 부위에) 전혀 없다는 뜻이다. 'glabrous'는 대머리나 삭발보다는 아기 엉덩이의 무모無毛를 뜻하지만, 대머리인 사람을 현란하게 비꼬아 묘사하고 싶으면 'glabrous dome(무모의 반구)' 등의 표현을 쓸 수 있다. 'hirsute'는 'hairy'의 고급스러운 동의어 중에서 가장 친숙할 텐데, 격식을 갖춘 어떤 글에도 잘 어울린다. 털과 관련된 여느 형용사와 마찬가지로 'hirsute'는 원래 식물에 쓰였으나('굵거나 뻣뻣한 털로 덮였다'라는 뜻이다) 일반적 용법으로 쓰일 때는 정의가 훨씬 포괄적이다. 하지만 명사 'hirsutism'은 여전히 준準의학 용어로, 털이 병적으로 많고/거나 특이하거나 들쭉날쭉하게 분포했다는 뜻이다. 요점은 명사가 'hairiness'의 동의어가 아니라는 것이다. 'hispid'는 '뻣뻣하거나 억센 잔털로 덮였다'라는 뜻이며 군인의 정수리나 면도하지 않은 턱에 쓸 수 있다. 'hispidulous'는 대개 'hispid'의 과시어 형태에 불과하므로 멀리해야 한다. 'lanate'와 'lanated'는 '털이 북슬북슬하다'라는 뜻이다. 북슬북슬한 털을 묘사하는 더 예쁘고 좀 더 친숙한 방법은 형용사 'flocculent'를 쓰는 것이다. ('floccose'도 있지만, 이 단어는 키위나 마루멜루처럼 신기하게 생긴 작고 털 많은 과일에 주로 쓰인다.) 그 밖에도 'pil'을 어근으로 하는 단어들이 있는데, 전부 라틴어 'pilus(= 털)'에서 유래했다. 'pilose'는 매우 흔한 형용사로, '가늘고 보드라운 털로 덮였다'라는 뜻이다. 'pilous'는 비슷하게 생겼지만 정통 과학 용어로, 《옥스퍼드 영어 사전Oxford English Dictionary》(OED)에서는 '털이 특징적이거나 털이 많다'라고 정의하며 "It is covered with a rough pilous epidermis(그것은 억센 털이 난 표피로 덮여 있다)"라는 예문을 인용한다(아무 설명이 없어서 다소 당황스럽다). 'pilous'와 'pileous'는 철자뿐 아니라 의미도 비슷한데, 후자는 '털이 있거나 털과 관련된'을 뜻하는 의학 용어로, 이를테면 털이 빽빽한 악성 종양은 'pileous tumor'로 분류된다. 한편 'pileous tumor'는 'piliferous tumor'로 불리기도 하는데, 후자의 형용사는 '털이 있거나 털이 나는'이라는 뜻이다(식물학에서 'piliferous'는 몇몇 괴상한 잎에서처럼 '끄트머리에 털이 있다'라는 뜻이다). 'piligerous'도 있는데, 이 단어는 '털로 덮였거나 털옷을 입었다'라는 뜻으로, 주로 동물에 쓰는 반면에 'piliated'는 'pilus'의 복수형에서 유래했으며 털이 있거나 가장자리 털이 빽빽한 세균 종류를 일컫는다. 마지막으로, 명사 'pilimiction'은 "털처럼 생긴 신체 부위가 소변에 섞여 나오"는, 바라건대 매우 희귀한 질환의 이름이다. 하지만, 지독하게 괴로운 얼굴 표정을 'pilimictive'으로 묘사할 수는 있겠지만 이것 말고는 'pilimiction'이 일상에서 쓰이는 경우는 상상하기 힘들다. (한 가지 'pil' 단어에 대한 주의: 형용사 'pubescent'는 문자 그대로는 '연하고 보송보송한 털로 덮였다'라는 뜻이되 엄밀하게는 'pilose'의 동의어로 인정되지만, 2004년 현재 어느 독자도 'pubescent'를 이런 식으로 이해하지 않을 것이므로 나는 'pilose'를 고수하겠다.) 'tomentose'는 '빽빽하고 작고 헝클어진 털로 덮였다'를 뜻하며, 새끼 침팬지와 호빗의 발, 로빈 윌리엄스는 모두 tomentose하다. 'ulotrichous'는 'lannate' 및 'flocculent'와 같은 부류로 묶는 것이 적절한데, '곱슬곱슬하게 북슬북슬한 털'을 일컫는 예스럽고 매우 화려한 용어다. 엄밀히 인종주의적 형용사는 아니지만 틀림없이 인종적 형용사라는 것에 유의하라. 1900년대 초에 출간된 A. C. 해든의 《인종Races of Man》은 'leiotrichous(곧은머리)', 'cymotrichous(반곱슬머리)', 'ulotrichous(곱슬머리)'의 기본적인 세 가지 머리카락 형태를 인종 분류의 기준으로 제시했다.

이제 올바른 언어 생활을 하시길.

주의: 이 글에 나온 난해한 단어 중 하나라도 써먹을 생각이라면 《OED》를 곁에 두길 권한다. 이 사전은 옥스퍼드 대학교 출판부에서 내놓은 그저 또 하나의 쓸모없는 구닥다리가 아니다. 사실 털과 관련된 위의 단어 중에는 다른 사전에서 찾아볼 수 없는 것도 있다. 게다가 단어들의 쓰임새가 특수한 경우가 많아서 추상적 정의뿐 아니라 단어가 실제로 어떻게 쓰이는지 볼 수 있는 예문이 두어 개 실려 있으면 유익하다. 영어의 모든 실질 형태소에 대해 정의와 문맥 기반

예문을 둘 다 보여주는 것은 《OED》가 유일하다. 변죽은 그만 울리고 명토 박겠다. 정말로 진지한 작가라면 샀든 훔쳤든 온라인판을 해킹했든 무슨 수를 써서라도 《OED》를 가지고 있어야 한다. 딴 걸로는 어림도 없다.

(2004)

옮긴이의 말

데이비드 포스터 윌리스의 에세이 선집 작업을 의뢰받은 것은 2018년 11월이다. 이미 《끈이론》 번역을 수락하고 자포자기한 상태였기 때문에 순순히 제안을 받아들였다. 하긴 《무한한 재미》를 붙잡고 있을 번역가를 생각하면 내가 《끈이론》 옮긴이의 말에서 토로한 괴로움은 엄살에 불과할 테니까.

영어판으로 출간된 윌리스의 에세이집은 《재밌다고들 하지만 나는 두 번 다시 하지 않을 일A Supposedly Fun Thing I'll Never Do Again》(1997), 《랍스터를 생각해 봐Consider the Lobster》(2005), 《살과 빛의 몸을 입은 페더러Both Flesh and Not》(2012)의 세 권이다.(《끈이론》은 앞의 세 권에서 테니스와 관련된 에세이를 뽑은 특별판이다.) 이 중에서 대여섯 편을 직접 선정하여 번역하는 것이 내 임무였다.

내가 처음에 뽑은 목록은 〈거의 떠나온 상태에서 떠나오기〉, 〈권위와 미국 영어 어법〉, 〈톰프슨 여사의 집에서 본 광경〉, 〈기운 내, 심바〉, 〈새로운 불 속으로 다시〉, 〈스물네 단어에 대한 해설〉이었다. 일리노이주 축제를 다룬 〈거의 떠나온 상태에서 떠나오기〉는 월리스의 에세이 중에서 미국의 소비주의와 인간 군상을 예리하고 유머러스하게 포착한 글로, 월리스가 한 인터뷰에서 말한 바 "무언가의 주위를 떠다니며 자신이 보는 것을 보고하는, 기본적으로 거대한 눈알"[14]로서의 독특한 논픽션 기법을 여실히 보여주며 미국 독자들에게도 많은 인기를 끌었으나 아쉽게도 다른 출판사에서 선점하는 바람에 제외해야 했다(이 에세이는 2020년 초에 같은 제목으로 바다출판사에서 출간되었다). 〈권위와 미국 영어 어법〉은 사전 편찬의 기술적descriptive 접근법을 비판하고 규범적prescriptive 접근법을 옹호한 서평으로, 언어에 대한 월리스의 관심을 엿볼 수 있는 글이지만 전작 《재밌다고들 하지만 나는 두 번 다시 하지 않을 일》에 이미 수록된 것을 미처 챙기지 못해 이 또한 눈물을 머금고 포기해야 했다. 그 대신 〈에 우니부스 플루람: 텔레비전과 미국 소설〉이라는 초기 에세

---

14 "basically an enormous eyeball floating around something, reporting what it sees."
Max, D. T., *Every Love Story Is a Ghost Story* (p. 270), Penguin Publishing Group, Kindle Edition.

이를 새로 넣었는데, 돌이켜 생각하면 오히려 잘된 일이 아닌가 싶다. 이 에세이에서 천착하는 주제들—텔레비전, 상업주의적 광고, 반어법—이 월리스의 대표작《무한한 재미》에 고스란히 녹아 있기 때문이다. 〈톰프슨 여사의 집에서 본 광경〉도《재밌다고들 하지만 나는 두 번 다시 하지 않을 일》에 〈톰프슨 아주머니의 집 풍경〉이라는 제목으로 실리긴 했지만, 이 선집에서 보여주고자 하는 월리스의 면모를 이해하는 데 꼭 필요한 에세이여서 중복 게재하기로 했다.

이 책에 실린 다섯 편의 에세이는 월리스라는 퍼즐의 다섯 조각이라고 말할 수 있다. 이 에세이들을 통해 독자는 그가 얼마나 다채롭고 복잡한 삶을 살았는지 조금은 짐작할 수 있을 것이다.

〈에 우니부스 플루람: 텔레비전과 미국 소설〉의 월리스는 소설의 책무를 고민하는 진지한 소설가다. 원래는 텔레비전에 대한 1000단어짜리 글을 써달라는 〈하퍼스〉의 청탁에서 출발한 이 에세이는 2만 1000단어의 분량으로 〈현대 소설 리뷰Review of Contemporary Fiction〉에 실리게 된다. 당시에 월리스는《무한한 재미》를 낼 출판사를 물색하고 있었는데, 선인세 8만 달러를 제시하여 판권을 따낸 리틀 브라운 출판사의 편집자 마이클 피치는 공교롭게도 마크 레이너의 편집자이기도 했다. 문제는 월리스가 에세이에서 레이너를 신랄하게 비판했다는 것이다(에세이 후반부를 보라). 따라서 월리스는 레이너의 소설에 빠진 요소가 자신의 소설에 들어 있음을 입증해야 했다. 월리스가 보기에 텔레비전의 힘은 사람들이 텔레비전을 조롱하면서도 하루에 여섯 시간을 그 앞에 앉아 있게 만드는 중독성이었다(알다시피 월리스는 중독에는 일가견이 있는 인물이다). 텔레비전에 대한 어떤 비판도 공허할 수밖에 없는 것은 텔레비전이 스스로를 조롱거리로 삼았기 때문이다. 이러한 자기 참조는 외부 세계와 단절되어 현실과의 접점을 잃고 마는데, 월리스가 보기엔 젊은 미국 소설가들도 같은 상황에 처해 있다. 이들은 텔레비전으로 인해 타락한 미국 대중문화를 폭로하지만, 그들의 폭로는 텔레비전의 자기조롱과 별반 다를 바 없다. 현실을 보여주는 것 자체는 어떤 힘도 없기 때문이다. 월리스에 따르면 텔레비전의 존재 이유가 사람들이 자신을 좋아하게 만드는 것이듯 이 소설가들도 독자들에게 똑같은 메시지를 던질 뿐이다.("이봐! 나 좀 봐! 내가 얼마나 훌륭한 작가인지 보라고! 나를 좋아해 줘!")[15] 이 소설가들이 휘두르는 무기는 '반어법'으로, 권위에 저항하는 효과적인 수단이지만 권위를 무너뜨린 뒤에 새로운 것을 건설하는 일에는 무력하기만 하다. 반어법을 제3세계의 혁명에 비유하는 부분은 프랑스 혁명 이후의 무질서와 폭력을 개탄한 에드먼드 버크를 연상시키기도 한다. (하긴 월리스는 정치적으로 보수적이었으며 로널드 레이건에게 투표했고 1992년에는 기업

---

15 "Hey! Look at me! Have a look at what a good writer I am! Like me!" Burn, Stephen J., *Conversations with David Foster Wallace* (Literary Conversations Series) (p. 25). University Press of Mississippi. Kindle Edition.

인 출신의 대선 후보 로스 페로를 지지했다.) 윌리스는 저급 예술의 주된 목표가 돈을 버는 것인 반면에 '진지한' 예술은 사람들을 불편하게 하고 사람들로 하여금 쾌락을 위해 노력하도록 하는 것이라고 말한다. 조롱과 경박함이 쿨함으로 칭송받는 시대에 윌리스가 추구한 것은 진지함이었다.

〈새로운 불 속으로 다시〉는 1996년 〈마이트 매거진Might Magazine〉에 〈색정의 장애물Impediments to Passion〉이라는 제목으로 실렸으며, 스스로 섹스 중독자임을 고백한 윌리스의 연애관을 엿볼 수 있는 에세이다. 애머스트 대학교 시절 윌리스가 나락에 떨어졌을 때 그의 곁을 지켜준 여자 친구 수전 퍼킨스와 이별한 뒤에 윌리스는 수많은 여인을 전전했으나 자살하기 몇 해 전 캐런 그린을 만나 결혼에 이르기 전에는 한번도 안정된 관계를 맺지 못했다. 하지만 사람들의 허를 찌르는 도발적 상상력을 여지없이 발휘한 이 에세이에서 보듯 그는 홀가분한 떡치기casual fucking를 넘어선 친밀한 애정을 갈망한 듯하다.

〈기운 내, 심바〉는 〈롤링 스톤〉의 의뢰로 2000년 미국 대선에서 공화당 예비 후보로 나선 존 S. 매케인의 선서운동을 일주일간 따라다니며 취재한 글로, 진정성에 대한 윌리스의 태도가 잘 드러난다. 이 에세이는 매케인이 다시 대선에 출마한 2008년에 단행본으로 출간되기도 했으며 매케인의 진면목을 훌륭히 묘사한 글로 널리 인정받는다. 하지만 상자 속 상자 비유에서 보듯 윌리스는 매케인의 진짜 모습이 무엇인지에 대해 결론을 내리지 않는다. 윌리스에 따르면 중요한 것은 매케인이 어떤 인물이냐가 아니라 미국인들이 매케인을 어떤 인물로 여기느냐다. 진정성이 조롱받고 청년 유권자가 정치에 흥미를 잃은 이유에 대한 윌리스의 진단은 〈에우니부스 플루람〉을 연상시킨다. 무엇보다 이 에세이는 윌리스가 남들과 같은 현상을 보면서도 전혀 다른 엉뚱한 해석을 내놓고 그 해석 이면의 심오한 통찰을 전달한다는 점에서 그가 왜 논픽션 작가로서 인기를 끌었는지 짐작하게 해준다.

〈톰프슨 여사의 집에서 본 광경〉은 9·11 사건 직후의 분위기를 묘사한 에세이로, 순진무구함에 대한 윌리스의 양면적 태도를 보여준다. 《끈이론》에 실린 〈트레이시 오스틴이 내 가슴을 후벼 판 사연〉과 〈선택, 자유, 제약, 기쁨, 기괴함, 인간적 완벽함에 대한 어떤 본보기로서 테니스 선수 마이클 조이스의 전문가적 기예〉에서 보듯 윌리스는 나름의 경지에 이른 사람들의 순진무구함과 진부함(윌리스의 글에서 자주 볼 수 있는 단어인 'innocence, cliché, banality'는 윌리스적 역설의 핵심이다) 속에 진리가 담겨 있으며 그 진리를 무시해서는 안 된다고 말한다. 〈거의 떠나온 상태에서 떠나오기〉에 묘사된 인간 군상과 비교하면 이 에세이의 인물들에 대해 윌리스가 은근한 애정을 품고 있음을 느낄 수 있는데, 톰프슨 여사의 집에 모인 사람들은 사실 윌리스가 속한 알코올 중독 재활 모임의 회원과 그 가족으로, 일상생활에 서툰 윌리스를 물심

양면으로 도와준 사람들이다. 월리스는 새로운 지역에 가면 재활 모임을 찾아 교류했는데, "일을 복잡하게 만들지 말라" "자신에게 다정하라" "모든 것을 이해하려 들지 말라" "한 번에 하루치 일만" 같은 소박하고 '진부'한 구호들이 실제로 효과를 발휘하고 삶을 변화시키는 것을 목격한 경험이 진정성에 대한 월리스의 독특한 관점에 영향을 미쳤는지도 모르겠다.

〈스물네 단어에 대한 해설〉은 《옥스퍼드 미국 작가용 동의어 사전Oxford American Writer's Thesauraus》에 〈단어 해설word Note〉이라는 제목으로 실렸는데, 글쓰기 선생으로서의 월리스를 잘 보여주고 있어서 선집에 수록했다. 월리스는 애리조나 대학교 문예창작 석사 과정을 마친 뒤에 여러 대학에서 평생 학생들을 가르쳤다. 작가라면 누구나 공감하겠지만, 월리스는 기회만 있으면 "글을 쓴다는 것은 가르친다는 뜻이다"[16]라고 말했다. 글만 써서는 먹고 살 수 없으니 작가에게는 가르치는 일이 필수라는 의미다. 월리스는 열성적인 강사였다. 학생들의 과제에 세 쪽짜리 논평을 첨부했으며 과제를 두 번씩 읽으며 각기 다른 색깔의 볼펜으로 첨삭했다. 문법에 대한 월리스의 강박은 지나칠 정도였는데, 그의 어머니 샐리 포스터 월리스(데이비드 포스터 월리스의 가운데 이름은

---

16 "Writing means teaching,"
Max, D. T., *Every Love Story Is a Ghost Story* (p. 101), Penguin Publishing Group, Kindle Edition.

어머니의 이름을 딴 것이다)는 파크랜드 커뮤니티 대학에서 영어를 가르쳤으며《정말로 고통스럽지 않은 영어Practically Painless English》라는 책을 출간하기도 했다. 월리스는 학생들과 문법에 대해 논쟁하다가 말문이 막히면 어머니에게 전화를 걸어 물어보곤 했다. 대학 시절에는 'nauseated'를 'nauseous'로 잘못 쓴 학생에게 "우리 엄마가 영어를 가르치는데, 네가 단어를 틀리게 쓰고 있다는 걸 알려주지 않을 수 없어"[17]라고 말한 적도 있다. 월리스는《아메리칸 헤리티지 영어 사전》4판의 어법 자문위원회에 몸담기도 했다. 어느 날 월리스는 수업 시간에 칠판에 'pulchritudinous', 'miniscule', 'big', 'misspelled'라고 쓰고 네 단어의 공통점이 무엇이냐고 학생들에게 묻고는 아무도 대답하지 못하면 기쁜 표정으로 답을 알려주었다고 한다. 정답은 이 에세이에 나오지만, 여러분도 고민해 보시길. (참고로 이 에세이의 각주에서 'that'을 다섯 번 연속으로 쓴 문장이 나오는데, 중고등학교 때 영어 공부를 열심히 한 독자라면 누구나 이해할 수 있겠지만 10분을 고민해도 답을 찾지 못한 사람을 위해 힌트를 드리자면 첫 번째 'that'은 접속사, 두 번째 'that'은 지시 대명사, 세 번째 'that'은 'that'이라는 단어 자체다.)

월리스는 반어법을 줄기차게 비판했지만 그 자신이 누

---

17 "My mother's an English teacher and I have to tell you the way you're using that word is wrong."
Max, D. T., *Every Love Story Is a Ghost Story* (p. 68). Penguin Publishing Group. Kindle Edition.

구 못지않은 반어법의 대가였다. 그가 대학교에서 철학을 전공했고 역설과 모순, 재귀에 심취한 것에서 짐작할 수 있듯 이것은 그의 비대한 자의식 때문이기도 하다. 월리스는 동료 작가 엘리자베스 워첼에게 보낸 편지에서 이렇게 말했다. "저는 자신이 매우 솔직하고 허심탄회하다고 생각하지만, 제가 솔직하고 허심탄회한 것이 자랑스럽기도 합니다."[18] 거울에 비친 거울에 비친······ 자신의 모습을 바라보듯 월리스는 자신의 결점을 인식하고 비판하고 해결책을 제시하려 했는데, 공교롭게도 그의 결점은 현대 문명을 살아가는 우리 모두의 결점이기도 한 것이다. 월리스의 에세이가 대상을 바라보는 그 자신을 묘사한 것이라는 말은 사실이지만, 다른 한편으로 그 속에 우리 자신의 모습이 들어 있는 것은 이 때문일 것이다.

《재밌다고는 하지만 나는 두 번 다시 하지 않을 일》,《끈이론》,《거의 떠나온 상태에서 떠나오기》에 이어 이 선집이 출간되면서 데이비드 포스터 월리스의 대표적인 에세이는 모두 번역된 셈이다. 이제 20세기를 대표하는 미국 소설이자 월리스가 "100년 뒤에도 읽히"기를 바란 《무한한 재미》가 한국어판으로 출간되기를 기다리는 일만 남았다.

---

18 "I think I'm very honest and candid, but I'm also proud of how honest and candid I am[.]"
Max, D. T., *Every Love Story Is a Ghost Story* (p. 241). Penguin Publishing Group. Kindle Edition.

지은이..데이비드 포스터 월리스David Foster Wallace

소설가, 문학비평가, 에세이스트로, 1962년 뉴욕에서 태어나 2008년 46세에 사망했다. 대학에서 영문학과 철학을 전공하였고 졸업 논문으로 장편소설 《체계의 빗자루The Broom of the System》(1987)를 썼다. 두 번째 발표한 장편소설 《무한한 재미Infinite Jest》(1996)는 20세기 말 미국 현대 문학의 새로운 장을 연 문제작으로, 〈타임〉은 이 소설을 '20세기 100대 걸작 영어 소설'로 선정했다. 세 번째 장편소설이자 미완성 유작인 《창백한 왕The Pale King》의 원고를 죽는 날까지 정리하고 유서를 쓰고 스스로 목숨을 끊었다. 이 소설은 그의 사후 2011년에 출간되었다. 일리노이 주립대학교, 포모나 대학교 등에서 교수로 활동했으며, 맥아더 펠로십MacArthur Fellowship, 래넌 문학상Lannan Literary Award, 화이팅 작가상Whiting Writers' Award 등을 수상했다.

〈뉴욕 타임스 북리뷰〉는 그의 소설을 두고 "한두 번의 손짓만으로도 사물의 물리적 본질이나 감정의 진실을 전달할 줄 아는 능력, 엄청난 속도와 열정으로 평범한 것에서부터 철학적인 것으로 단숨에 도약하는 재주"가 있다고, 〈타임〉은 "정교한 플롯과 부조리한 베케트식 유머와 SF급 세계관이 천천히 흐르는 현실적인 의식의 흐름과 함께 펼쳐진다"고 썼다. 현대 사회에서 기만적인 인간으로 살아가게 하고, 타자를 진정으로 사랑할 수 없게 만드는 비극적 현실을 예민하고도 명민한 시각으로 포착한 후 상상을 뛰어넘는 엄청난 에너지로 이야기를 쏟아내는 그의 소설은 미국 현대 소설의 최정점을 보여준다는 평가를 받고 있다.

지은 책으로는 장편소설 《체계의 빗자루》《무한한 재미》《창백한 왕》, 소설집 《오블리비언》《희한한 머리카락을 가진 소녀Girl With Curious Hair》《추악한 남자들과의 짧은 인터뷰Brief Interviews with Hideous Men》, 산문집 《재밌다고들 하지만 나는 두 번 다시 하지 않을 일A Supposedly Fun Thing I'll Never Do Again》 《살과 빛의 몸을 입은 페더러Both Flesh and Not》, 케니언 대학교 졸업 축사를 담은 《이것은 물이다》 등이 있다.

옮긴이 · 엮은이..노승영

서울대학교 영어영문학과를 졸업하고, 서울대학교 대학원 인지과학 협동과정을 수료했다. 컴퓨터 회사에서 번역 프로그램을 만들었으며 환경 단체에서 일했다. 《이렇게 살아가도 괜찮은가》《동물에게 배우는 노년의 삶》《대중문화의 탄생》《제임스 글릭의 타임 트래블》《위대한 호수》《당신의 머리 밖 세상》 《먹고 마시는 것들의 자연사》 등의 책을 한국어로 옮겼다. 홈페이지(www.socoop.net)에서 그동안 작업한 책들의 정보와 정오표를 볼 수 있다.

에 우니부스 플루람: 텔레비전과 미국 소설

1판 1쇄 찍음 2022년 1월 28일
1판 1쇄 펴냄 2022년 2월 25일

지은이 데이비드 포스터 월리스
옮긴이 · 엮은이 노승영
펴낸이 안지미

펴낸곳 (주)알마
출판등록 2006년 6월 22일 제2013-000266호
주소 04056 서울시 마포구 신촌로4길 5-13, 3층
전화 02.324.3800 판매 02.324.7863 편집
전송 02.324.1144

전자우편 alma@almabook.com
페이스북 /almabooks
트위터 @alma_books
인스타그램 @alma_books

ISBN 979-11-5992-356-2 03840

종이 표지_비비칼라 110g/㎡ 본문_그린라이트 80g/㎡